90后·青春·成长·破茧

——感谢那些迷茫且勇敢的年少时光

不能终结

　　我感觉自己已经得了抑郁症，上次我拿刀子割开自己的肉，被母亲发现了之后她哭喊着对我说，你要死是吧，走，我们一起去死。看着母亲那披头散发的样子，我终于明白了，这个女人很爱很爱我，爱我胜过一切，所以我不能让我的生命就那么的终结。

——刘星宇 16 岁 准备迎接每一天的新生活

另一片天空

　　其实我自己也知道，我读不下去了，我的心没在那儿。辍学以后，朋友喊我出去玩，妈妈把我关在家里，我只能隔着铁窗看着外面的天空。不知道未来在哪里，不知道以后该怎么办。偶然之间，我写的那篇小说发表了，拿到样书的我不知道有多开心，从此决定在这条路上走下去，编辑对我很好，给我改稿子商量大纲，我现在也在一家文学网站做副主编，现在的我，很快乐。

——墨戈依 17 岁 某网站副主编

追心

　　14 岁那年，我去看你的演唱会。那时的我，孤身一人在台下为你呐喊，那天，是我最幸福的一天。没有遇见你之前，我逃课、打架、顶撞老师、没有一件事情是正确的。但在喜欢上你之后，我慢慢改变了，我认识了很多喜欢你的人，我与他们成为了无话不谈的好朋友。紫菜、气质、戳 7、牛奶、敏洁、果子，我们相约中考后一起去见你，一起去旅游，一起去购物。所有的所有，青春路上有你有我。

——弦 15 岁 即将中考

曾经拥有

分手之后的那段时间,我不知道自己是怎么熬过来的。后来,我试着忘记你,谈一次又一次的恋爱,我以为我已经忘了你,可是那次偶然通话时,我的眼泪突然掉下来了,原来,我要忘记的那个你,还是真真切切地占据我心脏最大的面积。这般美好的人,曾经有过,便是莫大的幸福。

——王琪 19岁 愿意等到那个人回心转意

相亲相爱

这也许是我们最后一次这么没心没肺的一起玩,一起照相了。初三了,马上就要毕业了。很难过……那种心情不知怎样描述,我们成绩都不是很好,以后的路还很远。不管是高中还是怎么的,我们的友情一定不要变,我不想和你们成为陌生人,我们以后还要一起玩、一起旅游、一起逛街。分别总是难免的,亲爱的你们不要难过,不要哭,我们都要好好的。那些你们很冒险的梦,我陪你们去疯。

——雨槿 15岁 毕业后跟朋友各奔东西

最亲的人

我在四川,妈妈在西藏。很小的时候我们就分隔两地,我曾经很烦她,每天打电话给我,我玩电脑一直跟我视频,也曾怨恨过她没有陪在我身边,但是前几天,她给我打一通电话,跟我撒娇说:"女儿,妈妈好想你哦~"那一瞬间,我的心猛地疼了。瞬间想起当年老妈生日,我给她买了个戒指和一对耳钉,当时很小没钱,买的劣质的。她戴了耳钉第2天就过敏了,结果耳朵肿了才不舍地取下来,那对耳钉和戒指,她保存了好几年。我突然想哭……

——猫 19岁 妈妈是我最亲最爱的人

梦想不远

　　我打网球已经十年了,从小就想进国家队,让大家都能在电视上看到我,以我为傲!那时候我还在四处给同学签名要他们保存好等以后我出名了来找我,也曾怀疑过,但我还是努力拿到了二级运动员证书,我不知道未来会不会如我所想一帆风顺,但是至少,我还在努力。

——袁小棠 17 岁 2013 年高考生

祝福

　　无数次的偶遇,甚至戏剧性地成为同桌……这一次次的巧合让我敏感的神经以为这就是命中注定。从我们最后的道别那天起,我就知道,我曾经希望的,憧憬的……再美好也只是我的幻想罢了。
　　命运只安排我们见了两次,可仅有的两次,你身边也总有个她。距离和现实让我如梦初醒。如今的我,早已不奢求能与你同行。只求在有生之年若有缘与你再见能说一句:好久不见。祝你幸福!珍重!

——振翼 24 岁 男 在等待一份真挚的爱情

珍惜

　　高二的时候,我与父母大吵了一架,清晨背着书包和几本自己写过的杂志还有不多的一百来块钱出走了。我坐上去江边的车,坐在隔壁的哥哥或许读出我的不对劲,便问我去哪。我笑着告诉他,我想去自杀。周围几个人都笑了,没人当真,他却一直跟着我下车,背着他的公文包。我在江边站了两个小时,他什么都没说,就在旁边静静地陪着我,错过了上班时间。那一刻,我忽然就不想死了,连一个陌生人都如此在意你的生命,你还有什么理由不珍惜?

——7 号同学 22 岁 畅销书作家

听说我们不曾落泪 II

7号同学 ◎ 著

湖南人民出版社

遗忘说来其实很简单，因为除了自己，谁也无法挖出你的记忆来看。我多说几次忘记了，自己也就慢慢地相信了。
————谈夏昕

如果问我，人生中最快乐的事是什么，我想是遇见你。即使我们曾让对方难过、伤心、绝望，但这都无法泯灭你曾经给我的美好。
————傅亚斯

世界上有那么多在努力相爱的人，我想把自己的执念分给他们一些，这样我便能够少爱你一点。
————李维克

我想要的我一定要得到，即便孤军作战，我也要站到最后。
————小优

我的青春乏善可陈，自始至终，只你一人。
————周舟

你不再相信我，像我始终不愿相信爱情。
————路放

我只想你再多看我一眼，只要一眼，我便心甘情愿去死。
————向阳

我要做最璀璨的烟火，那样，你便永远不会忘记我。
————冉书瑶

只要你过得更好一些，我怕什么呢。
————颜梦

目录 Contents

001/chapter.01　　那些带给我快乐悲伤的人啊

019/chapter.02　　曾经的少年已远去

038/chapter.03　　唯有回忆最伤人

054/chapter.04　　无法企及的光芒

073/chapter.05　　天亮了，我们说晚安

091/chapter.06　　永不倒塌的柏林墙

107/chapter.07　　谁曾看见我的眼泪

123/chapter.08　　我的青春乏善可陈

.... 139/chapter.09 最是时光摧枯拉朽

.... 153/chapter.10 在我心上用力地开一枪

.... 168/chapter.11 人生是不停地重蹈覆辙

.... 182/chapter.12 如果你听见黑夜的声音

.... 197/chapter.13 谁是你的心上蔷薇

.... 212/chapter.14 你是盛开在星星上的花

.... 228/chapter.15 我在时光灰烬中等你

.... 245/chapter.16 你是我的眼泪与阳光

chapter.01
那些带给我快乐悲伤的人啊

vvvvvvvvvvvvvvvvvvvvvvvvvvvvvvvvvvv

我清楚地记得那一天是3月21号，春分，天气阴。

　　接到大学班长蔡卓来电时，我正陷在必胜客与海底捞的艰难抉择里，差一点就打算掏出硬币来做决定，手机是在这时响起的。

　　看着屏幕上陌生的十一位数字，我疑惑地滑动接听，问候都没来得及出口，对方已噼里啪啦讲了一堆。周围有些嘈杂，我捂住左耳，往前迈了两步，努力从这段话中找到重点："你说谁自杀了？张诗诗！别和我开这种低级玩笑！"

　　"嗯，今天凌晨，张诗诗老师在精神康复中心自杀了，抢救无效，离开人世。后天下午四点在殡仪馆举行追悼会，希望大家都能素装出席，深切悼念这位给过我们爱与关怀的老师。"　班长蔡卓的语气没有多大起伏，仿佛这段沉重的话不是从他口中讲出。

　　我沉默地挂断电话，看自己倒映在橱窗玻璃上的脸，面色苍白，没有笑容。

　　"怎么了？"李维克弓下身子，眉头微蹙，"发生了什么事？怎么才接了个电话，脸色就变得这么难看？"

　　"我大学的辅导员老师死了，在精神康复中心自杀。"我听到自己用微微发颤的嗓音对他说，"后天下午开追悼会。"

　　李维克伸出手揽过我的肩膀，叹气道："人死不能复生，你别太难过。后天是周日，我陪你一起去吧！"

"难过？我吗？不可能。"我冷笑道。

李维克脸上迅速掠过一丝诧异，只是一瞬，很快面色如常。庆幸的是，他没有再问。如果他追问，我还真的不知该如何告诉他我们之间的纠葛：我大学时期的辅导员是我爸曾经的学生，却借着到我家补习功课的空隙和我爸搅到一起，逼着我爸妈离婚，还差一点就逼死我妈。这故事太错综复杂，堪比一本几十万字的小说，而在此时，我也没想过对他撕开曾经的伤疤，让他看到那些污秽和鲜血。

冷风拂过裸露在衣服外面的皮肤，我忍不住打寒战，起了一身鸡皮疙瘩。下一秒，黑色的西装将我包裹，李维克的呼吸轻轻打在我眼帘："饿了吗？去吃饭吧！"

衣服带着淡淡的消毒水味，我深吸一口气，对他摇头："现在不想吃饭。"

晚餐早已失去食欲，李维克打包比萨后开车送我回家。

购物中心，餐馆，KTV飞快地从身边逃离，大片梧桐从车窗外掠过，路灯下行人车辆皆是匆匆。这是我住了四年多的城市，每一座建筑，每一棵树木都给我留下过深刻的回忆，就连那昏黄延绵的路灯都在提醒我它们的存在。

我把头靠在椅背上，想要放空自己，大脑里却不断浮现张诗诗那张明艳美丽的脸，挥之不去。

她第一次去我家补习功课，站在父亲背后对我与母亲甜甜地笑。

她抚摸着肚子，张牙舞爪地对我叫嚣："我爱谈老师，至于你和你妈，统统都去死吧！"

她在我推搡下滚落楼梯，满身鲜血。

她与男友在一起甜甜蜜蜜，如胶似漆。

她在学校对我设计陷害，被反报复后歇斯底里。

她被男友抛弃，往事败露无法立足被学校开除后的绝望悲怆。

无数个她在脑海里汇集，最终融为一体，此时脑中剩下的，是我们最后一次见面，她骨瘦如柴精神恍惚的模样。

而现在，他们说，张诗诗死了。她在凌晨的精神康复中心，拿一根磨平的牙刷结束了自己的生命。

往事像潮水般不断翻涌，挤得心口发痛，我用力地闭上眼睛，在这狭隘的空间轻声喘息。

"夏昕，你怎么了？"

李维克突然开口打断我的思绪,脸上冰凉的触感慢慢唤回我的意识。睁开眼,他的脸被隔绝在薄薄的水汽之外,看着模糊的后视镜,我才发现自己哭了。

多么可笑,恨之入骨的人死了,我居然会为她掉眼泪。

"我没事,就是想起了以前的事。"顿了顿,我又补充,"一些很不好的事。"

李维克点点头,将车窗摇下,凉风让我清醒一些。他微笑道:"过去就让它过去吧,追忆往昔只会让自己陷入难堪的境地。"他说话时并没看我,目光深邃笔直望向前方,仿佛自言自语。

路程还有一半,我重新闭上眼睛打算小憩,手机又一次响起。我看了李维克一眼,按下接听键:"喂。"

"夏昕,你接到班长电话了吗?"

"嗯,接到了。"

"准备出席吗?"

"李维克陪我一起,你应该也会过去吧?"

电话那头很嘈杂,我听见她轻声应了一句。通话结束前,我像魔怔一般,突然道:"周舟,要不我们送个花圈过去?"

她怔了一下,只说了句"好",便挂断电话。

绵绵细雨从凌晨开始下,天空像被灌满铅,灰蒙蒙,沉甸甸。

我站在追思馆门口,白色建筑的墙面经过岁月的洗礼已泛黄,许多人与我擦肩而过,他们身上只有黑白两色,连表情也是黑白的。

风夹着雨滴像一个个巴掌直朝我面门袭击而来,我站在李维克身后,不知为何忽然迈不动脚步。他停下来,手搭在我肩膀上:"怎么了?"

"我有点怕。"我不想隐瞒他,"说不出为什么。"

"要不?我们回去?"

我摇摇头,已经走到这里了,再折返也没有意思。

李维克笑笑,牵起我的手。

走道两旁摆满了花圈,一直延伸至灵堂,尽头是被鲜花包裹一米高的遗照。照片上的张诗诗年轻美艳,带着笑容,眉眼弯弯。那是一个发自内心的笑,温暖明艳,无半点虚情假意。这应该是我所见过的,最美的张诗诗。

她的老母亲,跪倒在灵前,发出像野兽嘶吼般的哭声,几个穿西装的青年将她扶起,带走,她又挣扎着攀爬回来。谁也没想到,这个干瘦的小老太竟有如此之大的力量,她匍匐在女儿的灵前,用力地大声地哭号,仿佛这样,便能将她带回来。

那哭声有一股神奇的力量,牵动无数人,下一秒,人群中开始传来压抑小声的呜咽。曾经的大学同学,那些陌生又熟悉的面孔,哭声跟着空悠悠的哀乐,此起彼伏。

我站在这铺天盖地的黑白里有些恍惚,心脏一阵阵地疼,眼睛也是干涩的,却没掉下一滴泪。咬紧着牙根,我几乎是竭尽全力才没让自己瘫倒在这灵前。

"你别胡思乱想,这不是你的错。"

一只手轻轻挽住了我,我回过头,是周舟。她身着黑色套裙,头发高高挽起,面无表情地看着张诗诗的照片,手中的白菊似被雨水打过,有些萎靡。

她压低声音,又一次强调:"这不是你的错,你别把责任往自己身上揽!"

我没说话,跟在李维克身后将手中的花放好,弯下腰,鞠躬。

哀乐像一把钝刀,来回切割着我的皮肤,疼,却看不见血痕。

跟着队伍回到座位,左右边分别坐着周舟与李维克。周舟用力地握着我的手,又松开,再握住,如此循环。我知道这是她的安抚,在告诉我,别想太多,这些都与我们无关,今天我们只是来参加一场葬礼,仅此而已。

在昨夜,当我从噩梦中惊醒满身大汗给她打电话时,她就是这样对我说的。

——夏昕,你没有做错什么,你与她那些瓜葛都过去,她欠你的你欠她的早已经一笔勾销。现在她过世了,我们去参加追悼会只是以学生的身份,如果你不想去我可以代你去。但是,有些问题你还是要面对,否则你会一辈子活在这虚无的阴影里。

我闭上眼,将这一切与自己隔绝开来。可听觉太过灵敏,周围的骚动才刚开始,我便听到了。那个男人穿着黑色西装,抱着一束香水百合,驼着背,像只蜗牛般缓慢地朝灵堂移动。当他将那束花放在张诗诗照片前的前一秒,哭得背过气的老太太突然从旁边冲出来,抢过花,摔在他脸上:"你来这里做什么?给我滚,滚啊……诗诗不想看到你,如果不是你,她怎么会变成那样,怎么会自杀……滚啊你!!!"她不停地喘着气,若不是身边有人扶着,估计已瘫倒在地。

周舟凑在我耳边,低声吐出一个名:"林一昼。"

若不是周舟告诉我,我几乎认不出这个满脸胡楂、邋里邋遢的男人是张诗诗曾经的男友，前未婚夫林一昼。曾经他对她呵护有加，专车接送，无微不至，可自她不堪的往事被人暴露在BBS后，这人连她肚子里的骨肉都不想要，提出和她解除婚约。再后来，她因悲伤过度而二次流产到听说自己不能再怀孕而发疯，林一昼始终没出现，像从人间蒸发了一般。而现在，他却站在这里，悲伤得无法自制，并不像伪装。

那束香水百合在他脸上散开，簌簌落在地面。他似乎听不到老太太的怒骂，蹲下身捡地上的百合花，放到嘴边吹去沙尘："她不喜欢菊花，她只喜欢香水百合，她说过最喜欢香水百合……"他声音很低，像在自言自语。

男人蹲下身兀自捡花，最后他索性坐在地面，像个小孩子抱着花大声地哭号。我听不清他口中呜咽的内容，他的悲伤却透过阴冷的空气迅速将我击中。

我用力地握住周舟的手，有液体不断从我眼中涌出。

"如果不是我，如果不是我逼迫她，她一定不会那样。周舟，我觉得我自己是个杀人……"最后两个字没来得及吐出，我的嘴巴被一只手用力地捂住，周舟对我瞠目怒视，就差一巴掌甩来。

她压着声音，却掩盖不住自己的怒气："谈夏昕，我命令你住口，不然等下出了什么事，我可保不住你！张诗诗能有今天你我都知道是怎么回事，别像个圣母，什么都往身上揽！什么都有你的事，有本事把前几天在建行抢劫杀人的事也揽了！"

一只手轻轻掰开周舟的手，将我拥进怀里。

我没回头，却知道那人是谁。

他身上的味道，让我安心，让我平静。

离开殡仪馆已是黄昏，雨停了，风却阴冷。我被李维克牵着朝停车场走去。周舟穿着A字裙细高跟，步伐比我们更快，握着手包的手指关节发白，若不是李维克在场，她说不定会将手包直接砸在我的头上。

她的司机小多正倚着车门发呆，看到周舟怒气冲冲的模样也不问，直接看向我，似乎在无声地问：你又做错了什么？

我忍不住瞪了他一眼，还没来得及说话，便听到有人在喊我们："谈夏昕，周舟，你们等等。"

是蔡卓，曾经的班长。

周舟看我，眼神带着疑惑，我用同样疑惑的眼神看向蔡卓："有事吗？"

"是这样的，毕业都半年多了，大家一直没聚聚，今天好不容易碰在一起，大家提议去聚会，怎么样？"他转向李维克，"这是你男朋友吧，一起去玩玩吧！"

一整个大学时期，我都与周舟厮混在一起，极少与班里的人打交道。且后来，与张诗诗的纠葛在学校论坛爆发之后，在班里周舟和室友林朝阳以及另一室友季柯然的刁难外，几乎没人与我说话，周舟更甚，她几乎旷了一整年的课，估计连班级同学名字都叫不全。而现在，班长却热络地邀请我们去参加聚会。我不知道如何形容此时的心情，沉默几秒后，还是周舟开的口："这不合适吧？"

"怎么不合适？还是说，现在发达了，不屑与我们一起？"蔡卓嘴角微微上扬，用一种令人厌恶的语气道："好不容易老同学见面，今天我请客！"

我正想拒绝，周舟却笑道："那走吧，既然你舍得破费，我们也不能不识抬举。"

二十个身着黑衣刚出席追悼会的年轻男女在顾客的窥视和服务员的探究下簇拥着走进包厢。一行人嬉笑怒骂，一点都看不出哀伤，刚刚哭得岔气的女孩神色如常，被眼泪模糊妆容的副班长不知何时已补妆，红唇微微上扬，笑得娇羞。

同学聚会更像是攀比和诉苦大会，从前沉默寡言的班长蔡卓似乎混得不错，不停地派发名片："我现在在新辰工作，新辰你们知道吧？就是周氏旗下的房地产公司，我嘛，就是个小经理，不过你们要是有什么需要帮忙，尽管说出来，我能帮得上肯定帮！"我下意识转头看周舟，她将名片收进怀中，嗤笑一声。

我安静坐在角落，听这些熟悉又陌生的人说相声。在一个小时前，他们还在张诗诗的灵前悲痛欲绝，此时已言笑晏晏，仿佛什么事都没发生。热菜的香味混合各种酒气，恍惚中，我像是回到大学时代，可眼前的笑脸却无法和从前重叠在一起。

那时他们远比现在可爱，虽交集不多，但不似现在，互攀关系，相互攀比，满口都是名牌、工作、房子和车子。

我左边坐着李维克，右边是面无表情的周舟与笑得谄媚的林朝阳。我看着她们，心情十分复杂。

大学寝室里，除了周舟便是林朝阳与我处得最好。季柯然从一开学便和我们不对头，时不时要大吵一架，最严重的时候，她在半夜将周舟从床上掀起来大闹一场，每每帮我们解围的都是林朝阳。后来，季柯然休学，经历感情变故的周舟去了西藏，四人寝室只有我们两个人住，她便是我最后的依靠。

从前我们同住一屋檐下，同进同出好得像亲姐妹。而现在，我们曾经的好姐妹林朝阳拿着一叠厚厚的保险资料往我们手上塞:"喏,你们看看,帮我买一份保险吧!夏昕周舟,这点钱对你们来说不算什么吧!你们不知道,我业绩不好,再这样下去就要饿死了!周舟,我们是好朋友,你会帮我对吧!"

周舟没说话,微蹙的眉头出卖了她,林朝阳讨好的笑分毫未减。她避开林朝阳炽热的目光,低头看那份保单,半晌没说话。

仅是过去半年时光,我们的生活便发生翻天覆地的变化。从前的F227,从前的亲密无间,随着我们走出校园踏入社会,逐渐分崩离析。

出走西藏的周舟在我去寻找她的几天后突然只身回到这个城市,立志要考医学系研究生,同时进入她父亲的公司。林朝阳去了保险公司,与我们交集逐渐减少,每次打电话来不像联络感情,更像推销保险,签了几份保单后我婉转地告知她自己负担不起,她便再没与我联系。周舟更是直接,在她第五次打电话推销保险后直接掐了电话,列入黑名单。

而我呢?或许是因为不舍得,或许是别的原因,我没有逃离这个生活了四年的城市,在一间报社工作,社会新闻类的实习记者。

眼前的一切告诉我,那些美好或苦痛的记忆,早已过去,沦为曾经,此时只配拿出来回忆。

晚餐还未结束,周舟以身体不舒服为由,提前离席。我猜更多是因为林朝阳的絮絮叨叨让她不堪其扰,虽然她已练就黑脸神功,但对曾经的好姐妹,更多的还是无奈。

我低头捅捅李维克的手,正想找理由开溜,不知谁开了头,战火烧到我身上。

"谈夏昕,现在在哪高就呀?给张名片吧!"

"旁边是你男友吧,高富帅呢!"

"呀,藏着掖着不说话呀!"

"我小报社实习,没转正,哪有名片。"面对层层别有深意的目光,我努力挤出一个笑,幸好李维克帮忙解围。

"哪里是高富帅,你们在场的一个个年轻有为,我只是个小牙医,什么时候混不下去了要转行还需要大家多多关照呀!"

蔡卓又开口了:"不对,你的车不是辉腾吗?要七八十万吧!"

"老板的车呢!借来开开。"

刚刚还兴致勃勃的几个女孩，眼中的光瞬间黯淡，意味深长地看向我，嘴角带着毫不掩饰的嘲讽。只有林朝阳，看着我的方向，焦点却没落在我身上。

气氛突然就冷了，直到那个叫齐悦的女孩突然开口："谈夏昕，我没想到你会来。毕竟那个时候，你和张老师闹得这么僵……如果不是你，她还不会被学校开除吧！那时BBS不是还说，你曾经让她失去一个孩子吗？李医生，这些你女朋友都没告诉你吧……"她挑衅地看我，我记得，以前她与张诗诗的关系很好。

"你什么意思？"

周围寂静得可怕，我站起来的动作太过凶猛，让所有人都怔了。我看她，她也看我，眼睛是红的，在场这么多人，大概只有她的眼泪是真的。

我们就这样隔着餐桌对峙着，直到班长打着哈哈将话题扯开，进入新的一番盘查。李维克轻轻在我手背上拍了拍，似在安抚我。

即使是李维克这种久经沙场的人，都禁不住他们连环攻势的拷问，他低声道："我去抽根烟，你抗住，这些小孩子太厉害了！"

他刚走开，林朝阳便窸窸窣窣坐在我身边。

我看她，想如果她向我推销保险我就将手中的资料直接拍在她脸上，但她接下来的话却像一枚炸弹，猝不及防扔向我，将我炸得支离破碎。

她说："夏昕，你忘记傅亚斯了吗？"

这一刻，我竟不知换上什么表情，只能愣愣地看着她，等待她接下来的话。

林朝阳没有让我失望："你应该知道傅亚斯他父亲是什么人吧？他坐牢了！这些你都知道吧？你现在是不是觉得我特势利特可笑，可是夏昕啊，你又比我好到哪里去！才和傅亚斯分手多久，就和别人好上了，你以前多喜欢傅亚斯呀，可是现在你却和另一个男人在一起？你啊，怎么能这样！怎么能这样啊！"

是的，我知道。

那段时间傅家的新闻铺天盖地，《今报》也赶了一把潮流，报道不少关于前任市长傅年的信息。曾经意气风发，而今贪污入狱，家财散尽，多少人拍手叫好，同时大家都知道，这些只是这个肮脏世界的冰山一角。

此时的林朝阳像一把尖锐的剑，将我逼进无尽的梦魇，我的脑海中不停回响着"傅亚斯"这三个字。眼前还是这熟悉的人，他们手舞足蹈激动地说什么，我却一句都听不见，犹如看默剧。

不知过了多久，李维克将我从梦魇中拉出来，他蹲在我面前，像在哄小孩子一般:"你怎么又在发呆,走了。"

"他们呢?"

"在外面呢,说要去唱K。"

果然,当我们走出饭店,他们已商讨好下半场的娱乐活动。借口和人有约,我们提前离开。

"你,没有什么想问的吗?"这一天发生的事太多,那些复杂隐晦的话都意有所指,李维克不可能听不懂。

他似乎笑了,拉我的手,领我走向停车场,语气很平静:"那你呢?你有什么想说的吗?"

不等我回答,他又道:"我不问你,是因为你不想说,所以我不问。每个人都有过去,你是,我也是。过去就让它过去不好吗?翻出来,很没意思。"

"可是,过去能过得去吗?"

李维克垂下眼帘,脸上的表情很淡,更像是空白。

"我不知道,我一直在努力和过去撇清关系,虽然很难。"

我看着站在面前的人,一直以来,他都像一阵春风,温暖而轻柔。而现在的他,更像是一层白色的雾,厚重,浓烈,完完全全将自己包裹在独立的世界。

我无法接近,无法触碰。

我正想说话,他却脸色一变,还未反应过来,我已被他拉入怀中。

轮胎与地面摩擦,诡异的声响在空旷的停车场回荡。

"对不起,你没事吧?"

那句"没事"在我看到对方后,硬生生被我吞进肚子里。

那个人坐在我坐了无数次的黑色机车上,右脚抵在地面,头发被风吹得蓬乱,嘴巴微张,却没发出半点声音。我看不见自己的表情,但可以确定,肯定与他一样惊诧,或许还有一丝惊恐。

一个小时前还在念叨的人,此时就站在我面前。

在这漫长的沉默里,李维克的声音毫无预兆地插入:"夏昕,怎么?你们认识?"

认识,怎么可能不认识。

那辆机车与那个人我都十分熟悉,从前我总坐在后座,环抱着他的腰,随着他驰骋在风里。

只是那些日子，早已过去。

很多人回忆往事都会用上这样一句：我觉得这更像是梦一场。这个万能句式，可以囊括我大学四年的全部生活。

青春本就像一场盛大豪华的梦，尽管曲折漫长，但梦便是梦，终有结束醒来的一天。美好的，残酷的，快乐的，悲伤的，迷离的，激烈的，最终都会被闹钟叫醒，随清晨的那缕阳光，从梦境走回现实。

这半年，我从未过得如此清醒。

租房子，找工作，入职，跟前辈东奔西跑采访，时间被工作瓜分去大半，所剩无几。除此之外，我还要在放假抽出时间回家看父母，在周舟心情不好时陪她逛街压马路，在每个星期一，星期五，星期六陪李医生吃饭。

我太忙，忙到没时间做梦，所以当梦境中的人突然出现在我面前时，大脑当机了十秒。

"夏昕，你没事吧？"

我后知后觉感到疼痛，左手手臂被李维克慌乱一扯，似乎扭到筋，后背似乎被倒车镜擦到，钝钝地疼。

我摇摇头，拉着李维克往他的车走去："没什么事，我们走吧！"眼睛的余光掠过傅亚斯，他还维持着那个姿势站立着，没有动作。

我不再往后看，但能感觉身后的眼睛焦点定格在我身上，随着我的步伐移动。

"你们认识吗？"

"当然不！"我几乎是扯着他走，李维克的高级西装被我拧出好几个褶皱，健步如飞，头也不回。

"他一直在看你。"李维克轻轻掰开我的手，握住，换成牵着我走。

那个高大的影子像被定格住，停在那儿一动不动。距离车子还有五步，李维克刚拉开驾驶座的门，身后突然响起沙哑的喊声，像猛地回过神一般急促："夏昕。"

李维克停下手中的动作，转向我，我不敢和他对视，飞快钻进车里，关上车门。

"夏昕！"

"夏昕！"

"夏昕！谈夏昕！"

喊声一声盖过一声，声音如断金裂帛般刺耳，他的嘶吼甚至破了音。幸好停车场除了我们别无他人，否则会被误会成寻仇。

我知道自己看起来很不冷静，落荒而逃的态度十分明显，好在李维克没说什么，发动引擎，离开停车场。

那个黑色身影在后视镜中逐渐变小，慢慢消失在深沉的夜色里，最后后视镜里只有我那张仓皇失措的脸。

啧，多难看。

我一缕一缕地揪自己的头发，努力使自己在疼痛中清醒。这一天发生的事情太多了，像一桶冰水朝我泼来，猝不及防冻得唇齿发白。若不是李维克及时按住我的手，估计我会被自己整成光头。

这个城市这么大，要与一个人彻底失去联系很容易，换个号码，搬个房子，戒掉曾经喜欢的餐馆，便可以。这半年，我做得很成功。

只是我忘了，世上最让人措手不及便是意外，你无法估算预计它何时到来。或许只是转个身，你便能不小心撞见躲了千百个日夜的人。

车子缓慢驶入熟悉的风景，停在幸福小区昏黄的路灯下。

李维克摇下车窗，点燃一根烟，幽幽地将烟雾吐向窗外："夏昕，其实你不用骗我，就算我知道你和那人认识又怎样？你知道，只要你不愿意，我不会逼迫你。我不是怕你什么都不告诉我，而是我什么都不知道，想帮你也不知从何下手。"

即便是如此，我也不知该如何告诉他，那是我曾经的恋人，我们有过一段像笑话一样的恋情。我与他前前后后纠缠了四年，最后却连一句"我相信你"都换不到，说出来难道不可笑吗？我不敢看他，只能盯着那颗浑圆光亮的灯泡，直至眼睛酸涩。

他轻轻将我的头做了150度的扭转，手中的烟已丢掉，手指还残留淡淡的烟味，嘴角弧度没变："你啊你，我说了不想说可以别说。还记得我们第一次见面不？你牙疼，去看病，叮嘱你不能加班熬夜，答应得好好的，又阳奉阴违，最后脸肿得像包子连话都说不出才肯乖乖休息！"

那时我刚进《今报》，在社会新闻部见习，从未接触这一行，怀着满腔热血硬着头皮上岗。白天跟着前辈柯姐跑新闻，晚上还要写稿子整理稿子，第一次去采访，除了兴奋刺激，加上紧张不安，失眠了一整夜。后来因为上火，加上压力过大，牙齿疼了整整半个月，在柯姐介绍下去李维克的牙医诊所，诊所有三个医生，老板兼主治的李医生随心情上岗，十分大牌，看病至少要提前一周预约。那天我十分幸运，预约的病人没有到，李医生正在闹小脾气，护士小姐索性将我推上去顶替。

李大牌对于我这种上火引起的牙疼还挂专家号的小儿科很不满，随便开了几包药叮嘱了几句就让我走。奇怪的是，吃了医术业内闻名的李医生的药后我的牙疼并没有缓解，反倒愈发严重，连他自己都感到不可思议。最后知道我没有听从医嘱，反倒每天开夜车到凌晨差点掀了屋顶，每天电话叮嘱我吃药睡觉。

后来，李医生时不时给我电话叮嘱我吃药，像防贼，每每我加班总能接到他的电话查岗，吸引不少同事的异样眼光。

再后来，年轻有为据说拥有一大批追随者的李医生成了我的男朋友。

"你啊你，为什么总是不听话！"

这是李维克医生对我说得最多的话，此时他又像小老头般摇头晃脑，背着手叹气。我知道他在故意逗我乐，捧场地大笑。

"太假了，谈夏昕记者同志，上楼去吧，很晚了！"

我像蜗牛慢慢沿着楼梯往上爬，走到三楼才听到车子引擎发动。走到五楼通向六楼的拐角，楼道灯突然发出"啪"的声响，以迅雷不及掩耳之速坏了。

我被灯吓了一跳，又被自己无知觉发出的尖叫吓了另一跳，正准备拿出手机照明，一道微弱的光芒照在我脸上。眯着眼睛辨认了许久，才发现站在楼上的人是向阳。

向阳是附近大学的体育生，我搬到这不久后他和青梅竹马冉书瑶就搬到对门，他性格外放，待人也和善，刚搬来我们便成了朋友，时不时邀请我过去蹭个饭，吃火锅也不忘记叫上我。与这个年龄的男生一样，他喜欢开玩笑。此时他将手机凑到自己脸上，白森森映照在他表情狰狞的脸上，十分可怖："呜呜呜，我死得好惨……"

"别闹了，"我没心情和他说笑，"这灯坏了吗？"

"姐，你胆子怎么这么小呀！居然被吓到！是呀，这灯坏了。"向阳恢复以往的嬉皮笑脸，"我刚走到门口，灯就坏了，你又尖叫，我还以为是哪个女鬼……"

冉书瑶从向阳背后探出头，一如既往的刻薄："可不是女鬼吗？大晚上穿得一身黑，不知道的还以为去奔丧！"这个女孩不喜欢我，总怀着莫名的敌意。

我还来不及开口，六楼B座的门突然被拉开，同样穿着一身黑的周舟探出头来："你猜对了，我们就是去奔丧了！怎么？喜欢我们这衣服？改天借你啊！"说完她像招呼小狗般对我使个眼色，"谈夏昕，还不上来，杵在那里干吗！"

我慢慢地关上门，房间里一片光亮，周舟像往常一样躺在沙发上上网，身上还穿着今天的黑色套裙。她有我家钥匙，只要有空便往我这里钻，霸占我的沙发等我回家，再侵占我的床。我站在周舟背后，盯着IPAD上那些我看不懂的曲线数据。

"怎么了？有心事？"她头也没抬，手指迅速在屏幕上滑动。

我滑坐在她身边，头枕着她的手臂，慢慢闭上眼睛："周舟，我遇到傅亚斯了！"

身畔的人突然停止动作，许久，我才听到她若无其事的声音："那又怎么样？"

"我说我遇到傅亚斯了！"

"我知道，我不是问你那又怎么样？遇到就遇到了，难道还想怎么样？现在你们已经分手了，无瓜无葛，心情好就打个招呼，心情不好就吐口口水，就这么简单。明明是很简单的一件事，根本没有必要将它复杂化。"

我将头埋在她的臂弯里，闷声道："但愿如此吧！"

一夜无梦，六点三十分闹钟将我唤醒时周舟已经不见踪影，餐桌上的小米粥还冒着热气。

这一切与往常每一天没有多大不同。

我用最快的速度洗漱，吃早餐，洗碗。

这座公寓隔音不好，换好衣服出门，恰好听到对门冉书瑶在和向阳发脾气："向阳你他妈的要不要起床上课啊！还有，我问你，你书包里那条装在粉红礼盒里的泳裤是哪个贱货给你送的！不说是吧？不说我拿剪刀剪破了写你名字挂在游泳馆门口……"

我锁好门下楼才听见向阳无奈的哀求声："我的姑奶奶，你能消停一会吗？每天早晨都闹这么一出，这栋楼的住户都把我们列入黑名单了！还有还有，你又不是我女朋友，谁给我送泳裤关你屁事，搞得好像我红杏出墙一样……"

这一切与往常没有不同，对门依旧活力十足。

我用手拍拍脸，努力使自己清醒一些，做好百米跑准备姿势，防止18路公车到来时又像前几天一样被小区那几个穿着可以戳死人的高跟鞋的姑娘挤下去。

每天早晨上班都像经历一场厮杀，抢公车，抢电梯，成功抵达28楼的《今报》编辑部时间已过了一个半小时，我气喘吁吁靠着打卡机休息，总算没有迟到。

我靠在打卡机上喘气，小优已经悠闲地端着杯子在喝水，正乐呵呵地朝我挤眉弄眼。

我连回她一个表情都累，往座位爬去。

兵荒马乱是周一最大的特点，写稿子，改稿子，接电话，整理选题，寻找新闻线索，忙得连喝口水的时间都没。如果不是柯姐给我发来窗口抖动，我甚至忘记要吃午饭这回事。对话框显示柯姐惯用的五号黑色宋体：夏昕，吃饭了，今天吃阳光快餐怎么样？下午我要出去跑新闻，刚接到新闻爆料，大学路口出了车祸，一死十几伤，真造孽。

我还没来得及回复，那边又发来一行字：对了，你下午把我们半年来小组上的头条整理放在我桌上，我明天要看。

默默地盯着那行字三十秒，《今报》是日报，也就是说每天一期，一年有三百六十五天，半年有一百八十多天，也就是说我要用半天的时间整理一百八十多期的头条。看着面前堆积如山的文件，我留着宽面条泪对坐在我对面十指如飞的柯姐道："柯姐，我不和你吃饭了，阳光快餐太远了！"

"那我给你打回来？"

"好，谢谢，不要番茄蛋！"

那边没再回复。

《今报》有两个小组，十分老土的AB组，我们是B组，柯姐是我们组长，一个七岁男孩的母亲，像她这个年龄还在跑新闻的女记者非常少见，同时她还带着我和小优两个实习生，用她的话说：是用生命在做新闻。除去将我们当机器使外，她是一个非常负责的前辈，手把手教我们写稿子，带我们去采访，替我们挨主编骂。所以，我对柯姐又爱又怕。

一整个下午，我都埋在资料室里，除了上厕所，就没出去过。

直到晚上八点，我才抱着厚厚的资料爬出来，报社里还有一半人在加班。小优坐在电脑前吃泡面，眼睛还盯着屏幕，见我出来，口齿不清道："我这里还有泡面，夏昕你要不?"

我深吸了一口气,伸了个懒腰,继续钻进资料室。

忙碌会让人忘记许多事。

接下来的几天,我忙得晕头转向,每天回家倒头就睡,没有时间思考别的问题。

这样很好,这才是我所希望的生活。有一份喜欢且安稳的工作,有一两个交心的朋友,还有一个疲倦时可以依靠的臂弯,简单而美好的生活。

地球以465米/秒的线速度自转,每天每时每分每秒都有让人唏嘘落泪疯狂唾骂的事发生。这便是我们工作的意义,将这些事经过采集编写报导传递到群众眼里,虽然现在看报纸的人越来越少,骂新闻的人越来越多。

每天报社会接到许多爆料电话,有难度的、突发性的、重大的新闻线索,都是柯姐这样的老记者去写,我们这些实习记者,只能自己在网络找线索以及自己所见所闻。每天沉浸在垃圾,路面,打架,车祸,塞车这类事件里,用几句话编成新闻在报纸底部或夹缝的板块留下自己名字。幸运的时候,可以跟着老师一起去采访,在旁边观看和学习,写一些小稿件和夹缝新闻。

看起来无比简单的事,很多时候不尽如人意。

譬如现在,我在主编冷气十足的房间里站了半个小时,他才将目光从电脑前移开,停在我脸上。

我急忙挺直脊梁。

"小谈啊,你来《今报》多久了?"

"将近六个月,三个月实习,三个月试用。"

"下个月就转正了,对吧?"

"是的,主编。"

下一秒,一叠A4纸砸在我脸上,隔着一米半,主编的唾沫还是喷到我脸上:"都来了快半年,你看看你他妈的写的是什么东西!北京路垃圾铺天盖地,行人路过掩鼻叹气!堵堵堵,车龙阻挡回家路!你看看你看看,你什么时候写过有意义的新闻,这种新闻是人看的吗?是给上公厕忘记带纸的人准备的吧!小谈我告诉你,再这样下去你就给我滚蛋!滚蛋!这里不需要你们这些混日子的米虫!我们是新闻人!你写的这些,都是狗屁吧……"

我张了张嘴巴，千言万语都挤在喉咙里，一个字都蹦不出。我很想告诉他，这里每一篇稿子都是我一字一字在键盘上敲打出来的，对着电脑苦熬到深夜，为了防止和别人题材撞车，我一遍一遍地翻查资料。在没进入这个行业前，我以为记者的工作是拿着话筒采访，是对着电脑写稿，看着报纸上印着自己名字的铅字由内而外衍生一种自豪感。

可现在，我只能垂着头，认真地听主编咆哮，经验告诉我，此时不能抬头，不能解释，不能反驳，只能老老实实听着他训，否则会出现更恐怖的事情。

主编又骂了半个小时，待他挥手让我出去，我双脚虚浮无力，几乎是飘出办公室的。

柯姐的眼神充满同情："陈洛又发火了？这个星期第三次了，换着人骂！估计相亲又被拒绝了吧！"

小优扔给我一张名片，道："夏昕，别忧伤。喏，前几天开会主编好像提到房价升温的问题，这是弘晖地产副经理的名片，你明天有空过去看看。"她这是把自己新闻让给我，本想拒绝，最终还是接过名片，努力挤出一个笑表示感谢。

接受别人的馈赠，其实也是间接承认自己无能。

小优与我同时进入公司，一起跟着柯姐学习，她的领悟力极高，文字功底也将我甩了几条街。明明都是实习生，可她写出的稿子，连挑剔的陈主编也好几次竖起大拇指。虽然不想承认，但内心对她的崇拜始终无法抹去。

再说我们主编陈洛，四十有二，尚未婚配，每每相亲失败回来都会找我们出气。脾气火爆，办公室冷气常年保持在二十度以下，冷热交替，报社里的感冒大半是因他而起。

虽然知道主编故意找我撒气，但他说的每一句都是事实，来了报社半年，我连一条像样的新闻都没有做出。这才是最让我难过的，他的每一句都一针见血，我无法反驳。

沮丧情绪一直持续到下班，在电梯里闷了十分钟才成功突破重围。一定是在电梯里闷太久，我的大脑缺氧，出现幻觉，否则怎么会看到不应该出现在这里的人。

我低着头，往公车站走去，他却喊出我的名字。

"夏昕，你打算视而不见吗？"

傅亚斯声音低沉，带着微微的压抑。

我实在无法像周舟所说的，朝他挤出一个笑，或者没形象地吐几口口水。所以我选择最愚蠢的办法，转过身，假装什么都没听到，什么都没看到。

　　"夏昕，你就那么恨我吗？"他又开口了。

chapter.02
曾经的少年已远去

傅亚斯的每一次出现,都在彰显我有多狼狈,我却连回头看他带着什么表情的勇气都没有,只敢莽撞往前冲。

　　此时正值下班,公车站挤满人,我几乎找不到容脚之地。身后那人亦步亦趋,机车引擎声在我站稳的下一秒熄灭,挪了几步,却听到他轻声嗤笑,带着嘲讽,或者说自嘲:"夏昕,我又不是传染病人,何必连这几步距离都不肯给?"

　　汽笛交错着叫喊和嬉闹,这闹市中的声音将傅亚斯的话覆盖了一半,等车的人只听到"传染病"三字,蓦地散开,身畔突然变得空旷。我看着掩着口鼻的人,不敢再乱动,回头,恰好看到他弯着嘴角笑,像看到什么好笑的事。

　　我有些恼,想踹他几脚,刚有动作,猛然想起现在已不是以前,讪讪收回。

　　这个城市的喧闹像在此刻被按下暂停,傅亚斯愣愣地看着我,眼中的笑意荡然无存,只剩下艰难狼狈。好一会儿,他才像被按下慢放,缓慢而僵硬地放下情急间伸出来挡的手,声音像在甲醛里浸泡过,沉重木然,已无刚才的生气。

　　"你真的那么恨我吗?"

　　"我不恨你!"

　　"不恨我你会躲我躲了半年多?手机换了号码,消失得无影无踪?不恨我你会这样来惩罚我!"

我看着眼前的人，心底无端泛起酸涩和悲哀，还有愤怒。

"我没有躲你，我只是换了个手机号码，换了座房子而已。这个城市那么小，要找到一个人轻而易举，只看你有没有心思而已！还有，傅亚斯，我们已经分手了！要我和你说几次，我们已经分手了！"

"我没有同意！"

"这不需要你同意，是老子决定不要你！我不需要一个连自己女朋友都不相信的恋人！你去找颜梦去吧，老子不要你了！"我几乎是咆哮出声，"我不想和你在一起，因为我不想再一次体验被冤枉在警局里孤立无援的痛苦，我不想再重蹈覆辙了！"

他似乎没料想我会如此激动，被我这么一吼，原本还带着光亮的眸子迅速变得黯淡。

周围尽是窸窸窣窣的议论声，猜想着这出分手男女当街吵闹的戏码是由何恩怨情仇引起。认真说来，我们并无深仇大恨，只是他像高空弹跳，而我胆小又恐高，所以避而不及，害怕他打散我来之不易的平静生活。

我迅速扭头，不敢再看他那深不见底的眸，唯恐自己不小心又陷进去。

最难等总是下班回家的公车，我不想与傅亚斯再纠缠，上前几步拦的。出租车虽热门，但也没像公车那般抢手，几分钟，我便坐上回家的车。

"姑娘刚下班呀？"司机是很胖的中年男人，笑起来像《西游记》中的弥勒佛，十分喜感，"上哪呀？"

"幸福小区。"

我无力地靠着椅背，刚想闭眼休息一会，却听到司机带着浓浓八卦意味道："后面那人是你男友呀？哎呀，小两口闹别扭了？"

我诧异地望向后视镜，心脏几乎要从胸口蹦出。开着车跟在我们车后的那人不是傅亚斯是谁？他连头盔都没戴，在车流与风中穿行，惊险无比。

我不想回头，不想看他，但报社到幸福小区这半个小时，我的目光不受控制地定在窗玻璃上，没有移动分毫。

我的心脏跳得很快，就像犯了心脏病一样。

看到幸福小区那四个大字，我感觉自己松了一大口气，背后都是冷汗。

他没有走，从报社跟到我家楼下，车不知停在哪棵树下。

我的影子摇摇晃晃，它飘到楼下，后面的影子没有掉头离开的意思。我终于还是回头，对这个半年多不见的人说："算了吧，傅亚斯。"

说完这句话，我像卸下沉重的包袱，松了一大口气。他的名字，我曾在黑暗中歇斯底里哭着咆哮的三个字在此刻并没想象中那般难以启齿，喑哑晦涩。

丢下这句话，我转身往楼上走，却被他扯住了手，他冰凉的手指触碰到皮肤，我居然起了一身鸡皮疙瘩，下意识甩开，用力地，像甩掉什么脏东西。说真的，在那一刻，我感到恐惧，像跌进深不见底的黑洞。

他并没看我，只是看着自己的手，像刚刚一样，眼神带着不同寻常的悲凉。他又重复了刚刚的话："夏昕，你就那么恨我吗？"

"不，我不恨你。"我深吸一口气，屏住呼吸，"我从来都没有恨过你，但是我不想和你在一起了。"

"为什么？"

"为什么？你现在问这个，有意义吗？"我对他轻笑，"在我需要你的时候，被告知你陪伴在颜梦身边；在我最需要你的信任时，你告诉我你对我很失望；在我孤零零在警局里等待时，你在哪里？我也想问为什么？为什么你是我的男朋友，却总在我最需要的时候离开？为什么你不相信我，为什么不相信我什么都没有做？为什么？"

前一刻还一身戾气蓄势待发，下一秒，他像被针扎破的气球，迅速变得干瘪，瘫软在地。

他的嘴唇发白，像刚从手术室推出来失血过多的病人。

"那么多为什么，你从来没有给过我答案。"我下意识地挺直背，却发现自己的声音带着哭腔。说完这句，我便不再说话，唯恐自己会崩溃大哭。

我以为时间可以给我力量，让我成长。但现在我才明白，它没有给我无坚不摧的盔甲，这半年来我的沉静与冷漠都是虚假的伪装。人不可能永远活在伤痛里，但伤痛痊愈亦是一个漫长的过程，我还未完全康复，又冒出了一只手，撕开正结痂的伤疤。

傅亚斯的出现就像一把剪刀，猛然剪断我那根紧绷的弦。

"腾——"

现在，它终于断了。

"我相信你。"我听见他说，"当我离开那间小黑屋听到你的哭声后，我就知道自己错了,错得很离谱,我知道你不是那样的人,但我没来得及告诉你,没来得及和你忏悔,你就走了。"

"夏昕,你走之后,我一直在找你,我找过林朝阳,找过彭西南,他们说你去了西藏,我不信。我去过你家里,不敢让你父母发现,在你家门口等了很多天,你一直没有出现。"他顿了顿,拳头收紧,"后来发生了很多事,你可能也从报纸上看过了。我父亲,老头入狱了。"

"所以,对不起,我没有再去找你。"

他顿住,没有再说下去,半边脸笼罩在路灯的阴影里。不知是不是我的错觉,我看见他的影子在颤抖,细小的,微不可见的抖动。

似乎有一只手在用力地挤压我的肺部,我感到难受,疼痛。我不敢动作,咬紧牙根,眼前的光影越来越模糊。

傅亚斯一直站在那儿,一动不动。

是向阳将我从困境中拯救出来,他不知何时走近,探究的眼神来回巡视了许久才古怪地开口:"夏昕,你怎么了?他是谁?欺负你了吗?"以往他都是叫我姐,这会却直呼我名字,目光再次往我脸上扫。

我才知道,我眼睛红了,或许我已经哭了,只是眼泪还没来得及掉下。

"他是谁?"对面的人抢在我面前开口,带着压抑,还有一丝狼狈。他没有看我,而是看着将手搭在我肩上的向阳。

我此时才看清向阳,他应该刚游泳回来,浑身上下只着一条黑色泳裤,头发还在滴着水。他看看他,又看看我,突然爆出让我都瞠目结舌的话:"你说我是谁呀?我是夏昕的男朋友呀我是谁!我还没问你是谁呢!不过你是谁我也不想知道,没意思!"说完转向我,"走吧,夏昕,我们回家。"

对面人的眼神冷得像冰柜,我甚至不用抬头都能猜到他此时的脸色肯定比夜色还要黑。

唯恐天下不乱的向阳扯着我往楼上走,走了几步就小声地邀功:"那人是谁?他是不是喜欢你?看,我聪明吧,帮你解决了一个苍蝇……"

我头疼欲裂,连回答他的力气都没有,好在后面的人没有再跟来。

走到楼梯拐弯处,我才听到傅亚斯的声音,此时声音听不出情绪,只有一丝疲惫。

"夏昕,我什么都没有,只有你。现在,你也不属于我了吗?"

周遭像坟墓一般寂静，我的胸口像被扎进一把刀，正汩汩地往外冒着鲜血。我以为自己披上了坚强的盔甲，就可以刀枪不入。而傅亚斯，仅用两句话，便将我杀得片甲不留。

"我求你了，别再来找我，行吗？"

物业只有在收物业费时才能看到人，楼道灯坏了一个多星期还没修好。

黑暗中，向阳用手肘轻轻撞了我："姐，你是不是生我气？我刚刚是不是做错了？"

"没有。"

"那你为什么不说话？"他像一个好心办了坏事的小孩，带着浓浓委屈，"我以为他是纠缠你的苍蝇，所以才冒充你男友。"

"真的没有，我没有生你气，你也没有做错。所以，你可以让我回家了吧？"

上楼后，向阳却不让我回家，硬拉我在楼梯坐下，和只穿泳裤的男生一起坐在楼道的感觉很微妙，无论我怎么驱赶，他都不愿回家换衣服，披了一条大浴巾和我挤在一起。他的眼睛很亮，此时灼灼地盯着我："可是姐，我感觉你很不开心，要不，我们来玩个游戏，我们各自告诉对方一个秘密。"

我一时间不知怎么接话，还没等我反应过来，向阳已经开口。

"我爸爸是运动员，国家队，还拿过世锦赛的金牌。很小的时候，我就很崇拜他，立志要像爸爸一样，进入国家游泳队。可是，我没有天赋，无论我多努力，都赶不上爸爸的一半。姐，你说我是不是很笨呀！或者说，我根本不适合走这条路。"这是我见过最深沉的向阳，褪去了以往的嬉皮笑脸，他看着楼梯，似乎在沉思。

"不会的，只要你努力就会成功！"

"可是，爸爸再也看不到了。爸爸，已经过世了。"他的声音很低，最后，终于陷入漫长的沉默里。

"再多的努力，再多的荣耀，那个人不在了，这些还不如废墟上的泥土与尘埃。"他垂下头，把手挡在眼睛的位置。

我突然很想说些什么，打破这死一般的寂静，就像他，在黑暗中宣泄出自己的秘密。

可是这些，到底该要怎么说出口呢？

说起来，我认识傅亚斯也将近五年了。那时我才十八岁，因为与父亲的关系很僵，所以离开家到这个陌生的城市上大学，那时和我一起的还有我的青梅竹马彭西南。那时我以为离开家便可以逃离从前不堪的噩梦，可后来我才知道，这是我做的最错误的决定。

我就是在这个城市认识了开酒吧的傅亚斯，他很神秘，像风，对我有着致命的吸引力。他突兀地出现在我的生命里，让人躲闪不及。起先，我还能保持清醒，努力使自己不沉溺在他的美好里。可后来，我和室友争吵，和竹马决裂，与最好的朋友周舟产生矛盾最无助的时候，是他陪在我身边。

但对我最致命的一招，并非在此。

在大学里，我遇到了我爸以前的学生张诗诗，她成了我们的辅导员。我和她的关系说来微妙，我恨她曾经破坏我的家庭，将我母亲逼至崩溃边缘，喝药自杀。而她估计更恨我，因为在我母亲自杀之后，我们见面谈判，我将她从楼梯推下去，意外使她流产。

这些不堪的往事被有心人挖掘，暴露在光天化日之下。那个时候，我和张诗诗成了学校的名人，一个是人人喊打的小三，另一个更可怕，才十几岁便心狠手辣，扼杀了一条鲜活的生命。

那时我的情绪几近崩溃，是傅亚斯带着我一步步走出阴影。

周舟曾劝诫过我，傅亚斯那样的人并不是我能掌控，可我无法左右自己的情绪。大抵是人都有雏鸟情节，我便是在那一刻爱上了傅亚斯，这个看起来神秘危险的男人。

爱情开始的时候，是轰烈疯狂，收场却是狼狈难堪。

向阳推推我的肩膀，将我从回忆里解脱，看着他充满求知欲的眼神，我知道躲不过去。

"他是我以前的男友，我们是两个世界的人，我知道和他在一起没有好结果，却还是控制不住自己。那些日子，不能说不快乐，但我却过得战战兢兢，每一天都像走在悬崖边。除了知道他的名字，他几乎什么都没有告诉我，像黑衣人一样神秘。我们这场恋爱，谈得精疲力竭，直到分手，我都不能确定，他有没有爱过我。"

"姐，那现在，你还爱他吗？"

"我不知道，但我不想再走回头路，人生只允许犯一次傻。"

这句话不止是对向阳说，也是在对自己说。说完我拍拍他的肩膀，起身开门回家。

这个夜晚，毫无意外失眠了。

我抱着被子像烙饼一样不停在床上翻滚，直到天边泛起鱼肚白，才微微有了倦意。可我眼睛一闭上，便睁不开，一觉睡到九点，连闹钟响都毫无知觉。

人倒霉的时候，连喝开水都塞牙。在睡过头之后，我发现连公车和的士都在与我作对，等了十几分钟连个鬼影都没见到，最后我只能打电话给李维克，将不用上班的李医生从被窝里挖起来，让他送我去弘晖地产。

李医生随叫随到，抵达弘晖地产离预约时间还有十分钟。我飞快地拾掇了一下自己，并在眼下涂多一层遮瑕膏，企图掩盖住黑眼圈。

"谢谢你李医生，你真是个大好人！"

我甩上车门，踩着小高跟往里蹦，眼睛的余光看见他似乎笑了一下。

这一天对我来说非常重要。

这是我第一次独自采访，虽然跟柯姐采访过好几次，虽然在几天前我就做好了功课，但当我独自踏进弘晖的大门时，还是不由得紧张，眼皮也一直跳个不停。我走进小会议室，对方是一个和善的中年男人，微胖，见到我进门，面上还带着笑容。这多多少少减轻了我的不安，采访时间不长，只有一个小时，副经理对我提出几个问题都没有正面回答，但也没有刻意为难，只是给出几个官方答案。

虽然磕磕巴巴，但总算没出丑，圆满结束这场采访。但在我离开弘晖地产的时候，我遇到了一个人。

当时我边看时间边往电梯里冲，想赶在午休的高峰前回到报社，却不料直直地撞向电梯里的人，那人闷哼了一声，我还没来得及说抱歉，他却开口了，声音我并不陌生："哦，是你？"

路放站在电梯里，手按在开门键上，精致的脸上没有一丝表情，如他没有褶皱的西装，给人一丝不苟的压抑。

路放，路氏企业的老总，财经杂志的常客，就在几个月前，几乎本市的所有财经杂志和八卦杂志都报道了同一篇新闻：才结婚两年的优绩股路放路总裁，离婚了，未婚少女们可以继续前仆后继了。连柯姐都说，如果她再年轻几岁，都会被他俘虏。

而我知道，这个男人远比表面要危险。

一时间，我进退两难。

电梯里只有他和另一个像是助手模样的男人,他按着开门键,见我迟迟不动有些不耐,微微蹙眉:"你到底进不进?"

我下意识地摇头。

他并没有为难我,或者说,他不屑于为难我,见我摇头,他按下关门键。

"告诉周舟,我不会放过她。"

声音带着冰碴,和他那张同样冰冷的脸被隔绝在门内。

这句话我没有转告周舟,虽然当天晚上她又不请自来,霸占了我的沙发。

我坐在电脑前整理采访稿,头发被我抓得像鸡窝,她终于慢悠悠地开口:"别抓了,看得我心烦。"

"我更烦,你说我只是去采访一下房地产升温问题,又不是去打听公司机密。这个副经理却滴水不漏,回答比官方还要官方,我根本不知从何下手!"

"哦?路氏弘晖?"周舟放下手中的手,脑袋从背后探到电脑前,看了一眼电脑,目光转向我,一脸嫌弃,"这些东西你随便找个搜索引擎都可以得到答案,这样交稿我保证你那个暴躁的主编会把稿子砸在你脸上。"

"可是……"

"其实这些东西,你只要问我就可以。"周舟丢下炸弹,又气定神闲地看书。我恍然才想起,坐在我背后的这个人,是房地产大亨的女儿,周氏的太子女,在她父亲生病后,公司的事几乎有一半是她在打理。

最后,我用一锅冰糖雪梨,成功将周舟收买,搞定采访。

我印象中的周舟,是沉默寡言,像一潭毫无波动的水,只有遇到那个人,才会泛起涟漪。而谈到工作的周舟,和平时完全是两个样子,话语犀利,字字珠玑。从前我总觉得她不适合商场那种尔虞我诈,而现在,周舟仿佛变了一个人,生气勃勃,魅力焕发。

说句矫情的话,认识周舟并与她成为朋友,是我这辈子最最幸福的一件事。她和我从来就不是一个世界的人,我出生在小城市的普通家庭,相貌平平,连成绩也不好,磕磕绊绊才考上大学。而她是知名企业的千金,从小养尊处优,含着金汤勺长大,初中已经开始阅读英文书籍,聪明,美丽,理智,这些词汇在我看来远不能描绘出她的特点。

李维克不止一次说过我对周舟的崇拜太过盲目,但她的的确确是我的女神。在我们成为朋友之后,每每我遇到困难,都是她出手解决,就像超人一样无所不能。

　　若不是遇到路放，或许她的人生会更完美一些。

　　我用力地摇头，努力将那个人从脑子里甩出去，却被她用书轻轻砸了一下："你干吗，傻了呀？"

　　我抢过她手中的书，看到那写满了字的人体构造图脑袋就发疼："周舟，你为什么会想到考研，而且还是医学系？在父亲的公司工作不好吗？你很适合这份工作。"

　　她缓慢地从书中抬起头，眼睛却不知看向哪里。

　　"在那几个月，我走了很多地方，遇到了很多人，他们帮助了我，也教会我许多东西。后来，在火车上看到生病的孩子号啕大哭，在高原上看到因高原反应昏迷不醒的人，在旅馆里看到独行的女孩发烧无助，那一刻，我很想为他们做些什么，才发现自己的力量很薄弱，什么也做不了，连为他们缓解痛苦的能力都没有。这些年我忙着情爱，把所有精力用在与那个人抗衡，回过头来才发现自己一无所得，很无知。所以，我想把剩下的时间用来做一些有益的事。"

　　若是别人这样说，我会觉得浮夸，但站在我面前的人，是周舟。

　　她说："夏昕，既然决定了，就要义无反顾走下去，不要哭，也不要回头。"

　　我看着她，用力地点头，同时，更加用力地在心里挖了个坑，把路放的话深深埋进去，只要我有能力阻止，便不能让他再来祸害她的人生。

　　和李维克交往前，他曾问我，为什么加入《今报》，做一个记者并不是简单的事儿。

　　我已经不记得当时是怎么回答他的，但我仍记得找这份工作的初衷。

　　大学专业与新闻媒体出版没有半分钱关系，加入《今报》前，我从未想过自己会进入这个行业。直到后来周舟去了西藏，突然传出出事的消息，那一刻我手足无措，也发现自己的力量是多么渺小。那时我在想，若是我能成为一个记者，一个新闻工作者，或许我能为她做得更多。后来加入这一行后，才发现文字的重量是我们不可低估的，它可以披露真相，让我们了解民生现状，让很多需要帮助的人得到更多的关注，那之后我便爱上了这份工作。

　　和周舟的谈话更坚定我的信心：要尽自己所能，做好自己的工作。

或许是受周舟所激励，或许是因为别的，我对待工作更认真了。原本一天可以完成的稿子，我用了整整三天，这三天几乎不眠不休，将稿子改了又改，导致牙病又犯了。打电话给李医生求助还被训了一顿："虽然说努力工作是必须的，但也不能这么卖命，哪有人一步登天的。"我低眉顺耳接受批评，但还是坚持把稿子改完才睡觉。

付出总是有回报的，当我把稿子发给柯姐看时，连她都给予了肯定："写得不错，观点独特，语言犀利，肯定能上版，说不定还能排个不错的位置。"

交稿后的第三天，主编将我叫到办公室。

他抓着那几张A4纸，看了我许久才开口，"夏昕，这个稿子写得不错。"我还没来得及高兴，他的态度陡然大转，将稿纸直直朝我砸来，没像周舟所说的砸在我脸上，却扔在地板上，散了一地，声音震耳发聩。我错愕地看着主编，他却没看我，从书柜抽出一份报纸，再次砸来。

"几天前《新报》才刊发了这个专题，给了一个大版！你就交了这样的稿子，这不是打脸吗？要是我把这个稿子发上去，不笑掉人家大牙，说我们跟在别人屁股后面才怪！我们颜面何存！你们这些年轻人，捣鼓不出像样的东西，就是喜欢投机取巧！再这样下去，你他妈的给我滚蛋……"

44码的鞋子碾磨雪白的纸张，我屏住呼吸，努力了许久才让眼泪停在眼眶。

我蹲下身，捡他扔了一地的稿子。当看到自己名字上的鞋印时，泪还是不小心掉了下来。

走出办公室，柯姐和小优迎上来："怎么回事？"

"他说和《新报》撞衫了！"

"我呸，这有什么好发脾气的！我们写过的，别人还不是照样写，这不是很正常吗……"柯姐满脸怒容，几乎要喷火，"我去找他，每次都拿我们当出气筒。"

"算了，柯姐。是我自己的问题，我知道。"

柯姐嘟囔骂了几句，小优轻轻地扯我的袖子："对不起夏昕，我……"

"我知道，你们都想帮我，是我自己不争气。"我轻轻拍她的手，想给她一个笑，眼泪却猝不及防地掉下。

我忽然想起网络上流行的话，十分合适地描绘出我的窘状：梦想很丰满，现实很骨感。

那天傍晚，李维克约我吃饭，原本并不想去，但他的车已来到楼下。

明明是四月天，风却冷冽。

走出办公楼，我接连打了几个喷嚏。

李维克穿着白衬衣和黑西裤，倚着车门，微笑着朝这个方向看来，好几个女孩边走边嬉笑回头张望。见我走近，他收敛嘴角的笑，一针见血："这是怎么了？又挨骂了？眼睛这么红！"

我摇摇头，沉默走向副驾驶座。李维克随即上车，扣了自己的安全带，又帮我扣上，却没有开车，手指轻敲着方向盘。

他在等我开口。

这样的事已发生无数次，这半年，我不止一次在李维克面前掉眼泪，可这一次我忍住，但毕竟哭过一场，带着嗡嗡的鼻音，我认真地问他："我是不是很失败，不适合当记者，都半年了，一事无成百不堪。"

他端详着我，隔一会儿才深深地叹了一口气，像山歌那般漫长悠远，然后，他说："夏昕啊，你让我怎么说你好呢？"李医生今年二十八，仅比我大五岁，对我他却总像哄小孩，但不可否认，他总是能平复我躁动不安的心。

他摸着我的头，像摸他家的狗："你很棒，没有人是一帆风顺，既然选择这条路，就好好走下去，走不下去了，就不做了！来我们诊所当个小护士，医生护士夫妻档，羡煞旁人。"

我笑了，不是故作坚强，而是真的想笑。

"我们今天去哪吃饭？"我吸吸鼻子，平复情绪，"我好饿。"

他调转车头，嘴角微扬："带你去见李医生的朋友，陈医生王医生徐医生各种医生。去海边，有点远，你睡一下。"说着，伸手将搭在椅背的西装拿下来，盖在我身上。

西装上有淡淡的消毒水味，混合着婴儿沐浴乳的香气，我嘲笑过他几次，大男人还用这么甜的沐浴液，他只是笑，也不恼。

我和李维克在一起四个月，一次架都没有吵过。他像爸爸，像哥哥，像闺蜜，也像小孩，随机扮演各种不同的角色，在我需要的时候给予我安全感。他有很多朋友，偶尔会带我去聚会，从不吝于向他的朋友介绍我："这是我家小孩，报社的小记者，大家别欺负她。"

我很难说清自己对李维克的感情，但我喜欢与他在一起。他永远不会让你感到不舒服，无论何时何地，总是会顾及你的感受。就连当初他的表白，都不会让你感到惶恐不安，他当时是这样说的："要不要试试和我在一起，我会努力让你开心。如果你不愿意，我也不会勉强你，我们以后还是朋友。"我承认，他打动了我，于是我便试着和他在一起，这一走，就是好几个月。

车缓慢朝前移动，迷迷糊糊间，我听见手机响，接着是停车，开门关门声。待我完全清醒，才发现李维克把车停在路边，人在车外打电话。他背对我，连我走出车厢都没发现，他的声音比平时要冷上几分："这是第几次了？你什么时候才能懂事一些！你交了那么多男朋友，哪个不是爱得死去活来最后还不是分手了！每次都要我帮你收拾烂摊子，我没那么大的能耐！"

电话那头不知说了什么，他的气息更加紊乱，喘着气，似乎无法压抑自己的情绪，最后他说"好，这是最后一次"，然后狠狠地挂了电话。

他回头时眉头还是紧蹙，面上是少有的不耐烦，看到我，有些错愕："你醒了。"

"发生什么事了？"我问。

他看着我，手在眉间捏了几下，带着抱歉道："没事，就是有点小麻烦，只是我不能陪你吃饭了。"

他回避这个问题，我没有为难他，"没事，你去忙，我自己回家吃饭就可以，冰箱好像还有菜。"

虽然我一再表示可以自己回去，李维克还是开车将我送回家，在车上，他不停地打电话，先是和他的朋友逐个解释告知我们无法一起吃饭，接着打给了银行，最后似乎又打了个很长的电话，讲了一连串的英语，我没听懂几句。

事情似乎不简单，我也没有追问。

从前我总认为掏心挖肺是表达感情的最好方式，现在想想，有些事情还是不要知道得太清楚，这样会更安全。

李维克将我送到小区门口，随即往反方向驶去。

我缓慢地朝家挪动着脚步，头脑有些发懵——是饿的。

路灯下，两个提着大包小包的熟悉身影正在我前方。

于是，本来打算叫外卖的我鬼使神差地跟着向阳回家。他是这样说的：姐，今晚我们吃火锅，来一起吧！冉书瑶这笨蛋，别的不会，做麻辣火锅很有一手。

向阳家与我家格局一模一样：一房一厨一卫一厅，冉书瑶住房间，向阳窝在客厅沙发上，进门时沙发上还丢着一条蓝色内裤，见我打量，他慢慢涨红脸，收了内裤，冲向房间。不到三秒又冲出来，奔向厨房："冉书瑶你快一点，夏昕姐饿着呢！"

"要快你自己动手，她饿了关我什么事！"

厨房里叮当作响，好几次想去帮忙都被向阳推搡出厨房，冉书瑶不忘赏我几个白眼。她不喜欢我，甚至可以说是讨厌，每次见面都是针尖对麦芒，虽然我不知她这种强烈的敌意从何而来。

向阳则与之相反，对我总带着笑，有什么好东西都会叫我与之共享。周舟甚至怀疑我和他有什么不干不净的关系，否则他为什么会对我这么好。后来我也问过他，他却扔给我个可怜兮兮的眼神："姐，我本来就是个好人，这栋楼大家都可以作证，我昨天还帮楼上刘奶奶遛狗了呢！"

晚餐在客厅进行，一台电磁炉一个锅三副碗筷是我们所有餐具，翻炒过的辣椒、花椒、香叶、八角、桂皮沸腾在红艳的汤底里，冉书瑶正往锅里放丸子肉和土豆花菜，化着烟熏妆的眼被雾气熏得微红，眼线融了一半，我看着她那张恐怖的脸，低头咬丸子，倒是向阳叫了出来："冉书瑶，我拜托你，吃饭先卸妆好不好，这样让我很没有食欲。"

"那更好，别吃了！"话是这样说，但她转身进了洗手间。

我很久没吃麻辣火锅了，工作后，除了约会和偶尔打牙祭，几乎都是用快餐对付。向阳不停地往锅里放东西，再往我碗里夹菜，被辣得不停吐舌头，还要说话："姐，你怎么每天都那么晚回家，那个人还在纠缠你吗？你看起来很不好，是发生什么事了吗？"

我愣了一下，摇头，自那天后，傅亚斯没有再出现过。

"没事，就是工作比较忙。"

"报社工作这么忙呀？是不是要采访很多大腕，市长啊领导啊这些？"

此时冉书瑶已从卫生间走出来，卸了妆活脱脱一个清秀美女，听到向阳说话，瞪着大眼睛看我，态度迥异："你在报社工作呀？那是不是认识很多名人？车展啊服装秀啊这些你知道吗？就是那些商家，你能不能介绍我给他们认识呀！"

大眼睛充满了期待，我抱歉地打断她的念想："我是负责社会新闻版块的实习记者，你说的这些应该是时尚杂志或娱乐报刊吧，我完全帮不了你。就算我在那些杂志社报社工作了，我也帮不了你……"

★　听　说　我　们　不　曾　落　泪　Ⅱ　★

她的眸子瞬间黯淡，用筷子戳着浮沉在锅里的丸子，神情失落："哎，我就知道，你怎么可能帮得了我。"

正低头吃菜的向阳忍不住嗤笑："冉书瑶，别再做明星梦了，你他妈的要是被人骗了，我可管不了你！"

"我什么时候要你管了！"

"要不是你妈让我管，我还懒得管了！女孩子家家，每天打扮成这样，好好的学不上，整天做明星梦，我从小到大就没见过你这样的。"

两个小孩吵得热火朝天，我抱着碗兀自吃饭加观战，还是忍不住感叹：年轻可真好呀。

我的大学时代，也像他们一样疯闹，可现在我已经走出象牙塔，初入社会，如一条毫不起眼的小鱼，在深海里艰难地浮游。

鲜红的浓汤里漂浮着各种火锅料，我听着他们吵闹，享受这一刻的温暖。

接下来的日子，前所未有的平静。

工作虽没有大突破，也没再犯错，不该出现的人，没再出现，每天准时上下班，偶尔和李医生约会看电影，日子井然有序。若是非说有什么波澜，就是我的牙病又犯了几次，让李医生半夜穿着睡衣给我送药过来，气得他好几次给我扔白眼："要是你还这样不珍惜自己，我们就分手吧！自从和你谈恋爱之后，我的工作量可加大了不少！"我置之不理，笑嘻嘻地扯过话题："做人最紧要是开心！你饿不饿，我给你下碗面呀！"

他瞪了我一眼，终于还是没绷住，笑了。

这便是我所希冀的生活。

这段时间周舟反倒开始忙碌，许多天都没有回我那儿，打电话过去她竟是咬牙切齿，这么多年来首次听她骂脏话，可想而知她的心情有多糟糕。

"路放那不要脸的，趁我家老爷子生病，抢了好几个地盘。北郊的地是要投标，也不知道用了什么下三滥的方法，给他标去了！那地原本是我们的，审批都通过了，就差临门一脚！真真是不要脸的贱人！"

我已经很久没从周舟口里听到这个名字，就连我自己，说到他也会刻意规避。从她嘴里说出这两个字，忽然让我感觉到有些陌生。周舟从小有良好家教，我几乎很少听过她骂人，此时"路放"二字，几乎是从牙缝里挤出的，还带上那么难听的字眼,可想而知她有多愤怒。

恍惚间想起那天在弘晖和路放碰面,才明白他所说的"不放过周舟",是这样的不放过。幸好,我没有替他转达。

说到周舟与路放的渊源,估计要往前追溯很多年,那个时候我还没来得及认识周舟,所以无法阻止他们相遇。后来周舟告诉我,他们第一次见面时,她就知道那人是危险的,可他对她却有着致命的吸引力。

路放是路氏前总裁的私生子,亦是周舟父亲的好友和生意伙伴,按辈分,她要叫他一声叔叔。可就是这么可笑,她爱上了他,他竟然也没有拒绝。我并不知他们之前的爱恨纠葛,只知道这些年周舟爱得艰辛。

看着他订婚、结婚,和商业联姻的女人出双入对,她不是没想过退让,也不是没想过接受别人,但他原本就不打算放过她。用一个枷锁,将她锁住,让她老老实实地待在他身边。那个时候周舟还傻傻地以为,他是爱她的,直到情敌挺着大肚子出现示威,她还带着一点侥幸,骗他说自己怀孕,问他会不会与自己在一起。

我至今无法忘记那个大雨滂沱的下午,他勒令周舟打胎不成最终失了风度,对她拳脚相加。周舟像一个破碎的娃娃,一动不动地躺在地上,我想,那个时候她已死了一次。也就是那个时候她才明白,路放并不爱她,他爱的是她背后的周氏,简而言之就是钱。

后来周舟心灰意冷去了西藏,流浪了半年之久。

再后来,路放离了婚。

"对他来说,婚姻不过是一场交易,没有利用价值了就扔掉。"周舟这样对我说,脸上没有一丝表情。

四月就这样,迈着轻快的脚步,慢慢地走远。

四月的最后一天,深夜,我接到一个奇怪的电话。那时我正准备睡觉,迷迷糊糊从枕头下摸出手机,看到是陌生号码也没多想,直接滑动接听键。

起初,电话那边一片寂静,随即是沉重的呼吸声,我几乎以为自己接到了骚扰电话,正准备挂断,低沉压抑的哭声透过电波,断断续续传来。

像一支箭,射在我心上。

我浑身僵硬,握着电话的手竟使不出力气,也无法放下,只能听着那边的哭声,一声盖过一声。

那是一种悲切的、几近绝望的哭声。

无论如何，我都无法将它和脑海中那个熟悉的身影重合起来，但声音的的确确是他的。三分十六秒通话，没有一句对白，最后他用一句"对不起"结束了通话。

声音是沙哑的，电话是陌生的，但我清楚地明白这个电话是谁打来的。他如何知道我电话？我要不要换号码？想到这儿，我又一次觉得自己可笑，他连我在哪工作都知道，更何况一个电话。

他是神通广大的傅亚斯呀。

可是，他为什么哭？

我努力不去想，这个问题却萦绕在我心上，久久不息。好在，接下来的事情，冲淡了我的思绪。

五月第一天，我转正了，正式成为《今报》的记者。

从主编手中接过转正通知书那一刻，毫不夸张地讲，我紧张得手心都在冒汗。骂了我整整六个月的主编，第一次显得那么可爱："喏，从今天开始，你必须做一个好记者，要有社会责任感，报道正义与力量！"

我想笑，还是忍住了，就差对他立正行礼："谢谢主编，我一定好好干的！"

接下来主编的话，马上打破了我对他维持不到三分钟的好感。

"你他妈的要是做不好，我可以继续叫你滚蛋！"

柯姐憋着笑，脸涨得通红，站在我身边的小优并没我这般激动，她撞撞我的肩膀："晚上我请你吃饭吧，庆祝我们转正，顺便带上你男友，把你男朋友藏得那么深，我还没见过呢！"

我随即给李医生打电话，他听后十分严肃："怎么可以让你同事请客！这是收买你朋友的好机会，要不以后我们吵架，她该落井下石了！"

挂了电话，我又接到了周舟的消息，只有四个字两个标点：八点，吃饭。

当晚的晚餐，在川菜馆进行，出场的除了原先约定的三人，外加一个周舟。

晚餐气氛略显诡异。

周舟生性淡漠，虽不可能秉持我朋友也是她朋友的原则，但对小优的态度也算友好，只是她不是热络的人，所以只是打了招呼就拿着手机上网。李维克从头到尾一直保持绅士态度，给我们布菜，添茶倒水无微不至。我更不用说，在场三人一个是最好的朋友一个是男友一个是同事，更不可能尴尬。

唯独小优，她不停在餐桌下掐我，压低声音像小偷："你怎么没有告诉我？"

"告诉你什么？"

"告诉我你男朋友是高富帅，你朋友是白富美！"

我无语地看着她，无视她怨念的眼神，埋头吃菜。

为了庆祝我们转正，周舟点了一打冰啤，只是没想到小优酒量那么差，喝了不到三杯酒醉了，扒拉着我的手像孩子一样哭："我好羡慕你啊夏昕！"

"羡慕我什么？"

"我好羡慕你啊，你怎么就能这么幸运呢！"

"羡慕什么？哪里幸运？"

可是醉鬼小优压根没回答的意思，整个人猛地往桌面栽去。周舟吃完饭就给司机小多打了电话，逃了，留下这个烂摊子。最后是我与李维克联合把她弄进车里送回家，她睡得不省人事，地址还是找柯姐问的，幸好她和室友合租，否则，我还真不知如何把她弄回家。

折腾完小优回到家已过十点，说要去开会的周舟已经霸占我左半边床，睡得正香。我刚开灯，她便睁开眼，睡眼迷蒙地看了我许久，从床头柜抓了个盒子，扔给我。

我一打开，就怔住了，是录音笔。

我依稀记得在几个月前，我们一起逛街，路过苏宁时，我对周舟说："转正后我一定要买一支PCM-D50！作为一个记者，怎么可以没有一支录音笔。"当时她阴恻恻地打断我："PCM-D50好像要三千多吧，你这是打算不吃饭呢！"

而现在，这支录音笔就摆在我面前，周舟云淡风轻道："礼物，庆祝你转正。"

我正想说话，她却翻了个身，抱着被子睡觉，把我满腔的热血都堵在喉头。我恼羞成怒地抓起枕头往她头上砸："你个混蛋啊，老子要煽情你睡觉！叫你睡觉，我砸死你！"

周舟没防备，被我砸个正着，正想反抗，位置不利，反倒被我压在身下。

这个夜晚，我和周舟像在大学里一样嬉笑打闹，像两个幼稚的孩童，玩枕头被子战，像那些不愉快的事从来都未发生一样。

就这样玩闹，直至在疲惫中睡着。

一夜无梦，直到被急促的铃声叫醒。

迷迷糊糊滑下接听键,那个声音像幽灵般,将睡虫从我脑中驱逐出境。

"夏昕,回到我身边,好吗?"

窗外,夜色正浓。

chapter.03
唯有回忆最伤人

抵达报社时,墙上时钟刚好指向"9"。

早晨的报社,依旧兵荒马乱。

抓紧时间打完卡,推开办公室门恰好撞到门后的柯姐,她盯着我看了整整十秒,眼中带了笑意:"怎么,昨晚太高兴狂欢了一夜,还是失眠了?"

我摸摸自己发青的眼袋,朝她笑笑道:"没,就是没睡好。"

柯姐笑着摇摇头,随手扔给我厚厚的牛皮本子,说:"给你的,礼物。"

我掂着手中的本子,比我平时用的好了太多,正想说几句肺腑之言表达内心的感谢与激动,柯姐就朝我摆摆手:"那些虚的就别说,快干活去,前几天一中的学生罢课闹游行的新闻整理一下,资料发你邮箱,中午前给我。"说着,她又埋首电脑前。

我瞠目结舌地盯着柯姐的发旋,半天没有言语,只能挤出一句:"柯姐,你是周扒皮!"话是这样说,但我仍旧乐呵呵地去开电脑,收邮件。当我完成柯姐给我任务,又校对了两篇稿子后,小优才姗姗来迟。她在座位旁喘着粗气,好一会才缓过来,顶着比我更黑的黑眼圈,见我盯着她,有气无力地朝我挤出一个笑。

她精神不大好,估计也是睡晚了。

我继续在键盘下敲打,她"咦"了一声,指着我放在桌面的本子和录音笔,语气藏不住惊讶:"你买了PCM-D50呀,还有这个本子也要一两百吧!"

她的桌面堆满了资料,在她进门后,柯姐连头也没抬,我才知道只我一人得了礼物。我们同时进报社,一起跟在柯姐的手下,不知为何,她对小优总是很冷淡。于是,我只好打了个哈哈:"我哪里买得起,朋友送的。"

"昨晚见到的那个美女吗?"

"嗯。"

"你真好呀,有那么好的朋友!不像我,唉。"小优突然想到什么,脸慢慢泛红,有些不好意思道,"昨晚真是对不起啊,我喝醉了,听室友说是你们把我送回去的。我没发酒疯吧?"

我摇摇头,看她还是一副宿醉未醒的模样,便说:"我给你泡杯茶吧,喝了清醒一些。"

一整天,小优都是浑浑噩噩,下午又被沉着脸的主编叫进了办公室。整整三个小时,我时不时抬起头看主编室紧闭的门窗,躁动不安,就连向来不喜欢小优的柯姐也急了:"她做错什么了?老陈发那么大脾气,不会把她弄死吧!"

在我们破门而入的前一瞬,小优出来了,红着眼眶。

她对我说的第一句话是:"下班后,陪我去喝酒吧!"

说实在,我一直畏惧酒吧。

那个地方对我来说更像一个密封的盒子,装满了各种回忆,再美的灯红酒绿,再多的纸醉金迷,都会在天亮之后,被打回原形。

所以,当小优提出要去酒吧,我的第一反应是拒绝:"你忘记你今天怎么迟到的吗?而且酒吧那地方龙蛇混杂,你酒量不好,别去了。"

小优沉默看了我许久,点点头,回到座位上对着电脑发呆。

谁也不知道这三个小时主编对她说了什么,更不知道她做错什么,小优从主编室出来就一直保持缄默,纵然我们有太多想知道的,也不可能去问主编。所以我只能盯着小优没有表情的侧脸,急得抓心挠肺。

我试图和她说话,她却一直没说话,直到下班都没吭声。

当整个报社的人都走了大半,小优才收拾自己的东西,下楼出了门。我挺担心她,亦步亦趋跟在她身后,没想到她真的不打算回家,拐向了酒吧街的方向。街口人来人往,就在我踌躇的那几秒,小优纤瘦的背影突然消失在霓虹中,我咬咬牙,还是跟了上去。

我追上时,她恰好进了酒吧大门。

时间很早,酒吧里的人不多,除了我们只有酒保和侍应。

小优看到我并没有惊讶,只是笑:"我就知道你不会丢下我一人。"说着扬手点了半打啤酒。

她的语气不对劲,整个人从下午开始就透着一股玄乎。她将啤酒放在我面前,像五大三粗的汉子,吆喝道:"喝!"说完也不管我,酒杯也不拿,拿起酒瓶就灌。喝了四瓶啤酒后,始终沉默的小优掰过我的脸,一本正经地问:"你为什么不喝!"

还没等我回答,她整个人瘫倒在我怀中,像个小孩一样哭泣:"我不开心!夏昕,我很不开心!我们村子就我一个人考上了大学,现在我进了报社,你不知道我爸妈多开心,到处跟人说我做了记者!可是为什么我这么差劲!无论我多努力,做什么都做不好,要是被我爸妈知道我这么差劲,他们肯定会很伤心!"

"你已经做得很好了。"我摸着她的头,"比起我,你好了很多了。"

至今我回想起那些往事,都觉得难堪。

十三岁那年父亲出轨母亲自杀让我恨了父亲许多年,离开家上大学亦是为了躲开他。谁知在学校却遇见了张诗诗,让我对他更加怨恨。那几年,我对他十分抵触,明明知道他想念我,打电话回家却只和妈妈讲话,偶尔他接电话便不出声。直到后来,发生了很多事,经历了背叛与不信任,我才发现无论何时,父母都是最大的依靠。他们永远不会离开你,永远不会计较你犯过什么错,无论你什么时候回头,他们都在那儿。

"他们会理解你,小优。"

小优没理我,自顾自说话:"为什么我很努力,可是还是做不好,你说为什么呢?你告诉我!"她开始激动起来,抓着我的领子,翻来覆去就是那一句,"要是被我爸妈知道了,他们会很伤心的。"

"不会的。只要我们开心,爸妈也会开心的!我这么差劲的人,我爸妈都没有埋怨过我一句,何况你呢!"

小优明显醉了,窝在我怀中喃喃说着什么。随着时间推移,酒吧里的人越来越多,音乐声划拳声吆喝声一声盖过一声,小优已醉成了烂泥,我一个人要把她弄回去很难。犹豫了一下,我给周舟打电话,听到提示关机,我才慢吞吞拨通李维克的号码。

电话接通,李维克"喂"了一声,听到这边的动静声音的温度明显降了下来。

"怎么回事?"

"小优不开心,我陪她来酒吧,她喝醉了,不过我没有喝酒。现在你能来接我们吗?"意简言赅交代完,李维克便挂了电话。

的士高吵得我脑袋疼,等待的空隙里,我抱着小优坐在座位上打量着来来往往的人,分散注意力。只是我没想到,我会看见冉书瑶,她化着浓妆,穿着豹纹热裤和小可爱，混在一班和她相同扮相的男男女女中，勾肩搭背，透着糜烂的气息。他们随着节拍扭动着年轻的身躯，只是一眨眼，便融入灯光暧昧的舞池里，找不到她的身影。

我还在四处张望，李维克的声音突然响起："夏昕，走了。"

我抬头看他，他与平常没有变化，白衬衫西裤与这里的氛围格格不入，他脸上没有什么表情，但我却读出了他的不悦。和李维克在一起的这些日子，他始终温文尔雅，从未对我冷过脸说过一句难听的话，而此时他颠覆以往的形象，浑身散发着"我不开心别惹我"的气息，让我有些胆怯。搀着小优跟在他身后，走了几步，他折回，接过我手中的小优，大步走向停在门口的车，直接将她扔在后座。

做完这一系列动作，回头看见目瞪口呆的我，他也愣了一下。好一会，李维克伸出手揉揉眉心，终于恢复正常，但声音还是冷的。

"夏昕，我从来不要求你什么。但是我希望，以后你不要出现在酒吧这种场合。"

"我可以问为什么吗？"

"没有为什么，女生原本就不该来这种龙蛇混杂的地方，要是被骗了怎么办！"他忽然提高了声音，"这么简单的道理你不懂吗？你为什么总是这样随心所欲，知不知道这样会让人很担心！"

被他这么劈头盖脸一吼，我有些委屈："我没有！我……"

他像卡住的唱片机，忽然没了声响。

好一会儿，我才听到他道："我不是故意对你发脾气，我只是不喜欢你来酒吧，这地方太龙蛇混杂了。"说完，他大步走向驾驶座。

那一瞬间，我感觉十分微妙，有个奇怪的念头在我脑海里漂浮着，待我伸出手想要抓它，它却像泡沫，"噗——"破了。

折腾了半宿，回到家洗完澡已经将近十二点，我却没半点倦意，躺在床上翻来覆去三个小时也没睡着。那时不时响起的午夜凶铃，今夜没动静。

这个觉，我睡得特别不好，在床上翻来覆去几个小时也没睡着。大概是凌晨三点，窗外淅沥沥下起了雨，我数着雨声，迷迷糊糊的，不知何时才入眠。

我睡眠比较浅，所以那声可怖的尖叫声刚响起，我便醒了。那嘶声竭力的尖叫，像是用尽自己所有力量，一开始我以为是梦，直到听到第二声，我才知道，那不是梦,而是对门冉书瑶的尖叫。

时间还很早,窗外的雨还没停,冉书瑶的哭声断断续续地传来,我终究还是忍不住,穿着睡衣趿着拖鞋按下隔壁的门铃。

这栋楼隔音不好,我站在楼道都能听到楼上楼下住户的骂声,按了好几次门铃,门才被打开。站在门口的向阳,像在水里泡过一般,浑身湿漉漉,眼睛很红,面目狰狞。

看到对方,我们都愣了一下,是向阳先反应过来,他哑着嗓子问:"姐,有什么事吗?"

他站在门口,我看不清里面的情况,冉书瑶的哭声还在继续。我也不说话,就这样盯着他,他被我看得发毛,又问了一句:"姐,有什么事吗",声音却低了不少。

我叹了口气:"这是怎么了?大清早和冉书瑶吵架吗?你就不能让让她?她一个女孩子,哭得这么惨,连我听着都怕。"

"你都不知道她做了什么!"他打断我,"现在知道怕了,就哭!"

"她做了什么,你也不能打她吧!大清早的,别人还在睡觉呢?你听不到楼上楼下都在骂吗?"

向阳猛地拉开门,像是气到极点:"姐,你进来!进来你就知道了!"

我跟在向阳的身后,才发现不止他浑身湿透,从门口至浴室的地板上都是水,而冉书瑶的哭声便是从浴室传来。刚走近浴室,便被吓了一跳,冉书瑶披着一条大浴巾,坐在浴缸前瑟瑟发抖,披散着的头发滴答滴答地滴着水,脸上的妆糊成一片。浴缸放满了水,没有猜错的话,在我敲门前,向阳正将冉书瑶的头往水里塞。

真的没看出,向阳骨子里居然藏着暴戾因子,见我这样的眼神,他急忙摆手:"姐,你别乱想,我不是虐待狂,是这人太欠揍,我在帮她醒酒!"

从我进门一直安静的冉书瑶,在这时突然发出一声凄厉的哭声,眼泪汪汪从眼眶冒出:"向阳你这个神经病,还嫌我不够可笑,叫人来看笑话是吗?"

向阳扯着嘴角,声音变了个调,面色随之阴沉下来:"你还知道自己是个笑话,还知道丢脸吗?我以为你连命都不要了,何况脸这种东西!"

"我什么时候不要命!"

"要命,要命你大半夜和男人出去喝酒!人家说自己是模特是歌手你就跟着去了,给你什么东西你就吃!要不是我打电话,听出不对劲,大半夜去找你,现在你还不知道死在哪里！那些人是好惹的吗？你他妈的十九岁了，还长不长脑子！"

暴怒中的向阳并不好惹，冉书瑶眼中蓄满泪水，好一会才挤出一句："你凭什么管我，你又不是我什么人？"

向阳冷笑了一声，摔门而走，留下我与冉书瑶面面相觑。

我正准备走，却听见她小声地喊了我一句："喂，你可以去陪陪他吗？每次他心情不好，会去游泳馆。"

我回头看她，这个美丽却狼狈的女孩终于低下高傲的头颅，视死如归般挤出一句："拜托你了。"

我梳洗完毕来到游泳馆已是半个小时后，雨天的清晨一片凄清，向阳已自虐般来回游了好几圈。见我过来，只是打了个招呼，又在泳池里扑腾。

我坐在泳池边啃着煎饼果子，招呼他："吃点东西吧，大清早的。"

他摇摇头，又在泳池里扑腾了近一个小时，直到精疲力竭才停下，慢吞吞回到岸边。

煎饼果子已经凉了，向阳像个姑娘一样秀气地一小口一小口咬着，腮帮子鼓鼓的。对于这个比我小四岁的男生，我当他是弟弟一般，于是清清喉咙，装作语重心长道："向阳啊，虽然冉书瑶是有错，但你不能这样对她是吧！你关心她喜欢她就直接说，这姑娘肯定也喜欢你。"

向阳看了我一眼，慢吞吞道："姐，我是关心她，但我不是喜欢她，我当她妹妹一样。我们从小一起长大，住在一个院子，她跟在我身后这么多年，就像是一眨眼，她就变成了这样。"他像是叹息般，又咬了一口饼，"其实，我也变了。"

这个世界，世界上的每个人，无时无刻不在改变。不管我们愿不愿意，都无法阻止，所以我们要学会接受。

阴雨绵绵的五月，整个世界笼罩在阴沉压抑的氛围里，稍不注意，便会爆发。

周舟一整个月都在与路放抗战。大学时期追了周舟四年追到了西藏依旧被拒绝去了银行工作的陈川师兄，被路放下了一个绊子，丢了工作。虽然不喜欢师兄，但他这四年给过我们不少帮助，对周舟更是掏心挖肺，所以得知消息的那一刻，她几乎要带人杀到路氏，但无奈无凭无据，只能在心里骂娘。

五月并没有发生什么大新闻，报社的每个人每天都在为新闻焦头烂额。小优在醉酒事件后，第二天又正常上班，仿佛什么都没发生过。柯姐的儿子在学校和人打架，被砸破头，她请了一个星期假去医院照料儿子，分配下来的工作多得我们没时间去抱怨。

李维克医生因为酒吧事件，给我看了好几天的脸色又恢复正常，用他的话说便是：板着脸可真难受。他对酒吧深恶痛绝，我好几次打探询问他酒吧发生什么不堪回首的往事，他冷冷瞥了我一眼，道："听说你前几天牙痛，还准备继续痛下去吗？"用一句话打断我所有念想。

那个扰乱我心神的人，那些神秘的电话，戛然而止。

五月就这样，兵荒马乱伴随着冉书瑶和向阳的冷战，慢慢过去了。

天气逐渐转热，我领到了转正后的第一份工资。领工资前我对李医生许诺说请他大撮一顿，而当我汇了钱回家给爸妈，交了物业和水电费后，工资所剩无几。我在房东太太有意无意地短信和QQ提醒才恍然想起，三月一交的房租又到时间了，别说请李维克吃饭，我连房租都快交不起。

我没请李医生吃饭，社长不知道是赢了彩票还是怎么的，请全社一起去了农家乐。

如果知道那天会发生什么事，打死我也不会参加这次聚会。但可惜我没有预知未来的能力，和其他同事一样，乐呵呵边走边说笑上了报社准备的车。

车子缓缓朝郊区驶去，奔赴一场未完成的梦。

当我与同事们说说笑笑踏进农家园林时，并未感觉到不妥。

直至篝火晚会进行到一半，我正准备吃烤得焦香的鸡翅膀，才逐渐感到不安，像是有一双眼睛正在暗处盯着自己。停下动作，还来不及左顾右盼，便听到一个熟悉的女声，像来自地狱般阴冷。

回头，便看到那人站在我身后，嘴角噙着笑："谈夏昕，真是好久不见。"

是颜梦，我前男友傅亚斯的青梅竹马。

手不受控制地颤抖，我努力稳住自己，面对颜梦，心里还是掩盖不住的恐惧，她每朝我走近一步，我便想后退一步，可身体却不受控制，像被施了法定住一般，无法动弹，只能眼睁睁看着她朝我靠近。

距离上次见面已经过了很久，她变了不少，披肩的长发剪成干练的短发，Chanel黑色针织连衣裙和同款长袖外套，脚上还踩着至少十公分的高跟鞋，浑身散发着女王气场,一点都不像两个孩子的妈。

此时的颜梦,像一个高贵冷艳的领导者,一步步朝我逼近。

和最后一次见面有些相像。

那一幕不停地出现在我的梦中,像被设定了某种程序,时不时自动播放,循环反复。

我被迫一次次回忆当时的痛苦与无助。

这几个月,噩梦已逐渐转醒,但我依旧无法忘记:她为了得到自己想要的,是怎样地不择手段,她的手腕,是多么的毒辣。

我真是恨她呀,可不能否认,我也惧怕她。

当一个人,为达目的,连女儿都可以牺牲,还有什么是她做不出的呢?

想到这儿,我又后退了几步。

"谈夏昕,你怕我?"她弯着嘴角,像是有些不解,"以前我们还不是聊得好好的吗?怎么突然就这么怕我了?"

我看着她,认真地回忆着。

是的,我们最初的相处一点都不嚣张跋扈。那个时候我刚认识傅亚斯不久,在和他一起出去玩的时候在人民广场边遇到了颜梦和她刚新婚的丈夫张宁,那时她挺着大肚子,小心翼翼地站在丈夫身后,说话轻声细语,充满了母性的光辉。

那时,我还挺喜欢她的,即便后来知道傅亚斯喜欢过她,我对她也没有半分反感。

是什么时候开始对这个人感到抵触呢?是她开始频繁地出现在我们生活里后?还是她在被丈夫家暴后半夜打电话给傅亚斯开始?也可能是在她以与丈夫冷战为由,住进傅亚斯的公寓,开始以女主人身份自居的时候,我都没有讨厌过她。

直至她为了摆脱那段不能给她任何帮助的婚姻,为了和傅亚斯在一起不择手段陷害我,我才真正地恨她,或者说是惧怕。

"怎么不说话?以前不是挺伶牙俐齿的吗?"

她的声音将我从回忆里扯出来,眼前的人比以前又美了几分。我又后退,却不料撞到身后的同事,她哎呀了一声,笑骂了一句,当视线落在颜梦身上时,笑道:"夏昕,你朋友呀,不介绍介绍?"

"不是,不是我朋友!"

"现在都不屑和我做朋友了?你啊你,不就是前段时间和你吵了一架吗?现在连朋友都不想和我做!"颜梦笑盈盈地朝她伸出手,递过一张名片,"你好我是颜梦。"

她看了一眼名片,"啊"了一声,随即站直了身子:"你好颜秘书,请多多关照。"

我没心情看颜梦演戏,无奈她的手挽着我的胳膊,让我走不了。她乐呵呵和我同事聊了几句,又借着和我很久没见要寒暄的理由拖着我到一个角落。我终于受不了,愤愤地甩开她的手:"你到底想怎么样!颜梦,我已经如你所愿和傅亚斯分手了!你还想怎么样!你到底怎么样才肯放过我!"我不知道她将会对我做出什么事,所以即使内心交织了恨与惧,我还是装成若无其事,挺直脊梁。

"我没想过怎样,只是没想到我们会在这儿见面。"

"没想到的事,还多着呢!如果我知道会在这里遇到你,打死我也不来。"我爸谈老师不止一次说,我这火爆的性子和脾气总有一天会给自己闯出什么大祸来,后来吃了大亏,我才懂得收敛,但眼前的人,仅用一句话,便将我撩拨起来。

颜梦依旧那副风雨不惊的模样,也不恼,自说自话:"半年多不见,你还真变了不少,真真是长大了。我还以为,发生那些事之后你会离开这里,躲得远远的,没想到你居然还在。"

"是吧,你没想到弄不死我对吧!其实也该谢谢你的手下留情!"

气氛又僵住了,颜梦的表情亦有些僵硬,她看着我,似乎有些无奈:"不管你信与不信,我后悔了。"

"后悔什么?后悔抛弃傅亚斯嫁给张宁?后悔拆散我和傅亚斯?还是后悔为了逼我们分手把自己女儿抛进人工湖里冤枉我?"我看她,忍不住提高声音,"后悔有什么用?后悔能改变什么,能改变你给别人带来的伤害吗?"

我咬紧牙根,努力不让自己掉下泪来:"你们是高高在上的特权阶级,把人玩弄在鼓掌之间,现在玩够了,一句后悔就有用吗?"

那张美丽的脸始终是没有波澜的,她听着我愤怒的控诉和咆哮,没有发怒,静静地听着。

"我觊觎了不属于我的东西,我活该得到惩罚。但现在惩罚也够了,所以请您放过我吧,我不想和你们再有瓜葛!"

说完最后一句,我抹了一把脸,往小优和柯姐那热闹处走去。

"谈夏昕,你难道不想知道傅亚斯现在过得怎么样吗?"

她安静地伫立在那，视线跟着我移动，亦步亦趋，人却没再跟来。

她或许还不知道，我和傅亚斯已经见过面了。

这场聚会还算愉快，颜梦的出现没有打乱这一切，我们只打了个照面，便分道扬镳。

一行人吃喝玩乐到夜深，临走之前，娱乐部的几个记者撺掇了主编，得到了第二天晚两个小时打卡的许诺，大家才说说笑笑走向回城的车。

我和小优边走边打闹，哄笑一团，有个女孩突然走近，打断我们的嬉戏："你们俩谁回去帮陈主编拿一下文件，他刚放在柜台了，快点。"丢下这一句，人就闪进车里，不见了。

女孩是A组的，年纪比我们大不了多少，比我们先进来一年，算我们前辈，所以即使她居高临下的态度让人不舒服，我还是对小优道："你先上车，我去拿文件，记得给我留个座位。"

小优撇撇嘴，点点头，跟着上车了。

只是我没想到，等我取了文件出来，原本停留在门口的车和人都不见了。等了十多分钟，我才确定，自己被抛下了，更糟糕的是，正准备给小优打电话，刚按下拨号键，手机屏幕便出现一个巨大的感叹号。

夜黑风高，荒山野岭，我盯着没信号的手机，欲哭无泪。

颜梦的出现太过及时，及时到我几乎要猜测她是不是早有预谋。一个小时前我还对她咆哮怒骂，她似乎都忘记了，妆容精致的脸对着我："被抛下了？"

我不说话，胡乱地按着手机，希望信号可以突然降临。

"这里手机是搜不到信号的。走吧，我送你！这么晚，这里根本打不到车，荒郊野岭你也不怕被抢劫！"

我盯着她火红色的跑车，脑中思绪万千，她一下子便猜透我的心思，嘲讽道："若我要对你做什么，你以为你还会在这里吗？"

她说得也是，她若是要对我做什么，早出手了。想到这我不再矫情，走到副驾驶座，拉开车门。

车厢里弥漫着淡淡的烟味，我目不转睛地盯着前方，努力降低自己的存在感，颜梦安静地开车，周遭像坟墓般死寂。

从郊区到市区一个小时车程，半个小时后，我发现颜梦走的路并不是回家路，车子走的是相反方向。我开始慌乱:"你要带我去哪里?"

"现在才知道怕了,晚了。"颜梦说着,将车调转方向,"谈夏昕,你总算落到我手上!"

"停车,我要下车。"我不可置信地瞪着她的侧脸,用力地拍打着车窗,"你让我下车啊混蛋!"她脸上并没多大表情,连看我一眼都没,直接踩了油门。

在我即将扑向颜梦,和她来个鱼死网破的前一秒,车子停下了,停在一片空旷的平地上。透过车窗,我清楚地看见公路两旁停放着各种各样五颜六色的机车,每辆车子都有改装过的痕迹,还有大大小小的伤痕,而路面被黄色的颜料画了不少杠杠道道。

明亮的日光灯下,坐在车上那群发型奇异的年轻男女,正在吆喝叫嚣着什么,脸上写着疯狂与刺激。

我看着颜梦,她缓慢地摇下车窗,解开我的疑惑:"这是一个地下赛车场。"

"你带我来这干吗!"我已平静不少,大抵猜出颜梦对我并没什么恶意,她在车上的话估计只是逗我玩,但她葫芦里卖的什么药,我倒真猜不出。

颜梦也不说话,只是将车开近些,指着赛道那头模糊的身影:"谈夏昕,你看看,那是谁。"

我顺着颜梦的手看去,那个高大挺拔的身影慢慢走向停在起点的机车,抬脚跨上,再戴上安全帽。人群又再次响起欢呼声,我看着远处的人,心脏像要从胸腔里蹦出一般,快速地剧烈地跳动着。

夜空犹如迷茫着厚厚的雾,那道身影最终融进这白色的雾气里,颜梦的声音如鬼魅般响起,在这暗夜里无比清晰。

"你没看错,那人是傅亚斯。"

"你那件事发生后不久,傅亚斯来求我放过你,我没答应,他便去求他父亲。那个人啊,从未对他父亲低过头,却为了你去求他,交换条件是他去陪林家的小女儿。傅年那人啊,真是可怕,从前我们颜家失势,便逼着我离开傅亚斯,因为他要上赶着去攀上林家。可他怎么也想不到,最后他落马,就是他的好兄弟林副省长下的黑手,哦,还有他当年怎么陷害我们颜家,都一并还回去了。傅年入狱,傅亚斯大抵知道一些原因,从那个时候便开始恨我,表面上看像是因为他父亲,其实我清楚地知道,是因为你,因为我是你们分手的导火线,他恨我。从前我无论怎么伤害他,只要我一句话,他一定会出现,即使已经不再爱我,还会把我当成姐姐。我还傻傻地以为他对我还有感情，其实你出现后，一切都不一样了。

"这半年多，亚斯一个人生活，拒绝我的帮助。老混蛋进去了，傅家也倒了，法院连房子都封了。他为了把他父亲弄出来，求了很多人，但这个时候，谁敢出手，这不是不要命了。他需要钱，我给他两次支票，都被原封不动退回来。后来我才知道，他找了老K，喏，就是这个地下赛车场的负责人。这些年，亚斯最大的爱好是赛车，做得最好的也是赛车。所以他在这里帮老K卖命，老K给他钱……"

"你叫我过来，就是要和我说这些吗？"我忍不住打断她，却发现自己的声音沙哑得不像话，"如果你只是要和我说这些，我听见了，麻烦你送我回去，谢谢。"

"你觉得我在骗你？"

我摇头："你没有骗我，我知道，你根本没有必要骗我！但是我不想听了！无论他怎么样，这些都和我无关！"

原本还好好的颜梦忽然变了脸，瞪着双眼盯着我，眼神像蛇，吐着鲜红的蛇信，像要置我于死地。

我被她盯得发毛，她冷笑了两声，再次望向窗外，几乎是同一时间，赛道起点蓝色与黑色的机车，同时飞了出去，像草原上觅食的豹子般凶狠迅猛。

隔着几百米，甚至还能听见发动机巨大的轰鸣声。

"看吧，他就是这样在赚钱！如果你恨他，就该站在这里好好地看着，看着他怎么死在赛道上！"

我闭上眼，什么也不想看。

"我不看，我不想看！我求你了，放过我行吗！我要回家！"最后一句，我几乎是哭着喊出来的，颜梦错愕地看了我一眼，发动引擎，顺便关了车窗。

回程的气氛比来时更加沉闷，尴尬，颜梦抿着唇，车厢里柔和的光线让她看起来像个脆弱的瓷娃娃，一碰便会碎掉。

我看着周遭熟悉的风景，依旧无法平息心脏的起伏，它像被人当成沙包，击了一拳又一拳，稍稍动作，便疼痛难忍。

车子停在幸福小区熟悉的建筑前，我正准备开门，却听到颜梦的声音。

"亚斯变了很多，几乎是一夜成长，从前他多么骄傲，而现在的他，只有冷漠。世界上他谁都不相信，只相信你。"

"你错了，他只相信自己。"

"呵。"颜梦又冷笑了一声，"你肯定不知道，这半年来他过的是什么日子吧！

每个月大伤小伤无数次，好几次把自己折腾进医院，没几天又蹦出来，继续赛车。我骂过哭过甚至求过，他根本不为所动，现在他就像钢铁一样坚硬冰冷。"她看着我，"就在上个月，他不知道发了什么疯，三天跑了两场，连人带车飞向了防护栏，在医院住了整整两个星期。你刚刚看到的傅亚斯，是腿骨折好不到一个月的傅亚斯，再这样下去，他不用当赛车手赛车了，当一个残废就好！"

颜梦声音尖锐，面色微红，这狭隘的车厢里，我甚至能听见她急促的呼吸声。

"你对我说这些，又有什么意义？我再一次和你申明，我们已经分手了，而且我现在有男朋友了，请你不要再对我说这些，没有意义！如果颜小姐你真的关心他就自己去劝他，你要怎么样就怎么样，只希望你别再把脏水泼到我身上！最后，我祝你们百年好合！"

说完，我不再看她一眼，下车朝楼道走去。

"谈夏昕，你等等，难道你就这样眼睁睁看着傅亚斯走向这条不归路。"

她的声音，带着巨大的哭腔。

我胸口一滞，却没回头，大步朝楼上走去。走到二楼，才听到颜梦发动引擎的声音。

那样的颜梦，和从前的她，真是千差万别。

那大概是两年前的事了，甚至还要更久一些。

那天她到学校来找我，带着她的宝宝，拉着我在学校里散步。其实那时我对她已经开始感到排斥，心里隐隐把她当成情敌，所以不想与她多做纠缠，直接问她找我什么事。

我记得她当时笑得很灿烂，她这样对我说："谈夏昕，我想说什么你应该知道，我想让你离开傅亚斯！傅亚斯是我的，他爱的人是我！他追了我那么多年，即使我另嫁他人他还是痴心不悔！你何必呢？"

"除非他亲口来告诉我，否则我是不会和他分手的！"那时我挺愤怒，很凶地反驳了她，"你不是已经结婚了吗？结婚了就好好在家相夫教子，何必放着好好的生活不过，把自己弄得像个婊子！"

她说是傅年设局让她和滥赌的张宁结婚，她恨死了傅年，让我把傅亚斯还给她，她还说了很多，我记不清了。我只记得颜梦像个疯子一样张狂地笑，她说，只要我消失了，她就可以和傅亚斯在一起了，她还问我，如果她把囡囡丢下人工湖会怎么样。

囡囡是她的女儿。

我当然不信，扭头就走，然后我听到了一声响亮的哭声和落水声。

记忆的最后画面是：那团粉红色的小被子浮在水面上，然后颜梦哭着跳了进去。

痛苦的回忆不断侵袭，我捂住嘴巴，在这阴暗的楼道里，小声地呜咽。

第二天回到报社，几乎没人知道我被丢弃在深山老林，当我将文件放在主编办公室，并说明前一晚的事实，他有些不信："那你昨天怎么回来的？"

"遇到了一个朋友，她送我回来的。"

他将手放在唇边干咳了两声，带着歉意道："昨晚让你委屈了，回头我问问他们，好好教训一下。你今天先回去休息吧，看你眼睛肿的。"我摸了摸红肿的眼睛，点点头走出办公室，当我看到A组那几双带着笑意的眼，隐约知道这事并不是不小心那么简单。

倒是小优，不停和我道歉："对不起夏昕，我等你很久你没回来，不知道谁和我说你在另一辆车上，所以司机开车时我也没阻拦，我真的以为你在车上。对不起对不起，都是我的错。"

"有人和你说我上车了？"

"嗯，一个女孩子的声音，人太多，我也不知道是谁。"

小优说话时，几乎要将头埋进胸腔里。我朝她笑笑："这事不怪你，估计是有人要我难堪吧！"

她的眼睛因惊讶而变得浑圆，我拍拍她的肩膀，收拾自己的东西，对她嬉笑道："我这不是平安回来吗？好了，你别自责了，我有半天假，乐得快活，你好好奋斗吧！"

进了电梯，我却是再也笑不出。

电梯从28楼往下坠，恍惚间犹如从悬崖堕入深渊。此时，我大概体会到周舟所说的笑里藏刀是何种含义。

这沉闷的下午，我拥有半天假期，想到好几天没与李维克见面，索性打了车，直奔李维克医生的诊所。

在我看来，牙医所与医院其实并没多大区别，它甚至要比医院恐怖。我推开诊所大门，前台姑娘小李直接指了李医生的办公室："李医生刚来呢，正在办公室。"

当我走进李维克办公室，看到他正在聚精会神地玩着PSP我就忍不住感叹资本主义的万恶，像李医生这样的老板，想上班就上班，不想干活谁也不能拿他怎样。

李维克看到我，只惊讶了一秒又低下头玩游戏："你怎么来了？不用上班？"

我不说话，只是盯着他，直到他关机放下PSP，才缓缓开口："我不开心！"

"怎么回事？谁欺负你了？"

他语气严肃，表情认真，那一肚子的委屈，在这一刻，我竟一句也说不出。

如果我和周舟说，她一定没等我说完便打断，面无表情问我一句"谁做的，要不要弄死他"。但李维克不同，他会认真听我说完，再帮我分析这其中的利弊，最后告诉我以后该怎么避免怎么回报给他们，同时会告诉我这些委屈每个人都会经历，只是方式不同时间不同，平复我的坏情绪。

李维克睿智也理智，无疑能给我事情最佳的解决方案。

只是有的时候，我们受了委屈找人哭诉并非要得出一个结果，只是想对方说一句：谁欺负你，我十倍还回去。就像周舟，就像曾经的那个人。

所以，我对他摇头，说没事。

最后的结果是，李医生陪我逛街吃饭，原本还打算再看一场电影，却因他接到急诊电话作罢，只能叫了个车送我回家自己急匆匆出诊。

当我回到幸福小区，发现并不宽敞的公寓楼前，停了两辆豪车。

黑色卡宴面前站的是周舟司机小多，而路放今天开了一辆和他一样骚包的明黄色兰博基尼。

此时，周舟缩在小多怀里，对面路放眼中迸发的怒意若换成火焰，已足够烧毁整个小区。

我站在原地，看着这诡异的局面，不敢上前。

而此时，周舟对意欲上前拉她的路放做出的举动，让我的眼球差点飞出眼眶。

她用力地甩了他一巴掌，啐了一句："滚你妈的蛋。"

路放的眼神几乎是要将周舟挫骨扬灰，我脑中不禁浮现当初在大礼堂那可怖的场景，就在我即将冲上去，拉走伫立不动的周舟时，他比我先有动作。

他没将那一巴掌还给周舟，而是转身进了自己的车，用力甩上车门。我还没来得及反应，他的车已撞向旁边的绿化带。

整个过程不到五秒。

chapter.04
无法企及的光芒

有一次我和李医生约会,路上遇到一对吵架的情侣。

不知因为什么原因,他们在大街上歇斯底里翻来覆去地吵着,其间男的一直苦苦哀求着女的,可对方始终不为所动,最后男的直接给了女的一巴掌,她立马老实了,听话地跟着他回家。

我们无聊地观看完这一幕后,李医生十分犀利地评价:"人就是贱。"

世界上有大半的人都在诠释着这个"贱"字。

路放用他的兰博基尼摧毁一片绿化带后,丢给物管一叠钱后财大气粗地走人。原本还靠在小多怀里的人站了起来,一声不响地上楼,走的是直线,看不出半点醉态。我朝小多使了个眼色,意思是问"发生了什么事",却不料那人和我没有半分默契,将一个文件夹塞给我后开车走人。

我只好上楼。

门是敞开的,钥匙也插在门上,周舟连高跟鞋也没脱,站在厨房冰箱前灌水。不到三分钟,她脚下已有两个空瓶子,水顺着喉咙往下滑,胸口剧烈地起伏,见我目不转睛盯着她,周舟扯了扯衣服,走出厨房。

她经过时,我闻到一股酒精与香水混合的奇异香气,除了她常用的香奈儿邂逅香水,还有淡淡的男香。

周舟将手盖在脸上,神色疲惫:"夏昕,路放说,要是我和他在一起,就把北郊那块地皮送给我。"

此时,我脑海中不禁又浮现那几个字:人真是贱。

"他抢了那块地皮,又花了一大笔钱挖走几个公司的主干!搞这么大的动作,现在说他没有什么目的,只想我陪他上床。以前我上赶着他不要,现在呢?他眼巴巴地贴上来,可惜了,我一点都不想要!"周舟声音很低,像在说与自己无关的事,"夏昕,你说这是不是很可笑?这人啊,都贱!"

这半年的生活太过平静,像在严寒的冬日陷进温暖的被窝,我置身于温暖的梦幻中,一时间竟想不起外面还呼啸着北风。

如果不是周舟说到以前,我几乎都要忘记了,那个时候周舟受着怎样的煎熬。

在周舟感情匮乏的世界里,路放的爱情就像一块肉,高高地悬挂在房梁上,而她就这样饿着肚子在下面仰望着,口水滴答。若一开始就告诉她,这块肉不是你的,或许她会老老实实地咽下乏味的稀饭。可是他不,他时不时拿着肉在她面前晃悠,一次次地告诉她,你在这儿乖乖地等着,很快,就把肉给你吃。她就这样傻傻地等,却等到了另一个和她分享的人,且那人告诉她:"这不属于你,我要独享。"

她没日没夜地发呆,拿着手机睁着眼睛躺在床上等电话,像一个游魂;她不顾千夫所指,不顾我的规劝偷偷和他在一起,当一个人见人恨的小三;她被路放踢伤,面无血色躺在医院的病床上。

这些画面又一次被揭开,血淋淋地敞在我面前。

那时周舟都没有哭,可现在,她闭着眼靠在我肩上,一颗滚烫的泪突然滴落在我的颈窝。

"我给了他一巴掌,可我还是很疼。"

周舟把手盖在脸上,窸窸窣窣在沙发上躺直。她一直没再说话,也不动弹,就这样躺着睡了很久。

她这一觉睡得很死,连我将她从沙发拖到卧室都没被吵醒,直到第二天我吃完早餐去上班,她还在睡。这些年,周舟的睡眠都不好,偶尔她留宿在我这,半夜醒来我常常看到她睁着眼睛瞪着天花板,没被吓个半死,更别说翻身都能把她惊醒这破事,像睡得这么死,我们认识以来,还是第一次。

所以我也没叫她,留了个条子出门上班。

我想,她快要从那场可怕的梦魇里苏醒了吧。

接下来的几天,我都很忙。

周一清早,我接到了爆料电话——人民西路有砍人事件。

和摄影师刘哥赶到人民西路施工工地,现场已密密麻麻围了好几圈的人,记者,电视台,围观的群众还有维持秩序的警察。

我甚至看不到中间的人是什么模样。

这是我第一次独自跑新闻,柯姐没在身边,听到男人的吼叫和女人的哭声不由得紧张,还有一种难以言喻的兴奋,我左看右看,恨不得多生一双眼睛将所有一切看清,不放过一丝有利的信息,却被刘哥瞪了一眼:"发什么愣,别在这里左顾右盼,挤进去,了解情况!"边说着边拨开人群往中间挤,我急忙跟在身后。

身边都是人头,我学着刘哥往里挤,磕磕巴巴地问旁边围观的阿姨:"阿姨,你好,这是发生什么事了呀"?

阿姨踮着脚,连头都没回,注意力依旧集中在中央:"作孽哦,听说这个小区的老板,欠了好几个月的工资呢!现在工人都罢工,找包工头要钱,包工头也要不到钱,找不到老板,被逼疯了哦,拿着刀乱砍人……"

"老板来了吗?"

"哪敢来哦,鬼影都没见着一个,可怜呀!"

"报警了吗?"

"报了好久咧,好像在那边!"

我跟着阿姨往里挤,人群形成一个巨大的包围圈,圈圈的正中央,是一个三四十岁的男人,他弓着腿靠在墙边,面色通红,瞳孔亦是猩红,此时正直直地望着围观人群,眼神里充满了恨意,右手握着一把家用菜刀,左手揪着一个西装革履的男人的衣领,那男人坐在地上,看样子是晕了过去,裤裆的水迹延伸到地面。

"那个坐着的人是谁?"

"好像是什么主管,过来谈判的,被他刀子挥一挥就吓晕了!"

说话的瞬间,那人又挥了手中的菜刀,歇斯底里地嚎着,沙哑的声音带着哭腔:"还我钱啊!快还钱,不还钱我就杀了他!啊!还钱啊……"那菜刀在晕死男人的脖颈擦过,留下一条细细的血痕,血珠透过那条小线,争先恐后地往外涌。

有胆小的女人,跟着尖叫起来。

离他最近的几个警察正在做着心理工作,但这并不能稳定他的情绪,翻来覆去不停重复那几句话。

"小谈,这边。"刘哥站在几个警察边上,朝我扬扬手中的相机,我侧着身子刚挤到他身边,就听他道:"你在这里,帮我拍几张照,我去那边,那个角度好。"

刘哥说着，将手中的相机递给我，自己从包里翻出另一个相机，飞速地装上电池，朝旁边跑去。

"是你们逼我杀人的，我不想的！是你们逼我的！是你们逼我的！我要杀了你们……"

我心跳很快，或许是意识到警察们在拖延时间，他越来越疯狂，不停地谩骂哭喊，地上的男人流了很多血，警察依旧在进行无效的循循善诱。

我举起相机刚对焦，镜头里男人猩红的眸子就对上我的，闪烁着愤怒与疯狂还有仇恨。他朝我挤出一个狰狞的笑，同时举起右手。

我猛地按下快门，几乎是同时，耳边响起好几个刺耳的尖叫，随即是推搡和挤压，我还没来得及反应，右手手臂便传来强烈的刺痛感。失衡摔倒在地的那一秒，我想到的竟然是幸好，相机是砸在我身上，没有掉地。

右手此时正汩汩往外冒着鲜血，包工头飞来的菜刀，虽然只是擦到手臂，却皮开肉绽，鲜血淋漓。

人群四散开，没人扶我一把，而刚才还纹丝不动的警察，此时以迅雷不及掩耳之势，朝那人扑过去。只有刘哥，在看到我受伤，呼天抢地朝我奔来，却直接抱起我怀中的相机，发现没损坏才想起我："小谈，你没事吧！撑住，我送你去医院！"

疼痛不停侵袭着我，手臂，还有大脑，我刚张开嘴巴，眼泪就从眼眶里掉了下来。刘哥被我这一哭吓个不轻，边扶起我，边给报社打电话。他的手劲很大，将我扶起时扯到受伤的地方，几乎要将我掐晕。

我听着电话那头柯姐巨大的责骂声，神志涣散地跟着刘哥走，失去意识前，我还记得告诉刘哥："别给我家人打电话，我爸妈会吓死的！"

醒来时，只有我一人，手机在衣袋里兴奋地唱歌跳舞。

周围一片雪白，大脑还没晃过神，迷迷糊糊抬手想从口袋摸出手机，后知后觉想起自己受了伤，已经扯到伤口，疼得我龇牙咧嘴。

"别动。"

沙哑男声响起的同时，那个不属于这里的人，出现在我视线里。

我怔怔看着眼前的人，疼痛告诉我这不是梦。

他穿着简单的格子衬衫牛仔裤，袖子挽了一半，低下头，褐色的头发拂到我的鼻，有淡淡的薄荷香。他将我的手固定在椅子扶手，又帮我掏出手机放在摊开的手心，虽然它已停下吵闹。

　　这一系列动作，做得行云流水，我甚至没来得及阻止。

　　此时我身处医院，右手伤口已处理好，左手打着点滴，在这间雪白的病房里，坐着两三个和我一样在挂水的病人。

　　傅亚斯站在我面前，高大的身影挡住了光，他没有看我，目光徐徐落在我包扎过的右手，脸色迅速变冷，浑身散发着冷气，像巨大的移动冰柜。

　　此时，我的大脑思绪紊乱，像一捆捆五颜六色的毛线，纠结成团。我低头看自己满是血污的衣衫，不想看他。每看他一眼，心便疼一次，他像一部悲伤漫长的电影，牵动我的情绪，耗光我的眼泪。

　　世界上应该没有我这样倒霉的记者，跑新闻跑到被菜刀砍伤，疼昏过去醒来却在医院看的自己的前男友。

　　我没问，傅亚斯却像看透一般，道："我来医院，恰好遇到你同事。"

　　"对了，刘哥呢！"

　　"知道我是你朋友，将你扔给我，回报社了。"他面色阴冷，手攥成一团，若不是我受伤，估计他会直接把拳头挥在我脸上，"夏昕，是你说叫我不要来打扰你平静的生活，你现在过得很好，可是你看看你自己，现在是什么样子！"

　　那一句句尖锐的话，像一根根针往我心上扎，我撇开脸，低头看手机，屏幕倒映出我毫无血色的脸。

　　手机再次响起拯救了我。

　　电话是柯姐打来的，她破口大骂着把我丢在医院的刘哥，同时询问了我的情况，说要过来看我送我回家休息。我清清嗓子，告诉她我没事，自己可以回家便挂了电话。

　　站着的人，又小声地哼了一声。

　　我迅速理好自己的情绪，抬头道："谢谢你，现在我没事了，你先回去吧！"

　　"你这样可以回去，去挤公车？"

　　"我可以打车。"

　　"相信我，在这里你打不到车。"

　　"我打电话叫男朋友来接。"我继续掏出手机打电话，假装没看见对方越来越难看的面色和强烈起伏的胸膛。但很遗憾，李维克电话关机了，打到诊所，护士小姐也说李医生今天没上班。

在我准备打第三个电话时,傅亚斯突然抢过我的手机,几乎是吼出来的:"谈夏昕,我就这么可怕,连送你回家的机会都不给我?有时候我真想看看,你的心是什么做的!是钢铁做的吗?"他握着我的手机,像捏着我的心脏,极力要将它捏碎。

病房所有目光都聚集在我们身上,我对上那双暴怒的眼,又迅速地闭上眼睛,不敢再看。

我已经很久没有见他生气,傅亚斯的脾气虽然不大好,也不是阴晴不定的人。在我们交往的那些日子里,他对我发脾气的次数屈指可数。

印象中最后一次是我们出去约会,他迟到,我等得不耐烦了索性先走,顺便关了手机。那天我没回学校,独自一人逛街逛到深夜,却在宿舍楼下撞见他,那时他也是这样暴怒,恨不得将我撕碎,好几次都要伸出手揍我,最后还是花坛边的花遭殃。

"夏昕,你生气可以打我骂我可你不能这样突然就消失,让我找不到你!我真的很担心。"

那些话在热恋时听来是甜蜜感动,而现在却像一个个巴掌,"啪啪啪"打在我脸上。

我努力从回忆里抽身,不让自己掉进这个巨大的窟窿里。好在,傅亚斯也没再说什么,安静地站在那里,像一尊雕塑。

药水顺着管子往下滴,滴答滴答,滴答滴答,像绑在炸弹上的钟,一步步走向毁灭。

病房安静得像宣判前的法庭,我沉默地等待最终的判决。

这一等,便是一个小时。

打完点滴后,傅亚斯直接带着我去停车场,我不想抗争,从前都抗争无效,何况现在受了伤,他还挟持着我的手机。

他开了车,一辆破旧的夏利。见我一脸惊诧,他挤出见面后第一个笑:"你也觉得不可置信对吗?以前我不会开这样的车对吗?可这车还不是我的,是我和别人借的。"

我没说话,钻进车里,皮座上有一股类似公共汽车的难闻味道。

车子沉默地驶进车龙里,途中他停了一次车,帮我买了一份皮蛋瘦肉粥。

我坐在副驾驶座,目不转睛地望着前方,不敢用力呼吸。这狭隘的车厢里,满满都是他的气息,稍一用力它们便争先恐后往我鼻腔里灌,冲击我的大脑,霸占我的思想。

他一直抿着嘴,侧脸英俊刚毅,此时看起来,竟有些陌生。

像是感觉到我在看他,缓慢地开口:"如果这条路能这样开下去那该多好,我们永远不会分开。"

我扭过头,强迫自己不再看他,再多一眼,便是万劫不复。

"你变了。"我说。

"我一直在改变,只是现在你不想知道也不愿了解罢了。"

因为受伤,报社给我批了一个星期的假。

打电话给小优麻烦她帮我交几个稿子,问到那条新闻,她支支吾吾许久也没说出个所以然,让我直接打电话给柯姐。柯姐接电话时情绪不好,听到我问新闻,破口大骂,那条新闻最终没被放出来,因为拖欠工资的施工小区,隶属路氏企业,它用每年的巨额广告费让报社不敢将它得罪。

"你用鲜血换来的新闻,说压下去就压下去!"柯姐的情绪很激动,"我说这老陈,越来越不是东西了!"

"那,那包工头工资讨到了吗?"

"工资?你别傻了,这次闹得这么大,别说工资了,保不准还要吃牢饭!"

挂了电话,我颓废地缩在沙发一角,一动不动。

"发生什么事?"周舟坐在沙发另一角,抱着电脑,手在键盘上飞快地敲动,连看都没看我一眼。

我摇摇头,意识到她看不到后,单手按着沙发,像大街上那些被折断手脚的残疾乞讨者,一点点蹭到她的身边,把头枕在她腿上。

这个角度看去,她可真美啊!精致的五官像被精雕细琢过一般,泛着迷人的光彩。

她终于放下手中的工作,低头,再一次问:"发生了什么事?"

"没事,只是新闻又泡汤了。"

"嗯,那个小区是路氏新开发的。"周舟放下电脑,用手捏着眉头,和我解释,"下面的商铺已经卖出大半,要是这新闻传出来,估计另外一半的铺面要大打折扣。"

看样子,她早就猜到这事。

"我不懂什么经商之道,可是路氏那么有钱,为什么还要拖欠工资?现在新闻被压下了,也不知道那些工人能不能讨到工资!"

"或许上面批了钱,在某个环节被压下了,也可能是资金周转出了问题,上面压根没批钱,还有可能是钱被某个经手人卷走了。这个问题很复杂,他们可以采用法律手段来诉讼,或者找媒体用舆论压力来迫使,不该这样靠着一把刀来讨回工资,这样很愚蠢,等于是在路氏脸上扇巴掌……"

"他们只是包工头和农民工,谁懂得那么多呢?他们只想拿回自己的血汗钱而已!这难道有错吗?"我不停地想起那双带着绝望和愤怒的眼睛,若不是被逼急了,怎么会采用这么偏激的方法呢?

"那被他伤害的人?有错吗?还有你,你只是去采访,却受了无妄之灾,你有错吗?"周舟是从未有过的严肃,"很多事情不是一句对错就能解释得清,夏昕,你是一个记者,无论什么时候你要记住一点,不要把自己的感情带到工作上,因为你会影响到很多人。"

见识过我们的相处模式后,李维克不止一次感叹:周舟就像你失散二十年的妈妈,重逢之后对你溺爱过度,只要你想要都要给你弄到,哪怕你杀人她都会在后面说别怕,然后帮你抹掉血迹掩藏真相。

但其实,周舟不是慈母,她是严父,当我做错事时严厉地呵责我,再默默地帮我善后,剔除一切影响我的障碍。

我被她几句话堵得哑口无言,找不到反驳的语言,沉默地躺在沙发上发呆。她也不理我,兀自在键盘上敲敲打打。

傅亚斯送我回家后我给周舟打了个电话,说我受伤了,她在半小时后就赶到,直接赖在我家。李维克在手机关机十二个小时后,终于给我回电话,我还来不及告诉他我受伤,他抢先开口了:"夏昕,我现在在美国。"

"美国?你怎么突然去美国了?"

"嗯,这边朋友发生了一点事,我过来帮忙处理一下。"

"那你什么时候回来?"

"现在还不一定,我这会还有事,我过一会儿再给你电话。"

我还想再说话,那边已经挂了电话。

手机没再响起,一直过了两天,李维克始终没主动和我联系,我再打电话过去不是未能接通就是关机。

隐隐我觉得有些不对劲，可又说不出在哪里。

下午四点，周舟被好几个电话催回了公司，她离开前叮嘱我不要轻举妄动，她会叫人来给我送饭。我挥挥没受伤的左手，钻进卧室，准备抱着被子睡个地老天荒。

所以在睡梦里被门铃唤醒，我第一反应便是：周舟让人给我送饭来了。

可打开门，站在门口提着餐盒的人却是傅亚斯。他穿了简单的黑T恤牛仔裤，挽着袖子提着餐盒，在楼道灯柔和光线下，鼻翼上的汗泛着光芒。

我呆了三秒，才把话问出口："有事？"

他也愣了，似乎没想到我的语气这么冲，皱眉，眼睛盯着我，嘴唇抿了好几下，像在努力压制自己，只挤出几个字："给你送饭。"

"我叫了外卖。"

他没说话，又一次皱了眉，依旧按兵不动。

我们像两尊兵马俑，手执矛盾相对而立。

小多的出现打破了这尴尬的局面。周舟身边的人都像她一样淡定，看到我们杵在门口他连眉都没挑，直接越过傅亚斯，朝我扬起手中的餐盒："小舟让我给你送晚餐，都是你喜欢吃的。"

我看小多，又看傅亚斯，一时没有动作。对面那两人一点都不紧张，像定格住一样，也不嫌手酸。

傅亚斯面色如常，仿佛什么都没听见什么都没看见，举着外卖，一动不动地站着。

他抿着下唇，左手食指与拇指相互磨蹭，可以看出他心情不大好。

有时候我挺恨自己，即使是分开，对他的分分毫毫，还是记得如此清晰。

那些属于他的记忆，没能如我所愿被摒弃，反而在时光里愈发坚韧，历久弥新。

那天，我没吃傅亚斯带来的食物，周舟让小多送来的东西也被送回去。

在我被这两个人的目光杀死前，对面的门被拉开，一直在偷窥的向阳一句话就解决我的困扰："姐，你过来我家吃饭吧，我饭做多了，外卖吃多了不好！"

我如释重负，关了门直接钻进向阳家，将那两个人留在门外。

虽然解决了吃饭问题，但困扰并没完全消失。

那天从向阳家吃完饭，我隔着门探头探脑许久发现傅亚斯早回去了才敢回家，他带来的东西却留在了门口。不仅如此，接下来的好几天，一日两餐，他都准时放在我家门口：各式粥品，还有我喜欢的小菜。

即使我不去动它们，任由它们躺在那，第二天还会有新的。

这更像是一场拉锯战。

我索性不理，直接扔进垃圾桶。

另一个困扰，来自向阳的青梅竹马冉书瑶同学。

因为右手不方便拿不了筷子，吃饭时只能左手拿勺，大多菜都是向阳给我夹的，我每吃一口冉书瑶就甩我一个冷眼，恨不得将我从他们家扔出去。但她也只能用眼神抗议，偶尔忍不住开口刻薄几句，被向阳瞥了几眼便老实了。漫长的冷战刚结束，她不怎么敢惹向阳。

有时候我故意和向阳说话，就是想看到冉书瑶气愤又无可奈何的模样，因为休假在家这几天实在太过无聊。周舟太忙，知道有人管我饭后也不来了，消失得无影无踪，柯姐和小优来看过我一回，本是来开解我，但发现我比她们还快活，连影子都没再见到。

而李维克，除了刚抵达美利坚合众国给我的那个电话，他就像失踪了一样，始终联系不上。我给他发去了不少信息，都石沉大海。坚持了三天后，我放弃，不再找他，管他死活。但说实话，我心里不大好受，还有一点恐惧，像踩进了一个深不见底的洞穴，不停地往下坠。

因为被所有人抛弃，我只能给自己找乐子，这一星期过得也没想象中艰难，很快就到了回医院拆线的时间。

我不得不承认，傅亚斯实在阴魂不散。回医院拆线那个下午，刚走下楼便看到他停在公寓楼下的车，他正倚着车门发呆。

我绕过他直接往公车站走去，没走几步，被他的车挡住去路。

"你到底想怎么样！"我不怒反笑，"每天守着我，做出这副深情款款的模样有意思吗？"

他扯扯嘴角，没理会我的尖酸刻薄，下车打开副驾驶座车门："我送你去医院。"

我瞪他，心情很复杂，除开愤怒，更多的是无奈。他却不为所动，一副"你不上车我就不走"的模样，我还是认输，走向后座，狠狠将自己摔进去，再甩上车门。

他从后视镜里看了我一眼，一言不发地开车。

这个下午，我们几乎没说话。

抵达医院，他沉默地为我挂号，陪我等待，付款，拿药，即使我在病房拆线的那十几分钟他都寸步不离守着我。医生要他回避，被他冷冷扫了一眼后，竟也没说什么，任他杵在病房里。

护士小姐朝我挤眉弄眼，凑在耳边道："姑娘，你男朋友对你可真好！"

"他不是我男朋友！"

"不可能，不是你男朋友怎么可能对你这么好！说来上次你不是晕倒了吗？他也是这样寸步不离守着你，你都不知道他多担心！"

我摇摇头，没再说话。

傅亚斯临窗而立，眼睛看着窗外，不知在想什么。

这一刻，他宁静而孤独，像矗立在荒漠里的树。

从医院离开，已是傍晚。

晚霞像丝绸般柔软，将世界包裹入怀。

回去的路上，我都在酝酿情绪，该怎么与傅亚斯好好谈谈。

我那句"傅亚斯我有话和你说"刚出口，他恰好踩下刹车，车停在巷子口一间亮着灯的饭馆前。

他推开车门，道："先吃饭吧！"

这间饭馆窄小狭隘但还算干净明亮，老板是一对中年夫妻。傅亚斯娴熟地与他们打招呼寒暄，让我在角落靠窗的位置坐下后，点了几个小菜。

看着我目瞪口呆的模样，他朝我丢来介于笑和不笑之间的表情："这里东西不错，干净便宜，老板人也很好。"

我点点头，看他熟练地用茶水烫着碗筷，心中百味杂陈。

就像他所说的，在我们分开后，他改变了很多。

若是从前他一定不会到这种小馆子吃饭，因为他觉得脏，桌面与椅子上厚厚的油腻会让他失去胃口，绝不会像现在一样坐在这油腻腻的椅子上吃一份蛋炒饭和两个青菜。

他像是看透我的心思一般，说："你是不是觉得很吃惊，在想象我这样的人怎么会来这种地方吃饭？要是以前路过这儿，我肯定连看都不看一眼，可是，你也知道，那是以前。"

我耸耸肩，没说话。

他揉了揉鼻子，有点儿像在笑，眼神浑浊："如果你试过三天三夜只吃了一包方便面的话，从此之后无论什么东西对你来说都是美食。"他顿了顿，又道，"你觉得很不可思议对吧？别说是你，就连我自己都不敢相信。我以前总觉得自己特别了不起，开了酒吧就觉得自己没什么做不到，直到老头进去了，我才知道没了他，我就是一坨狗屎！我不停地想要脱离他的掌控他的桎梏，可没了他我才发现自己寸步难行，连吃饭的钱都赚不到！你是不是觉得很可笑？"

我的胸口像破了一个大洞，呼呼地被灌进冷风。

好在，上菜了，谈话收梢。

当傅亚斯把菜里的葱、辣椒和韭菜细细挑出，说"这些不利于伤口复合别吃"时，我愣了一下，忍不住开口道："傅亚斯，其实你真的不用这么做！"

他的手尴尬地停在半空，许久才放下，看着我，没说话。

"我十分感谢你这些天对我的关心照顾，现在我的手快好了，你也没必要再这样对我。"这句话我已经说过无数次，但还是再一次强调，"我们已经分手了，我并不觉得分手了就可以做朋友，就算我不再爱你也不恨你，我也没法和你做朋友！所以，你也没有必要再对我好。"

他用筷子挑盘子里的韭菜，"呵呵"地干笑了两声："谁和你说了我想和你做朋友的，夏昕？无论什么时候，我都没打算和你做朋友。"他笑声干涩，像一个抽了一整夜烟的老头，他说："我他妈的从来就没打算和你做朋友！"

他看着我，目光干净澄澈："你知道我为什么对你好，你知道我在想什么！我知道你什么都知道！"

我被呛了一下，脑海嗡嗡作响，面对这样的傅亚斯，我无端地感到紧张，甚至坐立不安。

那种感觉又来了，我迫切地想结束这场对话，然后离开这里。

"我不知道，我不是你肚子里的蛔虫，我什么都不知道！既然你从来都没想过和我做朋友，那么我恳求你放过我！不要再出现在我面前！我们好聚好散不可以吗？我现在已经有男朋友了！你过你的，我过我的，我们各自生活不好吗？非得这样兵戎相见,相互撕扯伤口,弄得鲜血淋漓你就开心吗?"我不知道自己在想什么,也不知道自己说了什么,只想把心剖开来给他看,这场爱让我心力交瘁,我无力反抗,只能祈求他放过我。

"我放过你?可是谁又来放过我!"他歪着头,半边脸落在阴影里,"我是想放过你,让你和所谓的男友双宿双栖!但你他妈的男朋友呢?你受伤的时候他在哪里?他不能照顾你,为什么不把你还给我!"

"我不是东西,更不是你送给他的礼物,不要了就扔掉,想起来了就和他讨回来!我受伤的时候他在哪里?那么你呢?你能保证我每次受伤都在我身边吗?你能保证在我需要你的时候马上出现吗?无论任何时候!"我冲着他恶狠狠道,"傅亚斯,这些话谁都有资格说,唯独你没有!是谁把我丢在警局里一走了之的?是谁始终不肯相信我没有将颜梦和她的女儿丢进人工湖里的?是谁看着我被关在小黑屋里被折磨到失禁,却连伸出手拉我一把的勇气都没有!是你,傅亚斯,那个人是你!"眼泪顺着脸庞缓缓往下滑,我用力地抹了一把脸,看着眼前的人,"不是别人抢走我,是你自己放弃了我!"

他看着我,眼睛里盛满了后悔与忧伤。

过了许久,我才听到他苦涩喑哑的声音:"我错了,夏昕。"

"我不想说什么为自己开脱,但我不想失去你。我什么都没有了,我不想再失去你了,夏昕。"

我闭着眼,许多话语在胸腔里翻涌着,可我一句都说不出,沉默地结束这餐不愉快的晚饭。

他浑身笼罩着忧伤,如同一层厚重黏稠令人呼吸困难的阴霾。

直到我下车,他才突然伸出手,拉住我的手,卷起的袖子露出手肘上的疤。我恍然想起上一次我们在医院遇见,至今我都没问他,是去医院干嘛。而今想起颜梦的话,以及那夜赛车场上疯狂恐怖的他,这些似乎可以联系在一起。

这是他在赛车场上赢得的徽章。

"你别赛车了!"话就这样从口中溜出,反应过来,已来不及后悔了。

他猛地抬头:"谁和你说我赛车了,你还知道些什么?"顺着我的目光,他迅速地拉好袖子,藏好伤口。

他的冷声厉色让我明白是我多管闲事,见我不愿回答,他扯扯嘴角,道:"反正你已经不介意了,不是吗?那我是死是活,又有什么关系呢?"

我踩着自己的影子朝楼上走,他没跟上来,依旧保持我下车时的姿势。冰冷的月光里,他死气沉沉的模样,像一具没有感情的干尸。

我一直没回头,所以没看见他眼中的恐惧与绝望。

就像,那个时候的我一样。

当颜梦将她的小孩扔进人工湖后,我被带到了警局,他们将我双手反剪在椅子上,一遍遍地拷问我为什么要那么做,我不愿承认,他们便那样锁着我,不让我动弹,甚至连上厕所也不行,任由我失禁。

当傅亚斯走进那间小黑屋看到我满身污秽并不是问我好不好,而是问我"为什么要那样做"时,我猜自己当时肯定是面如死灰。

我想告诉他不关我的事,眼睛却淅淅沥沥地下着大雨,发不出任何一个音节。

"夏昕,到底颜梦和你有什么深仇大恨,你要这样对她?我说了,我爱的人是你,颜梦于我已经是过去式,我把她当成了我的姐姐!你为什么要这么做?夏昕,我真的不敢相信是你!这真的是我认识的你吗?"他这样问我。

我反问他:"如果我说不是我,我没有把颜梦和她女儿推下湖,你相信我吗?"

"夏昕,我也很想相信你,但是事实摆在那里,你让我怎么相信你?难道你要告诉我,是颜梦自己跳下去的吗?"

"就是她自己跳下去的!"

我期待他像往常的每一次一样,挥一挥手就能将我从困境中解救出来。

但他没有,只是说会把我救出来便转身离开。两天后,我从那个可怕的地方出来了,可他却连面都没有露。

谁也不知道,那时我是多么绝望,和恐惧。

第二天,我回报社上班。

经历了一场挤公车大战,回到报社我刚拆线的伤口又轻微出血。看着雪白纱布上渗出的鲜血,小优惊呼道:"夏昕,我刚刚一晃眼以为你手上贴着一块卫生巾,还是用过的,带着血!"

她的声音不小,办公室十几双眼睛齐刷刷地望向我的手,我恨不得将手上的纱布拆下来都塞进她的嘴巴里。

可这货依旧没感觉到我目光里的杀气，在我拉着她去洗手间帮我上药时，她又咋咋呼呼地吸引了全办公室的注意："是该把这块东西换下来了，免得等下被误会我们有个喜欢在手上粘卫生巾的同事！"

当她剪开我手上的纱布时，那调侃一瞬间就转换成了愤怒："怎么回事呀怎么会这样！老陈那个吸血鬼，你因公负伤这么严重居然没给你多放两天假！还有哦，你打个的来上班会死哦，用不了多少钱的，挤什么公车呀！"

"在我家那块抢的比挤公车还艰难，我可不想手受伤再去抢的士弄个头破血流！"

"你的李医生呢？怎么不送你上班！太不像话了！"小优嘟囔着，"李医生这次可不够体贴，要扣分哈！"

"啊！"我听见自己对小优撒了谎，"哦，李医生出差了！"

"欸？诊所不是李医生开的吗？怎么还要出差！"

"鬼知道呢！诶，你弄好没有，疼死我了！"

我没有告诉任何人，我与李维克将近十天没有见面，他仅给我打了一个电话，还有一条信息说自己很忙之外，便再无消息。这些天我每天都给他打电话和发信息，但始终没能联系上他。

说来可笑，这些天我想起他的次数屈指可数，我甚至一丁点都不担心他，虽然每天给他的电话都无法接通，但我直觉他是安全的，他并非那种没有顾忌的人，他一定是有事所以才没与我联系。

后来，我将这话说给周舟听，她却笑了："夏昕，如果你能把给李维克的信任分给傅亚斯一半，或许现在你们就不会分手了。"她简简单单的一句话，将我直接秒杀。

面对小优的追问，我只干巴巴笑了两声，扯开话题。

因为受伤，同事们突然变得和颜悦色起来，最典型莫过于刘哥和主编，一个请我吃饭，一个面对我乱糟糟的稿子只是皱眉，没像往常一样破口大骂。柯姐对他们的做法嗤之以鼻："他们是内疚！一个害你受伤，一个压了你的新闻！你别对他们客气，一个个不是什么好东西！"

我只是笑，柯姐无奈地摇头："你啊！"

重新上班第一天，就这么愉快地过去，下楼的电梯，我还在愁苦如果抢不到的士，如何去与公车上那些挤车高手抗争。而傅亚斯那辆老旧的夏利，像幽灵一样，悄无声息停在我面前,门从里面被打开,他并没看我:"上车,我送你回去。"

我并不想上车,但四面八方瞥来的目光统统带着八卦意味,还有不少同事在朝这边探头探脑,再纠缠下去估计要被围观,我索性也不再矫情,上了车。

这一路上,傅亚斯保持缄默,也没有左拐右拐,直接将我送回幸福小区便离开了。

接下来的好几天,他每天都来接送我上下班。我拒绝也拒绝了,躲也躲了,但无论我说什么他都无动于衷,风雨不改准时在上下班时间出现,我加班,他就等到我下班。

我们之间语言少得可怜,他也像他所说的,只是接送我上下班而已。所以,我只能不停地催眠自己:那是一个普通的出租车司机,只是一个司机。

可每每看到那张刚硬冷厉的脸,还是忍不住难受。

因为傅亚斯的接送,向阳看我的眼神十分微妙,而冉书瑶更是直接,言语带刺:"呀,跟你高富帅男友分手啦!又拐到了一个?这个也不错呀,手段真是高明,什么时候教教我!"

对这些我只能假装没听到没看到,但对上小优闪烁着浓浓八卦意味的双眼,我就知道没有那么好蒙骗过关。

"你想和我说什么不?关于李医生的,关于夏利先生的!"

"没有。"

"那我有问题问你,你会回答不!"

"不会,所以你不要问了!"我端着杯子飞快冲出茶水间,假装听不到小优的叫声。

事情似乎正朝着一个无法控制的局面发展,每一天我都挣扎在水深火热中。

最后,我打电话给最近神龙见首不见尾的周舟求救,她的话给了我当头棒喝:"你不会把李维克叫回来吗?他是你男朋友,理所应当做这些事!而且你的手也好得七七八八了吧,可以去挤公车了吧!"

周舟给我指了一条明路,所以当天下班我直接越过傅亚斯,以百米冲刺的速度挤上了回家的班车。

车门慢慢关上,他那张没有表情的脸连同霓虹被隔绝在湿热黏稠的夏风里。

我站在拥挤的车厢里,不知道为什么突然很想号啕大哭。可终究,我还是没胆子在这里哭,即使哭了,估计也没人同情我,最多扔下一句"贱人就是矫情"。

这矫情的眼泪一直积蓄着,直到我回到家给自己煮了饺子吃,洗了澡看了两集低俗搞笑的综艺节目,再钻进被窝里按照这几天的习惯给李维克打电话,打算听到"您好你所拨打的电话已关机"的系统女声后睡觉,可谁也没想到,电话竟然通了。

我还在看着手机发愣,那边的人已接了电话,却是一个陌生的女声。

我又看了一眼手机,确定打的是李维克的号码,硬着头皮带着满腔疑惑对那边的人说:"你好,我找李维克。"

"哦,他还在睡觉,你晚点打来。"

说完,便挂了。

此时是晚上十点三十七分,美国那边是早晨,我打了我男朋友的电话,一个女人接了,她告诉我,我男朋友在睡觉。

理清思路的同时,蓄积已久的眼泪喷薄而出,带着无限的委屈。我抱着枕头,号啕大哭,用力地歇斯底里地哭着。

我像是疯了一般撕扯着床上的被子枕头,手抓到什么东西全都扔出去。书本台灯手机充电器都扔了,直到床上只剩下一个自己。

我不知道自己为什么哭,眼泪不受控制地流着。这个电话,将我所有的期许都摧毁得一干二净,我像是回到毕业前那段时间,痛苦无助,只能一个人歇斯底里。因为除了这样,我不知道自己还能做些什么。

世界突然就失去任何声响,我只能听到自己的哭声。

所以,我连向阳拍门的声音都没有听到,更不知周舟拿了钥匙开了门,自顾自地哭着,直到周舟一把将我从床上扯起,狠狠地甩了一个巴掌在我脸上,似乎觉得不解气,又甩了一个。

我抬起哭得红肿的眼,周舟此时的脸色十分难看,她几乎是咬牙切齿:"谈夏昕,你现在最好告诉我发生了什么了不得的大事,否则我会再揍你一次!你知道不知道这里隔音不好,我来的时候门口围了一群人,我还以为你他妈的自杀了!"

"我他妈的男朋友出轨了!我给他打电话是个女的接的!他消失了半个月,电话第一次接通就是女的接的,说他在睡觉!"我一哭,鼻涕从鼻腔里喷了出来,周舟一脸嫌恶扯了一把纸巾扔在我脸上:"你他妈的别哭了,再哭我掐死你!"

我终于平静了一些,坐在床上,看站在窗口的周舟。

她转过头，问："你看到李维克出轨了？"

"没。"

"他告诉你他在和别人上床了？"

"没。"

"你从电话里听到做爱的声音了吗？"

"……没。"

"那你怎么就确定他出轨了？你他妈的在这里哭什么？"我已经很久没见周舟发这么大的火，更无法理解，我不过哭了一场，怎么她发了这么大的脾气，虽不解，我也不敢在这时将话问出口，触碰她的逆鳞。

周舟坐在我身边，气息逐渐平复，但声音依旧是恶狠狠，可她的眼睛却发红："谈夏昕，你哭的时候，脑子里想的人真的是李维克吗？你别以为我不知道，从傅亚斯出现那一刻，你就丢了魂，又一次陷进他的魔障里。我最看不起的，就是明明陷进去，还不敢承认，作出一副置身事外的模样！即使你是我最好的朋友，我还是要告诉你，你这副模样，真恶心！"

其实在这一刻，我对周舟，这个漂亮精致的女孩子，我最好的朋友，竟生出一种可怕的恨意。

我恨她，半点余地也不留给我，直接撕破我的伪装，让我如此难堪。

可我更爱她，或许世间除了父母，再也无人会像她一样，因为我的不争气劳心动肺。

"夏昕，别和我一样。"她这样对我说。

chapter.05
天亮了，我们说晚安

天空像被覆上一层棉被，闷热得让人窒息。

我坐在医院门口的台阶上，将自己暴露在赤裸的阳光下，明明已经远离急救室，我依旧能听见那绝望悲伤的哭嚎声，一声盖过一声，不绝如缕。

我死气沉沉地打量着经过的每个人，无一不面容悲戚愁云惨淡。

从衣袋里掏出手机，我拨了办公室的电话，刚一接通就听到柯姐中气十足的声音："夏昕，怎么样？拍照了吗？那女孩怎样了！"

我吸吸鼻子，情绪还是抑制不住地激动："柯姐，死了，那个女孩死了，第一眼看到还是活生生的，被救上来已经没气了！我什么也做不了，就这样看她被抬上救护车，我很难受……"

电话那头沉默了几秒，柯姐才说话，让我不用回办公室，回家调整心情。

"夏昕，作为一个媒体工作者，我们能做的，就是站在客观的角度如实写出我们所看见的。"

闭上眼睛，我还能认真地描述出三个小时前发生的事。

三个小时前，十二点十八分，我在办公室接到了热线电话，说有个年轻的女人要跳江，根据热心市民提供的线索我来到了江边。刚从出租车上下来，那个站在桥栏上的女人忽然纵身一跃，直堕入江，我甚至能听到她落水时巨大的"噗通"声。江水太过湍急，几乎是一眨眼，女人就消失在翻涌的波浪里。待到救援人员将她从江中打捞出来送到医院，已经过了将近半个小时。我看着她被抬上救护车，一路跟着到医院，看她被送进急救室，看医生宣布"已经没有抢救价值"，眼睁睁看着一条生命从眼前消逝。她年迈的父母匍匐在遗体上大哭到晕厥,几个不知从哪里冒出来的亲戚絮絮叨叨在医院里骂着,添油加醋为我们讲述这个故事:这个叫刘鹜的女人25岁,怀孕三个月,订婚不久便发现未婚夫有外遇,她一时想不开跳江轻生。

我迷茫地坐在烈日下,呼吸着滚烫的空气,看着手里的手机,下意识,我按下家里的号码。

接到我的电话,妈妈有些慌乱:"夏昕,你发生什么事?怎么这个时间给家里打电话?"

"妈!"我喊了她一声,便沉默了,因为我不知道自己为什么要打这个电话,或许是看到那对悲伤的父母,就想到父母。为了不让她担心,我告诉她自己出来跑新闻,刚好空了,想起很久没打电话回家,就拨过去。我问爸爸呢?

妈妈才松了一口气,说我爸上班去了,然后开始像往常一样絮絮叨叨地和我说着家里的近况,一讲便是半个小时。她轻声柔软的话语,像是一棵树,遮住了头顶猛烈的阳光,更像一管针剂,为我注入正能量。

和妈妈打完电话后,我没再踌躇,坐公车回报社。

这一天,我独自在办公室加班至深夜,用了将近五个小时时间删删改改才将这个四百来字的稿子写完。我洋洋洒洒地写了几千字好几个版本,最终还是将自己一字一句敲打出来的稿子删掉,重新编辑。

从前我总希望自己的稿子能够抢眼一些,放在比较容易注意到的版面,但这一次,我尽可能地简略,甚至希望自己的稿子直接被刷掉。可当我拿到报纸,看到刘鹜面目狰狞的照片和洋洋洒洒的一千多字的长条版面时,我几乎就红了眼眶。

我进入报社的时间也不算短了,在这将近一年的时间里,我极少主动去主编室,所以当我连门也没敲推开主编室的门时,陈主编也愣住了,被我的突然闯入吓了一跳:"发生什么事?"

我将报纸摆在他面前,深吸了一口气:"主编,这不是我写的稿子。"

他看了一眼书桌上的报纸,"哦"了一声:"那条新闻我觉得你写得不大好,所以让小刘修改了一下。"

"可不是说这是我负责的吗?这新闻是我跟的!"

"是呀,所以最后署名是你们两个人的名字。"他敲了敲桌子,"小谈呀,你也知道现在做一条好新闻不容易,为情自杀是很好的噱头和爆点,你怎么没有好好利用,直接一笔带过……"

"不是,主编!"我有些着急,忍不住提高声音,"我前一天和你说过了,你也答应了我给死者化名和不放照片的!我当时在医院,死者的父母得知我是记者后,求我不要将这些事曝光,他们失去了女儿,求我给她留最后的脸面……"

"这你就错了,你更应该如实将事情报导出来,让大家知道事情的真相!他们失去了女儿,更应该为她讨回公道,我们作为新闻人,就该将自己的所见所闻的如实地说出来,不应该藏着掖着!而且,就算我们不写,别的报纸也会写!放着这么好的头条不写准备送给别人吗?"

"可是,我们难道不该尊重当事人家属吗?他们已经失去了女儿,现在她死了还要任由别人评头论足,对他们会不会太残忍!两个老人不想追究那个负心汉的责任,他们只想让她安安静静地离开,我们难道不应该尊重他们吗?"我闭上眼睛又迅速睁开,脑海里充满了那对老人悲伤的哀求,我忍着哭腔,让自己更有底气一些,"死者已矣,难道就不能放过她吗!尽量缩小这条新闻的影响甚至没有它我们都不会死!但是这样贴出巨幅照片添油加醋爆隐私和拿着刀子往别人心口捅有什么区别!"

"难道我们不报道世人就不知道她是被抛弃而自杀的吗?纸媒的传播速度永远没人嘴快,你低估了人的八卦能力了!你去采访便有人将这件事描述给你听,你能保证他们不会传播给第三个人第四个人甚至更多的人吗?你是一个记者,你要做的便是将新近发生的或正在发生的、有一定社会价值的事实报道出来,而不是悲天悯人!今天你觉得当事人父母可怜便少用一些笔墨,明天你觉得某个杀人犯可怜是不是直接在稿子上抹杀他的罪行呢?你好好去想一下,若你还是觉得自己是对的,那你该考虑是不是要换一个职业了!"他靠在椅背上,似笑非笑地看着我,用那种看小丑的眼神,且是一个表演失败的小丑,"我们是做报纸,不是做慈善机构,若是你同情心泛滥,还不如辞了工作去做义工!"

我抬起头,迅速抹掉眼角的泪。

这个夜晚下了一场大雨,整个城市都被淹没在这漫无止境的雨水里。

我坐在公车里,跟着它沿着环城路绕了一圈又一圈,乘客上了又下,在车厢留下一个个带着雨水的脚印。它们在前进、转弯与晃荡中慢慢地汇成了一小滩一小滩的积水,在行人匆匆脚步下往我身上溅,在白球鞋上留下大片污迹。

我在投币箱里丢了两元，坐了整整四个小时公车，直到司机关了车内的灯。

"姑娘，该回家了，我们收工了。"

我看着他的后脑勺，慢慢地起身："师傅你随便找个站停下吧。"

司机似乎从后视镜中看了我一眼，没说什么，靠边停了车。

下车时我是有看到地上那大滩的积水的，但我仍旧一脚往水里踩了进去，脚下一滑，整个人栽倒在空荡荡的街道上，五体投地。

那一刻，我特别的难过，似乎所有情绪都找到宣泄的出口，我就这样躺在湿漉漉的地面上，像个神经病一样哭了起来。我这样不管不顾地哭着，任凭路人对我投来诧异的目光。

你们就笑吧，你们看着我，我不会因为你们而改变而放弃自己的。

哭完后，我脏兮兮地爬了起来站在雨里，拍拍身上的泥，慢慢往家里走去。

这场雨一直下了三天，放晴之后，我开始在外面东奔西跑。

遇到傅亚斯那天，我去医院暗访调查是否有乱收费现象，一直忙到下午两点，我才想起自己还没吃饭。

这个钟点医院附近压根没什么好吃的，在便利店买了个面包，等公车的间隙干巴巴地啃着。公车站空荡荡的，柏油马路散发着难闻的气味，我艰难地往嘴里塞着面包，像完成任务那般用力地咀嚼着，并没注意周遭。

所以，当我抬起头看到傅亚斯那双深邃的眼眸时，差点被面包噎死。

看着我辛苦地咳嗽，他并无动作，只是安静地站在那儿，犀利的目光却没从我身上离开，似乎要用眼神将我千刀万剐，仿佛我吃的不是面包，而是浑浊肮脏的垃圾。此时的他，与四年前我们初识时千差万异，若不是他们长着同一张脸，我甚至怀疑他们是不是同一个人。

一个美好，一个阴沉。

空气像凝固了一般，傅亚斯像一尊没有感情的木乃伊，静静地矗立在我面前。

距离我们上次见面，已过了一周。

这一周，我每天提前一小时上班推迟一小时下班，把自己搞得心力交瘁身心俱疲就是为了躲开他。没想到出来跑新闻也能遇到。

他耐性很好，估计我不动，他不会先挪地。

于是，我又咬了一口面包，正准备说话，站在面前的人突然抢过我手里啃了一半的菠萝面包，狠狠地砸了出去。

我几乎就要破口大骂，可我没骂出来，因为我看到那半个菠萝包砸在一辆熟悉的车上，被窗玻璃反弹到地面。

我有一个交往快半年的男友，在二十天前，他的电话开始关机，后来给我打了个电话说有急事要去美国一趟。在一个星期前，北京时间二十二点，也就是美国处于清晨的时候，我锲而不舍拨打他的手机终于通了，却是一个女人接的，说他在睡觉。而此时，他站在离我二十米远的地方，和一个女性生物在一起，手里提着一大袋看起来像是药的东西。

在这之间，我们一直没有联系，我没收到他回国的讯号。

那个女人戴着墨镜，金发，皮肤白皙，穿着宽松的黑T恤和皮短裤，脚上踩着一双人字拖，若不是她满脸的不耐烦，简直可以拍下来po上微博打上欧美街拍的logo。李维克穿着蓝色polo衫牛仔裤，低头看着滚落在地面的菠萝包，缓缓地抬起头，朝我们这边望来。

这个下午发生的一切，就像电影一样。

我和前男友一起，我男友带着一个我不认识的漂亮女孩，照剧本演，应该是各自散开或者他冲过来和傅亚斯扭打在一起，澄清自己的同时骂我几句婊子。但李维克显然不爱看八点档狗血剧，他和女孩说了什么，对方看了我一眼，很快钻进车里，而李维克大步朝我走来。

"夏昕，我今天刚下飞机，这会还有事，回头我再约你和你解释清这事。"丢下这句话不等我回答，李维克又折返，迅速地钻进车里，从这里逃离。

我茫然地看着车子消失的方向，完全找不到一个合适的词来表达此时内心的感受。

身边那人从鼻腔里挤出个声音，虽然细小，还是被我捕捉到，这个哼声，就像一声巨大的嘲笑。想起曾无数次在傅亚斯面前强调自己的男友，强调自己很幸福，我比被扒光衣服赤身裸体站在他面前还要羞愧。

世上不乏像我这样的人，在曾经伤害自己的人面前异常浮夸和爱逞强，恨不得将全世界的幸福和美好都加诸自己身上，只是我没想到，谎言败露要比当初被伤害还要难堪。

公车早在我们对峙的时候开走了，下一班还要十来分钟，医院门口打不到车我也领略过，所以我索性沉默地背着包往家的方向走去。身后的人一直跟着，开着那辆破旧的老车,像年迈的老者,跟在我身后喘着粗气。

从医院到家,我走了一个小时,整个人像在水中浸泡过一般,头发也滴答滴答滴着汗。

他跟着我到家楼下,甚至跟了我上楼,在我开了门进屋关门的前一秒,他伸出手卡住门,亦要挤进来。

我按着门板,高声道:"把手拿开,这是我家!"

"不!"

他不紧不慢,料定我不会伤他。

可我就是如此,即使曾被伤得淋漓透彻,即使无数次发誓不再相见,即使恨不得拿刀将他的名从心上剐出,仍旧不可磨灭,我在意他这个血淋淋的事实。

得到这个认知,我几乎是自暴自弃地将门拉开,他愣住了。我站在玄关,指着我亲手布置的家,对着他嘶吼:"进来啊,你不是要进来吗?你他妈的给我进来啊!不是想看我笑话让我难堪吗?你进来,现在我给你看,我把心剖开来让你看!让你看看我多狼狈不堪多可笑!现在如你所愿,你要知道什么我都告诉你,亲口告诉你我有多悲惨……"

他一动不动站在那,悲伤的眸子里盛了一个可笑的我,一个满脸眼泪像疯子一样歇斯底里的我。

我们之间的距离只有半米,但我知道,无论多靠近,我们都无法回到从前。那些爱与伤害像留在锦帛上的墨滴,渗透、扩散,干涸后还会留下污脏的痕迹。

他一直站在门口,低着头,像裁决灵魂的死神。

我瘫坐在地板上,头发蓬乱,宛如骂街的泼妇。

恍惚间,我看到一个熟悉的影子从眼前窜过,我正想喊向阳的名字,他又一瞬间消失了。只有傅亚斯,还站在那儿。

他在那里站了许久,我垂头丧气地笼罩在他的影子下。

时间就这样一点点地流逝。

"如果问我,人生中最快乐的事是什么,我想是遇见你。即使我们曾让对方难过、伤心、绝望,但这都无法泯灭你曾经给我的美好。"

楼道漏出微小的光将他的轮廓勾勒出冷厉的线条,傅亚斯抿着唇,许久才说话,他的声音浑浊却平静,带着生疏和礼貌:"夏昕,我不知道自己已经变成你的困扰,这些日子给你造成了这么多麻烦我道歉。以后,以后我会如你所愿,消失在你眼前。"说完，他轻轻点了点头，转身朝楼梯走去。

他终究还是傅亚斯，他挺直的脊梁，彰显着他的自尊和骄傲。

我缓慢而僵硬地从地上爬起，用力关上了门，却没力气移动分毫，倚着门板发呆。

我想空气肯定是被洋葱污染过，否则我的眼睛怎么会酸痛，眼泪争先恐后从眼眶涌出，一滴一滴落在地上。我从不知道，自己可以留出这么多眼泪，我甚至觉得自己会在这门板背后哭到虚脱死去。

但在十分钟后，向阳敲开我的门，打断了我。

他将眼睛瞪得浑圆，目光灼灼盯着我："姐，你，你怎么了？"

我揉揉眼，没有心思和他解释，直接问："你找我有事吗？"

"那个男的，就是上次纠缠你这段时间经常来找你的那个，他好像刹车失灵，开着车撞向电线杆！"

"那他没事吧？人没事吧！"我的心猛地一滞，几乎没有思考脱口而出："他怎么样了！受伤没有？"

"没，我急着上来通知你，好像车坏了，但人没事，他一直坐在车里不动，我问他要不要叫救护车也没说话。物业好像也过来了，应该没事。"向阳小心翼翼看了我一眼，"姐，你要下去看看吗？"

我摇摇头，用力地将门关上，向阳在门外说了几句什么见我没开门，讪讪地离开。

这个城市的夏天像一个巨大的蒸笼，我们是各式各样的包子，在蒸笼里挣扎求生。无论你有多大的痛苦，旁人都不会停下脚步，我们所能做的，便是隐藏自己的情绪，在痛苦中努力存活。

第二天，我红肿着眼睛递交稿子，柯姐以为我还在为自杀的刘骜悲伤，还劝了我几句，我没解释，笑着接受她给予的关爱。说忙完后联系我的李维克在下班时候给了我电话，已经等在媒体大厦楼下，下楼时小优看我的眼神像是老鸨看终于等来熟客的姑娘那般欣慰。

我没有说笑的心思，在慢慢下沉的电梯里闭上眼睛。

等在门口的李维克和往常并没有区别，他照旧对我温柔地笑，替我拉开车门，帮我绑上安全带，问我去哪里吃饭，在得到随便的回答后，将车开到了我们说了好几次要吃的海鲜城。

路上,他扮演着尽职的男友,询问我的工作和最近的生活。如果不是我亲眼看到他与别人在一起,我死也不会相信这个人会背叛我。

自助餐并不是谈话的好场所,他不大喜欢吃海鲜,他知道我不爱吃鱼,席上一直在帮我剥虾壳,自己没吃多少。我一板一眼地咀嚼着嘴里的食物,味同嚼蜡,终于还是按捺不住:"这些天发生的事情,你应该给我一个解释吧!"

他终于停下手中的动作,看我:"夏昕,我知道现在说什么你可能都不相信,但我还是要告诉你,那个女孩是我的姐姐,前些天,她在美国发生了一些事被送到警局,我爸妈都老了,我只好连夜飞过去处理。昨天刚回来,下飞机后她不舒服就去买药,没想到遇到你。我并不是不想和你联系,只是这段时间发生太多事,我太忙,做得不够好。"

"你什么时候有的姐姐?"我扯着嘴角想笑,却笑不出,"我怎么没听你说过。"

"嗯,不是亲姐姐。"李维克垂下眼,用餐巾纸擦手,"我六岁父母离异,十岁跟着母亲来到继父家,她比我大一岁,十八岁后一直独自在美国生活。"

下一秒,他从包里掏出一个本子。

我震惊地看着他,他却轻轻笑了。

我试图从李维克脸上找出说谎的痕迹,但并没有找出破绽:他的继姐在美国出了事,他赶过去帮忙处理是理所应当。他一脸坦荡,甚至拿出了户口本翻开,第三页写着那个女孩的名字:宫雪,第四页则是李维克。

他的淡定和了然于心让我觉得自己在无理取闹,就像周舟说的一样:我们都没有安全感,即使穿着防弹衣,仍旧怕中枪。

"为什么你的手机一直关机?"

"美国漫游很贵,加上那边有些事忙,所以我索性关机了。"

"前几天我给你打电话,是个女孩听的,她说你在睡觉。"

"哦,应该是宫雪,我住在她那儿。"

所有的回答都滴水不漏,可我仍旧觉得有些不对劲,只是说不出到底是哪里不对劲。我怀着一种自杀的心情,咬着牙问他:"我现在只想问你,你当我是什么人,还要不要继续和我在一起?李维克,我坦白和你说,我有过一段失败的恋情,我最讨厌别人骗我,最讨厌等待,最讨厌若即若离,你要是不想和我在一起你直接说，我不会对你死缠烂打。要是还要继续这段关系，那么像这次的事情不能再发生，你得保证！如果你不能做到，我们就分手吧！"

李维克收好户口本，并不像我这般紧绷，他慢慢地握住了我放在桌子上的手，语气认真："夏昕，我从来没想过骗你，和你在一起的每一天，我都是认真的。这次的事情是我不对，我保证没有下次，以后不会让你这样担心，你相信我，再给我一次机会好吗？"

我相信李维克没说谎，毕竟他对我的好是能轻易便感受到的。他知道我喜欢吃什么东西，从来没有对我说过一句重话，像对待孩子一样宠着我，纵容我，甚至遇到我和傅亚斯在一起也没过问一句，他对我这么好，我还有什么不满意呢？我知道，在这个时候，我要做的是像他一样表明自己的心迹，告诉他只要他好好对我，我就会好好与他在一起，我会努力和他一起经营这段感情，因为我也一样，希望能与他长久地走下去。

这些都是我的真心话，可我一句都说不出，只能在沉默中看着他那张英俊的脸，用力地慢慢地点头。

我很想问问李维克，你为什么和我在一起？是因为喜欢吗？你为什么不问昨天和我在一起的那人是谁，我们是什么关系？是没注意，还是不在乎呢？

我想到头疼，都不敢将话问出口。

心像从十八楼开始往下坠，慌乱无措，可我却是笑着的，我听见自己对他说："你不要伤害我，我会很难过。"

李维克伸出手，手指摩挲着我的。

周围的人窸窸窣窣地说着："嘿，他们真是登对至极呀！"

那就像他们所说的，继续般配下去吧！

时光像插上了翅膀，一眨眼飞出几千里。

那日傅亚斯走后，便再也没出现，一如他所说的，消失在我的世界。我很少再想起这个人，就像他从来没有出现过一样。

遗忘说来其实很简单，因为除了自己，谁也无法挖出你的记忆来看。我多说几次忘记了，自己也就慢慢地相信了。

生活慢慢恢复平静，唯一的爆点是有天我和李维克去吃饭，在我去洗手间的间隙,我妈给我打来电话,他接了,并告诉我妈他是我的男朋友,是个牙医,我回来的时候他刚好和我妈谈到生辰八字。

虽然我努力制止,但已来不及。

被我妈数落了一通有男朋友也不和家里说真是让人操心之后,她让我爸接了电话,我爸谈老师用那种对待学生的严肃语气对我说,放假了,就把男朋友带回家,让他们看看。

迫于谈老师的威严,我答应了,挂了电话却看到李医生满脸得意的神色。

"你是故意的?"

"哪里,跟着你那么久了,我也想要有个名分,你不给我,我只能自己想办法咯!什么时候放假啊,带我回家见家长吧!"

我瞪了他一眼,道:"别扯了,回头再说,工作忙死了!"

"哼,阳奉阴违!"

虽然心里觉得带李维克回家还是早了点,但工作忙还真不是借口。上个月我们报社跳槽两个编辑一个记者到了敌对报社后,主编的脾气越来越暴躁,时不时对我们嚷着"要新闻要爆点做不好给我滚蛋",我们的任务越来越多,加班也是家常便饭。

小优不止一次对我说,微博上说设计师容易过劳死,其实记者更容易操劳而死,她要多买几份保险。我听后,默默将大学室友林朝阳的电话给她。

曾经有人对我说,生活最喜欢做的事便是和人开玩笑。以前我不相信,于是被报复了:在周末连续加了两天班终于完成任务,准备把稿子发给主编时,电脑屏幕突然闪了几下,然后蓝屏了。

当时我正在喝水,看到这一幕差点就把水喷了出来。

因为是周末,报社只有几个值班的同事,问了一圈找不到会修电脑的,打了电话给附近电脑城却被告知技术人员要两个小时后才能过来。在我头发蓬乱几乎要崩溃的时候,小优自告奋勇:"要不要我来试试?"

她的表情太过真诚,以至于我天真地相信她会是那种上得了厅堂,下得了厨房,杀得了木马,修得了电脑的外表萝莉内心爷们的女神,急忙给她冲了杯咖啡借了工具看她蹲在主机箱前捣鼓,整整半个小时,我连呼吸都不敢大声。

当小优说着大功告成按下开机的同时,我的笑容维持不到三秒就凝固了,主机嗡嗡响了两声,然后发出一声巨大奇异声响,最后冒烟了。

折腾了好几个小时，等到维修师傅来，又是一番折腾，最后被遗憾地告知："主机烧坏了，硬盘也全毁了！"

"那资料还能找回来不？"

师傅用一种"你是白痴啊"的眼神瞪了我好几秒后，施施然收拾了工具离去。

我终于崩溃了，抱着寿终正寝的电脑欲哭无泪。小优跟着我从下午折腾到晚上九点，连晚饭都没吃，看到我如此悲伤，她踟蹰着不敢靠近，站得远远地不停和我道歉。

虽然小优对电脑的死亡起了加速的作用，但致命的一刀终究还是我捅的，且现在电脑死不能复生，我和她计较也挽回不了什么。

"道什么歉呀，又不是你的错，而且你也是要帮我！"

"那什么，你现在怎么办？"

"那几篇稿子是主编要我写的，交不上最多被骂一顿，反正我习惯了。我心疼的是电脑里的资料啊，也不知道家里有没有备份！"

小优在我的痛心疾首中，又一次垂下了内疚的头颅。

虽然我不停地强调，这次的意外与小优无关，她还是坚决要请我吃饭。

我拗不过她，索性不再和她争，和她去吃了比萨，又去步行街喝我们都大爱的丝袜奶茶。喝完奶茶已经很晚了，公车早已下了班，我们在步行街拦了很久的出租车都没拦到，最后我只能给李医生打电话。

往常无论去哪里我都是坐公车，偶尔没公车或是公车上人太多则选择打的。若不是小优笑问了一句"夏昕你为什么不打电话叫你男朋友来接"我甚至没想过给李维克打电话，以往我总觉得麻烦他不好意思，而她一句话点醒了我："有什么不好意思的，那是你男朋友！如果他觉得你麻烦了，怎么有资格当你男友！"

十五分钟后，李医生出现在我们面前，我们一起送了小优回去，李医生再将我送回家。

当我问他要不要上楼坐坐时，他突然压低了声音，一脸暧昧："我说夏昕，没想到你居然这么热情，你知道一个女孩邀请男朋友上楼是什么意思吗？"

我用力地甩上车门，在他的大笑声中落荒而逃。

似乎在那件事之后，我们都在努力扮演好自己的角色，做一对合格的情侣。

我刚把钥匙插进钥匙孔，门就从里面被拉开，周舟贴着面膜的脸阴森森从屋里探出来。

一天内，我受到两次惊吓。

"你怎么在这里？"

"你去哪了？打了你好几个电话了！"

"我和小优去吃饭喝奶茶了，手机也不知道什么时候没电。"我边进屋边从兜里掏出手机，顺手开了灯，"你什么时候来的？怎么不开灯，搞得家里和鬼屋一样。"

"傍晚就来了，还煮了面吃，给你留了一点在锅里，估计烂了吧！"周舟边说话边向洗手间飘去，随着哗啦哗啦的水声，我听见她不甚清晰的声音，"我和我爸吵架了，接下来就赖在你这了！"

"怎么吵架的？"我惊道，"你不回公司了吗？"

"不回了，我不管了！老头子越老越糊涂，我炒了几个人，他就和我闹，说什么那是公司元老。他啊，真是傻，元老们都在给路放那厮数钱呢！他让我不要出现，那更好，我还可以专心看书，快考试了。"

我还想追问，周舟却把毛巾甩到我脸上："话那么多，快去洗澡，明天还上班呢！"

我愤愤地拿了衣服将她挤出浴室，洗完澡出来她已经在被窝里。房间里开着冷气，我搓着手钻进被窝，却被她一脚踢了出来："头发还没干，弄干再来睡！"

"这是老子的家，老子的床！"她用被子蒙住了头，企图隔绝噪音，被我骚扰了一通后终于愤怒了，用枕头堵住我的嘴巴，起身帮我吹头发。

我们有小半个月没见面了，这些天她一直在忙着公司的事，偶尔会遣送小多给我送点吃的，人却没露面。认识将近五年，除了寒暑假和她那次去西藏，我们极少分开这么长时间，积攒了很多心里话，一股脑地倾倒给她。

包括我对傅亚斯发了疯，他没有再出现，包括李维克和他那个继姐。自从我与傅亚斯分手后，周舟对他就没有一句好话，果然当听我说完后，她哼了一声："我才不信他会这样放过你，如果真的那么容易放手，他就不是傅亚斯了。"

我若无其事地将吹风筒放好，决定放弃这个话题："对了，你都不知道我多苦逼，明天回报社估计又要挨骂了！我电脑蓝屏了，小优帮我修，结果电脑反而烧了！硬盘也全毁了！幸好一些资料我有保存在优盘，但好多东西还是不见了！"

周舟瞥了我一眼，"上次和我们吃饭的那个女的？你今天晚上就是和她吃的饭喝奶茶才这么晚回来?"

"是啊!怎么了?"

"我觉得她不是什么好东西,眼神和季柯然很像,一样的讨厌,你小心点,说不定电脑就是她故意弄坏的!"

周舟生性淡漠,认识这么久还没听她对谁评头论足过,所以听到她对小优的评价,我有些惊讶:"你讨厌她啊?她人不错啊!而且她和季柯然哪里像?天差地别,这么活泼可爱的女孩子,被你说得这么惨烈!"

"也就你这个白痴会这样说!"周舟白了我一眼,钻进被子里,再也没有搭理我。

看着她黑黝黝的后脑勺,我忽然明白了什么,蹦上床去压住她:"喂,你是不是吃醋了?吃醋了就说啊!不要这样诋毁小优嘛!你放心啦,我最爱的还是你,你永远是皇后,其他人都是妃!"

周舟被说得恼羞成怒,反手将我蒙在被子里,开始揍我。

我们笑着闹成一团,只有这个时候,我才能毫无保留。

周舟拖来两个巨大的行李箱,看样子真是打算在我家长期驻扎。

对此我没有半分意见,想到每天都有人给我做饭,心情就好得不得了。

第二天早晨,我吃了熬得喷香软糯的皮蛋瘦肉粥,回到报社因为交不上稿子被主编骂了半个小时我也没觉得多委屈,因为我一直保持微笑,主编居然骂不下去。当我走出办公室时,同事们都以为我哪里出了毛病,被骂还能这么开心。

但这种好心情仅持续了一个白天。

晚上下班回家,我在公寓楼下看到周舟的座驾时心跳加速,果不其然,上楼时我家门口杵了一个黑影。因为来我家的人极少,周舟有钥匙,向阳喜欢拍门,以至于我忘记我家有门铃这事儿。此时,小多站在门口,不停用力地按着门铃,一副不将它按坏誓不罢休的模样。

而屋里毫无动静。

"你在干吗!要把我家门铃按坏吗?"我阻止小多,"周舟不在吧!别这样祸害我家门铃!"

"她在的!"小多万分笃定。

事实也是如此,当我打开门时,周舟正抱着书躺在沙发上看,安静祥和,像供奉在寺庙里的大佛。

我瞠目结舌地看着这两人，一个能在门铃的噪音中淡定看书，一个能在无人响应的情况下持续不停地按着门铃，真是令人佩服。

周舟回过头瞪了我一眼，似乎在责备我给小多开门，我还来不及解释，她又把头埋在那本不知写了什么玩意的书中。小多同志也完全忽视我这个帮他开门的屋主，把文件往桌子上一放："这是公司的文件，麻烦周经理签名。"

周舟头也没抬："回去找你们周总，别拿这些东西烦我。"

周舟没动静，小多也不急，在我家巡视了一圈，搬了个椅子在沙发对面坐下，安静地等待周经理。我原本不想搭理这两人，但发现周舟因为被小多骚扰心情不好连饭也不做几乎要抓狂："你不是让我回家吃饭吗？饭呢？"

"你赶走他，我就做饭。"她面无表情地努努嘴，"以后他要是还出现，你就没饭吃！"

"这关我什么事！他不是我叫来的！"我反对，"你这是法西斯独裁，欲加之罪何患无辞！"

周舟回了我三个字："我乐意。"

可小多那油盐不进的东西，无论我怎么赶都一动不动，甚至开了电视看财经新闻，一点都不怕生。

小多是周舟父亲司机的儿子，她的现任司机兼私人助理。但在我看来，这两人的情况远比表面上要复杂，他极少对她使用尊称，大多都是叫小名或者直接喊她的名字，周舟也从没把他当成下属吆吆喝喝，偶尔小多做错了被训还挺老实的。有时候，我觉得他们的相处模式挺像兄妹。她自己也说过，小多从小和父亲生活在他们家，他们算是一起长大，叫他一声哥哥也不过分。

但随着时间的推移，我愈发觉得两人的关系不简单。但无论我怎么取笑，小多都是采取不搭理的冷暴力，而周舟更糟糕，扔给我一张面瘫脸和白眼。

真是刀枪不入。

就如现在，这两人光天化日明目张胆地在我家冷战，连饭都不给我吃。无奈之下，我给李维克打电话，给他一个请我吃饭的机会。对方听到我的遭遇后半响都没说话，明明憋着笑，还偏要装成郑重其事："辛苦你了，为了缓解你郁闷的心情，晚饭后请你看场电影！"

我已经很久没看电影了，除了忙碌，更多是没有闲情逸致。

这几个月发生的事，像一波波僵尸冲击着我的房子，我所要做的是把被啃噬干净的植物补回原位，保护脑子。

我强烈赞同李维克的提议，迅速地与他会合，吃了饭，火急火燎赶往电影院。可惜我们来得不巧，我想要看的恐怖片还要两个小时才放映，索性和李维克买了隔壁的票，闷死人的小清新爱情片。

电影院一如既往的幽暗，冷气将高温隔绝在另一个世界。来看电影的人不多，我和李维克的位置在倒数第三排，一整排只有我们两个人。

电影比想象中还要沉闷，在这漫长的120分钟里，我吃了一桶爆米花，喝了两杯可乐，剩下的时间便是打瞌睡。睡了一个香甜的觉醒来时间才过了一半，前排的情侣已坐到一个位置，正在热情地进行口水交流。

黑暗中，我偷偷地转头看李维克，却看到一双亮晶晶的眸子。

我知道，此时会发生些什么。

交往这么长时间，我和李维克并非没有接吻过，虽然不频繁，但并非没有。他一直是彬彬有礼的绅士，就连接吻亦是遵循我的意思，我并不排斥他，我也不是小学生，情侣之间吻吻抱抱本就是正常的事。

可这一次，当李维克的头朝我压过来，嘴唇碰触到我的那一秒，我突然僵了一下。

虽然只是一下，三秒不到，但李维克已察觉到，迅速放开我。

从电影院回到家天色已晚，从李维克车上下来正准备上楼，他忽然叫住我："夏昕，你不请我上去坐坐吗？"

我还在想着刚刚的事，他突然这么一问，我一时竟没反应过来，张大着嘴巴看着他。直到他暧昧的笑慢慢转化成无奈："我开玩笑的，你这么紧张干吗！好了，这么晚了，你回去休息吧！"

说完，他也不等我回答，关上车窗，缓缓地调转车头离开。

我僵硬地站在原地，脑子里乱糟糟的。

回到家周舟还保持着离开时的姿势，小多走了，文件还留在桌子上。

"你真的不回家？"我问周舟。

"嗯。"

"公司也不管了？"

"嗯。"

"小多明天还来吗?"

"嗯。"

"那……"

周舟猛地抬起头,语气凶狠:"谈夏昕,你到底想要说什么!别拐弯抹角,我知道你有话说!"

我深吸了一口气,语速很快:"我觉得我好像没有那么喜欢李维克!"

我以为周舟会说些什么,或者嘲笑我几句,她却没有,只是抬头看了我一眼,语气很淡:"喜欢是什么,你又不是没有体会过!喜欢啊,爱啊,都是杀敌一千自损八百的词儿。两个人在一起没有不愉快就好,何必问喜欢不喜欢,给自己自寻烦恼呢!"

周舟总是一语中的,给了我满意的答案。但这一整夜我都睡不好,明明开了冷气,还是闷出了一身汗,半夜我将空调调低了两度,第二天起床,两人都感冒了。

盛夏慢慢地逼近,接下来的一周,我都生活在水深火热中。

因为带着感冒上班,被新闻稿子折腾得头昏脑涨,出了不少的问题,为此被各种同事领导虐了好几次。更糟糕的是,回到家还要面对小多和周舟对峙的局面,承受小多的眼刀,因为是我害得他家周经理感冒。

周舟与父亲的抗战一直持续着,因为她父亲身体逐渐恢复的缘故,她慢慢把大权还回去。

"我不喜欢那个尔虞我诈的世界,我不想变成和路放一样的人。"她是这样对我说,带着感冒嗡嗡的鼻音。

感冒康复,转眼就到七月底。

向阳要参加大学生运动会,他啪啪地拍着我家的门,扔给我两张入场券:"今年的大学生运动会在市体育馆举行,周末有我的比赛,姐你一定要来给我加油,当然可以拖家带口。"

冉书瑶站在对门,一脸不快地看着我,似乎在说着:你要是敢来我就掐死你。我朝她笑笑,拍拍向阳的肩,以表示自己的决心:我一定会去看你比赛,你要赢个大奖给我!

回房后我乐颠乐颠和周舟炫耀自己的丰功伟绩,说自己把那女孩气得火冒三丈的场景,她冷冷瞥了我一眼:"出息!欺负人家小女孩还觉得光荣!"

不管怎么说，我还是去了，拉着李维克一起去给向阳加油。

我从小不爱运动，连带屏蔽电视的体育频道，万人空巷的奥运我也只会在电视前挥着小国旗喊着中国加油。所以，我压根看不懂这场盛大的游泳赛事，只知道游得快就是赢，所以当向阳像飞鱼一样第一个抵达终点时，我尖叫了起来："向阳赢了！你得冠军啦！"

周围的人都在看我，冉书瑶猩红着眼对我骂道："你神经病啊！"

"怎么了？"

李维克干咳了两声，道："向阳犯规，触壁的时候。"

这场比赛，向阳最终还是输了，从泳池里起来后，他一直沮丧地坐在运动员席上，像个被丢弃的木偶。

我们的座位靠着过道，分别是冉书瑶，我，李维克。我犹豫着站起来，准备下去安慰向阳几句，冉书瑶却瞪了我一眼："你干吗！"我懒得和她解释，侧着身子打算绕过她，谁知她却用力地推了我一把："你干吗，别去烦他！"

我没站稳，被她这一推，整个人往外栽。

chapter.06
永不倒塌的柏林墙

对越亲密的人，我们越无法隐藏情绪。

此时游泳馆空荡荡，宽敞的场地只剩我们四人，我和李维克站在裁判台，向阳与冉书瑶站在泳池边，此时他们正在激烈地争吵着，一声未歇一声又起。

我问李维克："你说我们要去劝劝不? 事情好像是我引起的!"

他似笑非笑看着我，语气非常不友好："夏昕，我还看不出你还有一颗圣母心!"一直以来他都是彬彬有礼的绅士，我从未看到李维克对谁冷过脸，但就在一个小时前，我改变了看法，他非常不绅士非常不耐烦地对冉书瑶翻了一个白眼，且骂了一句草。

"你别再去捣乱，你再去，场面会更难控制的! 而且，她是做错了!"

一个小时前，向阳因输了比赛情绪看起来不大对头，我本想去安慰他几句，被冉书瑶推了一把，虽被李维克拉住不至于跌下观众席，但手还是不小心打到前排的观众。那小女孩正看到紧张时刻，被我打了这一下随即尖叫起来，站起来便是破口大骂，引起了不小的骚动。正在发呆的向阳看到这个场景，脸色又难看了几分。

在我看来，向阳与冉书瑶是一对欢喜冤家，吵吵闹闹很正常。除了那个雨夜冉书瑶未归，我还未曾见过向阳对她发这么大的脾气。他面色通红，声音很大，却有些沙哑，毫不掩盖自己的怒气："你是不是嫌日子太好过了? 夏昕姐哪里对你不好! 她是打你骂你还是杀你全家了，你非得每天和她针锋相对，也亏她大度没有搭理你，要不你现在还能在这里! 你能不能成熟一点，你他妈快好歹成年了，不是小孩子! 还好没出事，要是她摔下来有个好歹，你怎么给人父母一个交代……"

李维克又看了我一眼，我有些不好意思往后缩了缩。冉书瑶对我的敌意昭然若揭，我一直采取不搭理甚至逗弄的态度是因为觉得她是个小女孩，对接近自己喜欢的人的雌性生物怀有敌意可以理解，但她的这一推，还真把我吓到了，要不是李维克及时拉住，从三米高的观众台跌下来肯定要断手断脚。

冉书瑶站在他面前，咬着下唇仰头与他对视，眼里噙着泪，却倔强地没有落下。

她的沉默让向阳更愤怒："怎么，我和你说话也不理是不是！冉书瑶，我和你说话听到没有！你是不是觉得自己没有做错，是不是觉得我骂你错了！"

"难道我有错吗？我真的有错吗？"冉书瑶几乎是咆哮出来的。

"你觉得你没错吗？"

"我有没有错你心里清楚！输了比赛心情不好就找个理由把火发在我身上！向阳我告诉你，我就是没错，我就是推了谈夏昕那个婊子，那个朝三暮四的女人！我就这么一推，你就为了她向我发这么大火！这事值得吗？你根本就是借着这件事把输了比赛的火撒在我身上！可是这根本改变不了你输了的事实……"

我尴尬地往后退，正想着要不要撤退，虽然吵架难免口不择言，但被人当面骂朝三暮四骂婊子挺不好受。李维克脸色阴沉，女友被骂婊子，这与骂他没有区别。我正想拉他走人，眼不见为净，就听到清脆的"啪"的一声。

回过头，像突然切换进某部电影般，冉书瑶捂着脸，不可置信地看着向阳。而向阳愣愣地盯着自己的手掌，似乎不相信这一巴掌是自己挥出来的。

更加戏剧性的一幕在此时发生了，一直忍着眼泪的冉书瑶突然大声哭出声，指着我的方向："妈的向阳，好好的暑假我连家都不回在这里陪你，你他妈的居然打我，为了一个婊子打我！我就知道你对谈夏昕的心思没那么简单，在学校宿舍住得好好的，突然就搬到幸福小区，他妈的我早该猜到你是为了那个贱人！现在还为了她打我！我恨你！"她愤恨地转过头瞪了我一眼，在我的惊诧里朝门口跑去。

向阳背对着我们，一动不动地站立着，我在心里咀嚼着冉书瑶的那句话，正想着上前去问他到底是怎么回事，他却慢慢地蹲下身子，用力地抱住自己的头。

我看着他悲伤的背影，忽然就忘了自己刚刚想对他说什么。

说实话，我并不讨厌冉书瑶，即使她讨厌我，恨不得我消失在这个世界上。

上小学的时候，我们班有个小男生喜欢揪我辫子，把口香糖黏在我头发上，在我坐下时拉走我的凳子。我对他的惧怕比老师还深,后来高中聚会他才对我说,那时他挺喜欢我,只是不知如何表达,只能做这些事引起我的注意。

我除非脑子被门夹才会觉得冉书瑶喜欢我,但她喜欢向阳凡是有眼睛的都看得到。她对我语言中伤,甚至出手伤害,无非是因为她喜欢向阳。

爱情,总是让人变得疯狂。

这个周末我们原计划是看向阳比赛,然后去吃饭看电影,但计划临时有了变化。李维克送我们回家的路上,我时不时抬起头瞄他几眼,生怕他因为我爽约生气。他原本板着脸认真地开车,见我这副小心翼翼的模样,乐了:"好好坐着,我没生气,当我是气包呀!"我嘿嘿笑了几声,不再偷瞄他,改偷瞄向阳。

他一直沉默着,甚至连抿嘴的表情都没变化,正襟危坐,眼睛却不知道看向哪个方向。他性格开朗,极少这样沉默,我心里一阵莫名的恐惧,不敢和他搭话。

我们就这样沉默地回到幸福小区,沉默上了六楼。

楼道灯又坏了,我犹豫了几秒,在黑暗中掏出钥匙开门。向阳站在我身后,拿着钥匙往门上捅,直到我拧开了门把,他依旧没把钥匙插进去。

"向阳。"我又关上了门,叫他,"我们来聊聊天吧!"

他攥着手中的钥匙,低着头在台阶上坐下。

这个夜晚没有月亮,楼道黑暗交织着闷热,像一张巨大的网,将我们网在这个狭隘的空间里。

"欸,不就是一场比赛吗?输了就输了,我们下次赢回来就是咯!"我拍拍他的肩膀,"输赢没什么了不起的呀,重在参与嘛!"

向阳依旧垂着头,被我一拍,大滴的眼泪砸落在地面上。

"不!不是这样的!"他用力地摇头,"输了就是输了,输了就是失败者!"

这个高大的男孩,蜷着身子和我挤在同一个台阶上,眼泪顺着纠结扭曲的五官往下滑落。他的喉咙不停地发出像小动物般无助的呜咽声。我不知道该怎么做,只能用力地紧紧地抱住他。

"不会的,我们还有赢的机会!"

"姐,其实冉书瑶说得没错,一点错都没有!我就是个烂人,输了比赛还把气发在她身上!我真没用,连这么简单的比赛都赢不了,我不配做我爸的儿子,我真是丢人!"

我没说话,这个时候语言抵不过沉默地聆听。

"我一直都没有天分,很小的时候他就说过,我不适合游泳,我没有天分!你不知道,他说那些话的时候眼睛没有任何光亮,灰扑扑的。可他还是每天拉着我去训练,说勤能补拙!以前我不喜欢游泳,想方设法逃避,可现在我真的很想好好游泳,他却不在了!我知道爸爸一直以来都希望我能像他一样,所以我拼命地训练,即使他不在了,他在天上也能看见!可是姐,我不行,我让他失望了!你说,他一定会很伤心吧,看到我这个样子被别人踩在脚下,他一定会伤心吧!我连大学生运动会都输得这么难看,我还有机会进国家队吗,姐!他一定很难过,我不配做他的儿子……"

"不是这样的!"我打断他,"无论你今天是输是赢,他都会很欣慰,因为你一直在努力,你一直很棒。今天你是输了,但我相信,总有一天你会赢的!梦想嘛,总要经历无数的波折方能彰显它的珍贵!就像我,你看吧,我一个外语系的当了记者,每天被领导像孙子一样训,一开始写出的稿子连自己都看不下去。可是,我没想过放弃,因为我喜欢这份工作。我知道我一定会成功的,你也是!"

向阳忽然抬头,眼中还有泪:"真的吗?"

"嗯。"

向阳靠着我,情绪慢慢平复。我正想说话,却被一声"咕噜"打断,当然他也听到了,将头埋得更低。

"比赛前我就吃了一点东西垫底,现在好像有点饿了……"

我才想起我们都还没有吃晚餐,索性让他回去换衣服,自己去做饭。

推开门我就愣了,周舟正坐在沙发上看电视,听到我回来,头也不抬,估计刚刚在楼道发生的事,她都听得一清二楚。

"吃饭没?"我边走向厨房边问,"我要做饭,吃点东西不?"

"吃了。"

冰箱里没有什么东西,除了鸡蛋就剩两盒速冻饺,连半根青菜都没,我索性煮了饺子。周舟一直坐在沙发上冷眼旁观,等我煮好了端着饺子出了门她才慢悠悠地开口:"那家伙是狼崽子,身边还有只母狐狸,你现在已经够混乱,端着点,小心后院起火!"

我瞪了她一眼:"我把人当弟弟呢,你什么思想!"

"但人可没把你当姐姐!"

"胡说,你没听见他每天夏昕姐长夏昕姐短的呀!怎么就没把我当姐姐了!"

周舟白了我一眼,深吸了一口气:"谈夏昕,如果有一天你死了,肯定是笨死的!如果我死了,肯定是被你气死的!"

我还想说话,她却起身进了房间,用力地甩上了房门。

我目瞪口呆看着禁闭的房门,心想小多肯定又来了,近期只要他出现周舟一定心情不好,周舟心情不好,说话就阴阳怪气的。

我也懒得去和她计较,端着锅用手肘按了向阳家的门铃。

向阳那一巴掌后,冉书瑶一直没回家。

我问向阳:"你不把她叫回来?"

"她愿意回来就回来,她那么大的人了,知道分寸。"

那天后,向阳情绪一直不高,也不做饭,每天往我家里钻。周舟会做饭,但最近她心情不好,罢工。于是,我每天上班累死累活回家还要给这两尊大佛做饭,偶尔还要接待不请自来的小多。

有天我终于恼了,发火:"你们就不会自己动手!"

周舟练就了两耳不闻窗外事的好本领,兀自低头吃饭夹菜,仿若我是透明的,向阳则瞪着大眼睛看我,显得十分无辜,也不知道哪学来的招数:"姐你赶我吗?你去我家我都没赶过你,你现在赶我了吗?"

我一肚子牢骚默默地咽了回去,心想这种情况不能持续,一定要改变。所以第二天晚上,我约了小优吃饭,给他们发信息——姐今晚有约,晚餐你们自行解决。

天气越来越热,即便到了晚上,风吹在手上依旧滚烫。在去找小优说的那家很好吃的朝鲜冷面店的路上,她一直在絮絮叨叨地抱怨我有异性没人性,只顾着陪男友没陪她玩。我不好意思告诉小优我最近一直忙着给人当保姆还好几次放了李医生的鸽子,只好低着头赔罪不敢反驳。

夜色覆盖着这个城市,如同一层浓密的瘴气,它散发着奇异的香,但谁也不知这香气是多么的噬骨夺魂。

当我们走进冷面店,还未落座,小优突然扯了扯我的袖子,鬼鬼祟祟地压低声音:"夏昕,你看,那个不是李维克吗?"

小优带我来的这家冷面店比较偏僻,很小,但环境不错,此时面店人不多,顺着小优的目光,我一眼就看到了李维克,和坐在他对面的女孩子。她背对我,金黄色的头发用一根筷子胡乱别成髻,正在低头吃面,可我还是认出她——宫雪。

似乎感觉到我们的目光,正在一根一根挑着面吃的李维克突然抬起头,朝我们的方向看来。

"他在看你,走,我们过去!"小优此时的模样和出来抓奸的正房太太无异,"看他给你怎么解释!"

我尴尬地拉住小优:"别闹,那女孩我认识,不是你想象的那种关系!"

"不是更好,你怕什么?"

就在我们踌躇的瞬间,李维克已经站起来,叫出我的名字:"夏昕。"

我只好任小优拉着朝他们那边走去:"好巧啊,你们也来吃面?"

"这是宫雪,我姐姐。"李维克笑着帮我们介绍,毫无半分尴尬,"这是我女朋友夏昕和她的同事小优。"

不知为何,我总觉得李维克这番介绍很怪异,却说不出怪在哪里。

"你们好,我是宫雪。"

宫雪终于停下动作,从食物中抬起头,认真地打量我们。她的眼神不带一丝感情,但也没有敌意,扫过我们身上就像扫过两座建筑一样,遂又低下头吃面,大口地狼吞虎咽,却看不出一丝邋遢或狼狈。

李维克似乎习惯了这样,对我们挤出抱歉的笑:"别介意,她的性格是这样,加上刚从美国回来,不大适应。你们要一起吗?我让服务员加位!"

李维克笑容依旧,语气温柔,我却感到有些不自在。我对他摇头,边拖着小优往别的位子走:"不用了,我们去那边,那边空调比较大,这边有点热,我好热!"

我没回头,但我知道李维克的目光没有离开,像一根细长的线,拴在我身上。

小优一直在嘀嘀咕咕着什么,好一会儿,我才听清她说的是:夏昕,你和李维克是不是吵架了?怎么看起来越来越陌生了,你们以前不是这样的呀!

"没,就是天气热,腻在一起烦。"我听见自己这样说。

这样的情况,是从什么时候开始?

大多时候,我们像从前一样吃饭看电影在黑暗中准确无误牵住对方的手,我们拥抱接吻,毫无间隙。但我们却不再彻夜长谈,不再将什么都一股脑倾倒给对方听,不再肆无忌惮,取而代之是小心翼翼,唯恐一不小心便摧毁这段感情。

谁也没看见,它坚硬的外表下包裹着一颗脆如玻璃的心。

我没向任何人说起这件事，包括周舟。她越来越暴躁，几乎每天都要发一次脾气，有时是对小多，有时是对电话里的父亲，有时是对送上门来讨骂的路放，更多时候是对我。

"谈夏昕，喝完水把杯子放回厨房会死吗？""你能不能早点回家，报社给你多少卖命钱了！""拜托你长点脑子，别每天这副天塌下来当被盖的蠢样，被人卖了都不知道！"

我知道她心情不好，装傻充愣就过去了，反正骂完之后她会道歉，在睡觉时抱我："我不想和你发脾气，但最近太糟糕了。"我从未生过周舟的气，因为她是我最好的朋友，她做的任何一切，永远不是想伤害我。

八月底，一场空前未见的大雨袭击了这个城市，连绵不绝的雨水似乎要将这个世界摧毁。每一个人的脸上都带着郁闷与烦躁。

李维克手撑在方向盘上，眼睛盯着手机，眉头紧紧地皱着，一脸恨不得将手机捏碎的表情。我慢慢地朝他走近，球鞋踩在雨水里，溅湿了裤脚，这一脚泥泞又在汽车雪白的地毯上留下两个脏脏的印记。

他不知何时收起了手机，转头看我，手指敲打着方向盘，目光里的烦躁已散去："想去哪里吃饭？"

我摇摇头，用力地揪着自己的头发，恨不得将它们一根一根从脑袋上揪下来。每次我心情不好，都会无意识地做这个举动。在我变成秃子前，李维克按住我的手，将它们握在手心里，他的手心干燥炙热，我微微挣了几下，没挣开。

他放开我的手，轻轻抚着我的发："发生什么事了？"

我把头靠在他肩上，用力地呼吸："很多时候，我都觉得自己是个没用的废人，什么事都做不好，什么事都做不到。"

这几个月，我的工作慢慢变得顺利，前天写到一条不错的新闻，主编第一次称赞了我，还留了头版。而在下班前，我看到了明天报纸的打样，头条却不是我的稿子，而是一条酒吧扫黄的新闻，更让我震惊的是，在那幅巨大图片的最角落，我看到了冉书瑶。配图是几个戴着手铐着装清凉的男女，他们的脸都被打上马赛克，而背景是在酒吧里玩惊慌失措的客人，他们脸部没有任何修饰，就这样放上来了。

我去找主编，想要撤下这条新闻，或者把背景里的人头像稍微遮掩一下这样太容易让人误会，对方却说："你怎么知道这几个不是卖淫的？而且报纸已经下印刷厂，你知道现在撤回会损失多少吗？小谈，我知道撤了你的稿子你不甘，但你要知道,头条永远都要留给最有新闻价值的!"

我被顶得哑口无言,只能接受,谁让我的稿子比不上别人。

"这不是你的错。"

"虽然我不喜欢冉书瑶,但发生这种事,对一个女孩来说是很大的打击。"我用力地闭上眼睛:"我现在只希望,向阳没有买报纸的习惯,看不到明天的新闻,不然他会崩溃的。"

天空阴沉得就像要爆炸一般,瓢泼大雨打在车窗,描绘出这个城市最凌乱的形状,它像一座矗立在海面的岛屿,正一点点下坠。。

谁也不知道,这片繁华何时会摧毁。

冉书瑶一直没回家,向阳那一巴掌击碎她所有念想。

《今报》报道酒吧扫黄的新闻出来后,引起了不大不小的轰动,相较于铺天盖地的车祸乱倒垃圾拖欠工资等新闻,它实在能制造太多茶余饭后的话题。

这几天,我每天非常鬼祟地在门口探头探脑,见向阳回来就窜出门来:"嘿,你回家了,今天怎么那么早,没去训练?"

他似乎被我吓了一跳,但很快就缓过来,对我露出一口大白牙:"嗯,游泳馆在消毒清理,这几天没去。"向阳并不是那种不堪一击的男生,这次失败他用了一个星期疗伤,很快又恢复正常训练,此时他提着一碗牛肉面,和往常没有任何区别。

我放宽心,拍拍他的肩,回家。

我并没看见,他的另一只手里攥着一团旧报纸,上面是冉书瑶支离破碎的脸。他看着我关上门,慢慢将报纸展开,随即闭上眼,无力地靠在门上。

接到向阳的电话时我和周舟正在看某没营养的娱乐节目笑得前俯后仰,接了电话那头说话的人却是物业保安,他们说向阳喝了酒在楼下撒野,砸路灯,毁坏绿化。我蹑手蹑脚地进房间换衣服,出来时周舟已经关了电视,倚着门看我:"你还真当那小子是你儿子呀!"

"他叫我一声姐,我总不能不管他吧!"

我来到保安室时向阳已被制服,低着头乖乖坐在椅子上,像做错事的小孩。

保安脸色也不好,问我是不是他姐姐,见我点头便开始吐苦水,说向阳这小子喝了酒，醉醺醺地在小区内乱晃，到处搞破坏的，问他是哪楼的住户又不说，只能拿他的手机给我打电话。"

我带着向阳一步三道歉离开保安室，出了门，我将他往花坛一扔，他已经醒得七七八八了，被我这一摔，彻底清醒了。

"你说吧，为什么喝酒，还醉成这个样子！"

向阳没有起来，坐在地上保持着被我推倒的模样，路灯下看起来可怜兮兮的。

"姐，我找不到冉书瑶，打了她所有朋友的电话都没找到她，给她打电话她也不接，我很担心她！"

"早你干吗去了！那天打了她之后你就该去找！"

向阳声音很低，几乎是含在喉咙里："姐，我看到那个新闻了。一开始，我以为她出去几天就会回来，像以前一样，可我没想到她会和那群人混在一起，她本质不坏，只是喜欢做明星梦，但我再不找到她，她肯定会被这群人带坏的！"

"姐，你知道吗？我们从小一起长大，我爸爸过世后，他们家一直对我和我妈很照顾，连我大学的学费都是他爸给我交的。而现在，我却把冉书瑶变成这个样子，我真是该死……"向阳突然抬起手，用力地击打着地面，我想拦下已经来不及，指关节处已经渗出血丝。

我被他气得不行，一巴掌往他头上拍："你这个笨蛋，你喝酒自残就能解决事情吗？现在最重要的事是找到冉书瑶！她的电话关机吗？"

"不是，我一打过去就被挂断！"

"那你不会换个电话打吗！"我几乎是咆哮出来的！

我在手机上迅速按下十一位号码，才响了三下，电话就被接起，是冉书瑶略微沙哑的声音夹杂着风："喂。"

"喂，我是谈夏……"

我的话还没说话，电话已被向阳抢走，他对着电话咆哮，哪有半分颓靡的样子。

"冉书瑶，我告诉你，你要是敢挂电话我就一把火烧了你的衣服和鞋子！"

他的恐吓显然对她很有效，冉书瑶这次没挂电话了，电话那头大声地和向阳嚷嚷着什么，而向阳却木着脸，只不停重复着三个字："你在哪？"在他说了第十次后，那头似乎妥协，报出了所在位置。向阳吼了一句"这么晚你跑到那种鬼地方干吗"就挂了电话。

"她在哪?"

向阳报出那串地址后便准备去找冉书瑶,被我一把拉住。

"姐,冉书瑶她说她没做那些事,她只是去酒吧玩,恰好倒霉遇到警察而已。我相信她。"向阳以为我不让他去找冉书瑶,一板一眼和我解释,"姐,她推你我让她和你道歉,但我要先把她弄回来。"

"不是,那个地方你不能去,很危险!"

"那我更要去,怎么能让她自己在那!"向阳抿着唇,很倔强:"姐,如果她出了事,我会内疚一辈子的!"

"但是你知不知道那里是什么地方,那是地下赛车场,那里的人都是些不要命的人!冉书瑶在那里做什么?你去那里又想做什么!"我抑制不住内心的激动,"那是地下赛车场,你以为是什么好玩的地方吗?"

向阳突然笑了,手上用了力道,挣开我的手,"姐,如果在那里的人是对你很重要的人呢?你会去吗?"

他的目光在黏稠的风里逐渐变得森冷。

"姐,如果是你呢?如果现在不见的是你从小一起长大的朋友,是除了父母外世界上最关心你的人,是在你最狼狈颓靡的时候在你身边不离不弃的人,你还会去找他吗?还是你也能像现在这样冷静,告诉自己,那里危险不能去?对不起,我做不到。"

他转身走了,像一道凛冽的风。

我望着他消瘦的背影,像看到两年前的自己,那时候,我们也像他一样莽撞,趁着年轻无所顾忌。可现在,我们正慢慢地退化,磨平了棱角将自己装进蜗牛壳里,在这片狭隘的平地上蠕动,不敢越界。

我还是喊住了他:"向阳,你等等!"

他慢慢地回过头,似乎在笑,又似乎没有:"姐,你还要阻止我吗?"

"我和你一起去!"

我给周舟打电话,告诉她自己要和向阳去地下赛车场找冉书瑶时她将我狠狠地骂了一顿,遂挂了电话。我对向阳耸耸肩,拉着他去小区门口打车,李维克却打了电话过来,刚按下接通键,便听到他带着薄怒的警告:"现在在哪里,不要移动,我马上到。"我还没来得及回答,他又挂了电话。

接二连三的被挂电话,泥人也要发火,我愤愤地回拨过去:"你们他妈的什么意思啊!打电话来又挂掉,好玩吗!"

"不好玩,没你单枪匹马去赴龙潭虎穴好玩!"

我还没来得及说自己不是一个人,李维克又做了一个人神共愤的举动——挂了我电话。

十五分钟后,一向奉公守法的李医生以时速70km/h之势将车停在了幸福小区门口,载着我们奔向郊区的地下赛车场。

我不知道冉书瑶为什么会在那种地方,更不想回忆那晚与颜梦的经历,但我不能看着向阳一个人去那里,毕竟,他叫我一声姐,而我也真心把他当成弟弟。

从市中心到郊区,即使李医生保持着70km的车速还是要将近半个小时,在这半个小时里,车厢里一直是寂静的,除了引擎声,我只听见自己剧烈的心跳声。

李维克沉着脸,像我做了什么不可饶恕的事,而后座的向阳,保持着心不在焉,最先破功的还是我。

"好了我知道错了不该自己一个人半夜跑出来,是周舟告密的对不对!我就知道!好了,你摆那么久的脸色不累吗!"

李维克没料到我会认错,扑克脸摆不下去,腾出一只手揉眉心,一脸无奈:"你啊你,什么时候能不让我操心!大半夜乱跑也不给我电话,要不是周舟让我来接你,我还真不知道你胆子这么大!"他的语气一点都不像一个男朋友,更像我爸谈老师。

我把头靠在肩膀上,大声地笑着,努力使自己看起来很镇定。

可我清楚地知道,每朝那个地方前进一米,我便离地狱近了一步。

一步一步,没有归途。

车慢慢地远离闹市,驶入一个罪恶之城。

推开车门的那　刻,我觉得自己更像是踏进一个黑暗王国,国王矗立在最中央,而周围都是他热情忠诚的子民,机车便是他们手中的武器。

我扶着车门咬着牙,只有这样才能控制住自己不发抖。

机车掀起的灰尘纷扬在空气中,李维克凝视不远处,眉头微蹙:"你确定那个女孩子在这里?"向阳没有说话,在灯光中眯起眼睛,他的手在裤袋里,慢慢蜷成拳头的形状。

"冉书瑶！"他大声地喊着，然后朝最拥挤的人潮跑去。

我和李维克对视了三秒，紧随其后。

当我们跟着向阳跑到车圈里时，我不禁感叹生活真是一出出可笑的闹剧。冉书瑶穿着皮裤和吊带，化着浓妆坐在一辆蓄势待发的黑色赛车上，而她紧紧抱着的腰的主人我很熟悉，是将近一个月未见的傅亚斯。

他带着头盔，弓着身子，长腿撑在地上，是我从未见过的肃穆模样，可我还是认出了他。在他的一米开外，是一辆火红色的赛车，同样装扮的车手同样着装清凉的赛车女郎。一个染着金毛的男人站在起点线的最中央，右手高举着发令枪。

此时，这里更像斗兽场。

尖叫声与吆喝声此起彼伏，我来不及阻止，向阳已经拨开人群，挤到了中央，将冉书瑶从车上拖了下来。她尖叫了一声，想反抗，但看清来人后，像被掐住脖子的鸡雏，一个声音都发不出。

向阳冷着脸，拉着冉书瑶就往外拖："跟我回家！"但没走几步，就被人拦下，那几个高大的男人像墙一样挡住向阳，其中一个嘴里还在咀嚼着什么东西，说话含糊不清："你混哪的，来搅局的？"

身后不停有人在鸣笛，我紧紧地拉着李维克的手，他轻轻地拍着我的后背，示意我别怕。

那道视线像一尾蛇，紧紧地附在后背，"嘶嘶"地吐着鲜红的蛇信。我不敢回头，生怕一不小心便被咬上一口。

向阳握着冉书瑶的手腕，力道很大，他仰着头和高大的男人对视，声音虽然很大，却轻易地听出颤音："我，我是来找她的，她要跟我回家！"说话间，他回过头来看我，又迅速别过，"我没想干吗，我只是来带她回家！"

"你知道这里是什么地方吗？你知道你现在要带走的人是我们的赛车女郎吗？你带走了她，这还怎么比赛了！"

"你们可以找别的人！"

"哈哈哈哈，你是在说笑吗？小子，把人放下，我们勉强让你离开！"

这笑声像导火线，"兹兹"引起了火药的源头，无数量机车发出巨大的轰鸣声，呐喊声此起彼伏。

"快滚蛋，别他妈的在这里坏事！"

"快走,否则弄死你!"

"操你妈的,不滚老子轧死你!"

向阳一直紧紧攥着冉书瑶,而她已经小声地啜泣起来,用力地挣扎着:"你放开我啊,你快回去,放开我,别闹了呜呜呜……"

恐惧顺着岩壁不停在我心上攀爬着,李维克小声地凑在我耳边道:"别怕,别怕,我去打个电话,会有办法的!"他拉着我往外走,而那群人已经有人动手了,开始推搡着向阳,拳打脚踢,甚至有人真的发动引擎,似乎就像他们说的,要弄死他。

冉书瑶扑在向阳身上,哭得稀里哗啦的。我按捺不住,对着李维克哭喊:"你想办法啊,向阳就他妈的要被弄死了啊!"

他电话已经接通,捂着一只耳朵正对那边大喊着什么,我挣开他的手,朝向阳奔去,用力地抱住那些往他身上袭击而来的脚。

向阳一直将我往外推:"姐,你走开啊姐,你走开……"而冉书瑶一直在哭,撕心裂肺地嚎着:"你们不要打了,不要打了……"

周遭一片混乱,各种声音此起彼伏,我的脑中一片空白,只是感觉疼痛。

一只大手用力护住了我,我闻到了一股熟悉的气息,几乎不用抬头,我便知道那是谁。下一秒,我听到了一声闷哼。

"够了,够了,大头,他们是我朋友。"

"今天发生的事,我会和K哥道歉,况且你们已经把他们揍了一顿,难不成真的想闹出人命?"

"但是比赛怎样,总不能就这样让他们走吧!"

"那个女孩哭成这样,你还指望她吗?晚点吧,晚点我再来一场。"

今晚的月光特别惨淡,它蛰伏在厚厚的云层中,露出一个小角。

他站在我的面前,遮挡住了那些刺目的光线。我不敢抬头,不敢用力呼吸,却无法阻止那熟悉的气味往我鼻子里钻。

有时候,我觉得命运就像一只翻云覆雨的大手,它不停地玩弄着你,你越想往哪里去,它越拖曳着你不让走。而你越不想碰见那个人,它越是将他带到你的面前。

眼泪已经干涸,它们在我脸上形成一层保护膜,将我这个僵硬的难看的表情固定住。李维克捏着手机,他安静地看着我,表情里带上了一种叫失望的情绪,看我的眼神,就像父亲看着不听话出去闹事受了伤回家的小孩。

我努力挺直了脊梁,让自己不要在人群中倒下,背部很疼,像是被锥子凿出一个洞一般。

此时我的脑海里只有一个念头:回去,我又要被周舟骂了。

冉书瑶还伏在向阳身上哭,抽抽搭搭,像丧夫的小寡妇。向阳除了鼻青脸肿,并没有受多大伤,龇牙咧嘴地骂她:"别嚎了,嚎得我心烦意乱,现在知道自己错了吧!"

水泥地面上布满了沙石,我的影子看起来就像黏在他身上一般。我往后挪了几步,使我们的距离延长一些,只是这细微的动作,便让他察觉。

傅亚斯微微扭头,锋利的侧脸没有半分表情,他走了两步,朝李维克走去,甚至伸出了手:"见了几面,还没自我介绍过,傅亚斯。"

"李维克。"我还来不及惊诧,两只手已经握在一起,但几乎是触碰到的那一秒马上分开。李维克挂起他招牌式的笑,"今晚的事谢谢你。"

傅亚斯扯了扯嘴角,似乎想说什么,但却什么也没说,转身走了。自始至终,他都没看我一眼,就这样笔直地朝远处走去。

那个背影,让我有落泪的冲动。可我不能哭,只能用力的屏住呼吸。

在这一瞬间,我产生了错觉,眼前的傅亚斯并不是我所认识的傅亚斯,他已经在岁月中慢慢地蜕变,换上一身更坚硬闪亮的鳞片。虽然他不再荣华,但却比以前更加耀眼夺目,我不敢再看他,唯恐再多看一眼,便兵荒马乱丢盔弃甲。

回家的路上,车厢里是死一般的寂静。

李维克表情肃穆地开车,冉书瑶缩成一团靠着车窗,而向阳笔直地坐着,面无表情地看着前方,而我,像烂泥一样无力地瘫在副驾驶座,像是经历了一场可怕的战役,杀敌一千自损八百。

车缓慢地朝市中心移动,给它披上白绫,我们换上黑衣,说是灵车无人会质疑。因为此时车厢里每一个人的表情,都像死了人一样,都适合在葬礼上演绎。

我无法装作若无其事,更无法装傻充愣。

这一晚发生的事情,像横亘在德意志的柏林墙,即使被摧毁,那一道道留在心上的伤疤也无法抹除。

"你不问些什么吗?"

"你想我问什么？"

李维克英俊的侧脸隐匿在阴影里，我听见他冰冷的声音。

"夏昕，无论在我们之间存在多少不可能的因素，只要你想和我在一起，我都会设法一一将它们拆除。只是你，心里还有容纳我的位置吗？"

我的眼泪终于落下，打在几天前我留在地毯的脚印上。

很久之后，我想起这个画面都觉得可笑至极，它像一个巴掌，狠狠地扇在我的脸上，直至鲜血淋漓，皮开肉绽。

可我无法预知未来，在此刻还是为了一句虚无的承诺感动涕零，内疚不已。

chapter.07
谁曾看见我的眼泪

vvvvvvvvvvvvvvvvvvvvvvvvvvvvvvvvv

很久以后我还记起那一天,那天的阳光是九月里最灿烂的,让我震惊的当然不是这明媚的阳光,而是那一天发生的事。

那天是周末,我迷迷糊糊被门铃叫醒连牙都没刷就出去开门,当看到门外的人时,只能用三个字形容我当时的心情:哑口无言。

门外站着向阳和冉书瑶。

我在这里住了将近一年,这一年来,向阳时不时过来串门,我偶尔也会去他家蹭饭,而冉书瑶别说串门,连给我好脸色看不冷嘲热讽的次数都屈指可数。而现在,她和向阳一起按下了我家的门铃,脸上还堆着笑,我几乎要以为自己出现了幻觉。

然而对面的人还嫌这个炸弹不够给力,微微弓下腰,郑重其事地开始道歉:"喂,谈夏昕,对不起,我为上次推你的事情道歉,也谢谢你前天晚上帮了我和向阳。"她的每一个字都像是从牙缝里挤出的,笑容也像被淋上胶水那般僵硬,她的眼睛并没有看我,不知道透过我看向哪里。她就像在背台词一样,艰难地念完后终于松了一口气。

我就像被雷劈中一般,呆滞木讷地站在那儿,直到冉书瑶不耐烦地转身想走被向阳一把扯住,他看着我,目光殷切:"姐,那个冉书瑶她和你道歉呢!"

我这时才反应过来,急忙地对看起来一点都不心甘情愿的冉书瑶摆手:"没事,没什么大事,你也别放在心上,没事没事。"

气氛又凝固了,我们三人面面相觑,谁也不知该如何把话题接下去,而我因为惊讶,竟然也忘记请他们进门,在门口站了将近三分钟,冉书瑶的表情充满了不耐烦,我才想起问她为什么会去那种地方当赛车女郎。

我没想到这句简单的问话会激恼她,话音刚落,她几乎就咆哮出来:"我说谈夏昕你别太得寸进尺,我来道歉道谢是看在向阳的面子上,你别以为这样就可以对我指手画脚,我告诉你,我的事情与你无关,别把自己太当回事儿……"

我目瞪口呆地看着比川剧变脸还要速度的冉书瑶,向阳比我更尴尬,拉了她几下没反应直接就伸手捂住她的嘴。我还想着要如何化解这个尴尬的场面,背后突然伸出一只手,用力地将门关上。

门外的声音并没有停止,冉书瑶还在絮絮叨叨地念着:"你看吧,她根本不稀罕我来道歉,你他妈的拉着我来什么意思,吃闭门羹好玩吗?向阳你就是个M!欠虐的!说不定啊,那条新闻还是她报道的,故意让我出丑,让我身败名裂!"

"你有什么名可败,你还敢说,叫你来道歉你搞成这样!如果我是夏昕姐,我他妈的就给你一巴掌!"

"你又要打我!你说了不打我我才回来的,你他妈的又要打我,又为了谈夏昕这个死女人!向阳你不是人,我为了你什么都不管了,你怎么可以这样对我……"

向阳几乎是吼出来的:"冉书瑶你够了,你再吵,我走了!"

门外的吵闹终于停止,我保证关门的人是冉书瑶,摔门声大得我们的墙都在震动。而造成这一画面的始作俑者连看都没看我一眼,慢悠悠从洗手间走出,进了厨房。

从那个晚上开始,周舟就没和我说过一句话,住在我家,睡着我的床,却把我当透明人,恐怕也只有她能做到。

那晚李维克送我们回家后,我以为周舟已经睡了,蹑手蹑脚去洗漱后上床才发现她根本没睡,睁着眼睛看着天花板,披头散发的模样像恐怖片里的女鬼。不知为何,面对她我觉得心虚,正准备主动搭话,她却转身留给我一个背影,被子却一角都不舍得分我。

第二天,第三天直到现在第四天,她几乎不与我说话,无论我怎么胡搅蛮缠胡闹撒泼,她还是那副死人样,就像我做了什么对不起她的事一样,却一字不说。

和她认识整整五年,我已摸索出道理:如果周舟对我发脾气,那么证明事情并不严重,还有挽留的余地;如果她连话都懒得和我说,那么一定是我做了什么人神共愤让她想把我碎尸万段的事。

我还是忍不住，对她的背影喊："你放过我吧，我做错什么你说啊，你不说我怎么知道。"

她回过头，冷冰冰地瞥了我一眼，笑了。

周舟的态度实在让我心烦，大清早烦得我出了一身汗，索性拿了衣服进浴室洗澡。

冷水浇灌在身上冰凉而刺激，让我起了一身的鸡皮疙瘩。通常情况我家只有我和周舟两个人，而我们又都是同样性别，所以大多时候上厕所和洗澡我都没锁门。当我开始往身上抹沐浴乳时，身后的门突然开了，我吓了一大跳，第一反应不是遮挡身体，而是用力将手上的东西甩出去。

所以，我回过头看到的便是半张脸黏着一坨粉红色沐浴乳的周舟。那坨玫瑰香味的沐浴乳，顺着她白皙的皮肤慢慢往下滑，落进了她的领口。

她就这样站在门口，一动不动地与一丝不挂的我对峙，连门都保持半开的姿势。明明她是闯入者，我却比她还紧张，说话都有些抖，兴许也是冷的："你，你，你干吗！有事？"

她继续冷冷地与我对望，把手上的东西塞给我，我下意识问："这是什么？"

"抹在后背的伤口，去淤青，不留疤！"她的表情明晃晃写着嘲讽，"你以为你掩饰得好我就不知道你受伤吗？下次受伤记得多穿点衣服，别打几个滚就把后背露出来！还有，别平躺睡哼哼唧唧的吵死了！"

"你都知道了？"

"你以为你很聪明吗？你以为自己掩饰得很好吗？谈夏昕，你是我见过的世界上最蠢的女人，蠢也罢了，最怕蠢的人还要自作聪明！"

那个晚上在赛车场与那些人争执的时候我被踢了一脚，后背一直很疼，回到家我也不敢说，就这样忍着，没想到还是被她看出来了。这一刻我突然被一股庞大的内疚所包围，可我不敢说，只能小心翼翼地顾左右而言他："这哪来的？"

她的表情更加不耐烦和厌恶："以前路放给的。他妈的洗快点，我要洗。"说完她用力地甩上门，待她出去我才看清手中的东西，是一罐写着不知道哪国文字的绿色膏体。

待我洗澡后，周舟又进了浴室，待她洗澡后出来已是半个小时之后。我坐在床上吹头发，见她出来，狗腿地把吹风筒递过去："你要吹头发吗？我帮你！"

她没说话,只是在我身边坐下。

离开学校后的这一整年,我们都太忙,忙着各自的事情,像这样悠闲的心平气和坐在一起的时间少之又少。我轻轻地拨弄她的头发,吹风筒"呼呼"地散发着热量,她低着头,手托着额,幽幽地叹气:"我以为你会懂得保护自己,可你总是这样!"

她这句话没有愤怒,没有嘲讽,仅有的只是无奈。我却因为这句简单的话,差点哭了出来。这几天我一直以为她生我的气是因为我太多管闲事,给自己惹了一身麻烦,我甚至偷偷腹诽她太过冰冷没有人情味,可此时我知道我错了,她生气只是因为我又把自己弄伤了,即使只是一点点小伤。

"我,我以后不会了。我……"我看着她头顶的发旋,却再也说不下去,愧疚一波波地袭击过来,我甚至觉得自己不配和她做朋友。

周舟按住我的手,却没转过头来。

"夏昕,无论你喜欢谁,和谁在一起,我都没有意见都不会再管你。我对你的要求只有一个,你别受伤,更别让我看到你受伤,无论是哪里!现在,除了父母,只有你对我最重要,你知道,我的占有欲很强,我不喜欢别人觊觎我的东西,更别说毁坏碰伤!那样我受不了!"她的手冷得像冰块,用力地抓着我的手按在她心口,"我这里有病,我知道,你别刺激我。"

在这一刻,我很想大声地笑,像以前一样开她玩笑,说你以为你真的是文艺青年,看书看多看傻了吧,神神叨叨像个老太婆。可我刚努力把嘴角上扬,眼泪就"吧嗒吧嗒"地往下掉,落在她的手上。

夏天像一条吐着火舌的龙,"轰隆"张口,生灵涂炭,哀鸿遍野。

九月给我们带来的不仅是热量,还有忙碌,前半个月便在电话铃声、打字声和主编的怒骂声中过去了。几乎每一天,我们都无法准时下班,直到霓虹完全亮起,城市开始喧闹而糜烂的夜生活,我才拖着疲倦的脚步走出办公室,坐上末班公车。晚餐大多是在报社胡乱吃点,回到家再煮点什么当宵夜。

我便是在对着一碗鸡蛋面狼吞虎咽时接到傅亚斯的电话,我下意识回头看周舟,她正在沙发上看文件,专心致志,没注意到这边的动静。

在小多的死缠烂打下,周舟还是回到了公司上班,但没回家住,用她的话说是:"我不回去,让老头子自己反省反省。"她的语气活脱脱是教育叛逆期的孩子的母亲,让我寒毛直竖,不寒而栗。

轻轻放下筷子,我拿着手机走向阳台。刚合上玻璃门,一股强大的热流朝我侵袭而来,简直要让我晕厥。手机还在活泼地震动,我才清清喉咙,按下接听键:"喂。"距离傅亚斯上次给我打电话,已过了一个多月,我努力让自己的声音听起来心平气和。

傅亚斯似乎也没想到我会这么平静,愣了几秒才道:"夏昕,是我。"

我腹诽着不是你难道还是我,却只是问:"请问有什么事?"

"我有事和你说,你别激动。"

"我不激动,请问你有什么事?"

我觉得自己很平静,但当傅亚斯开口说完那句话后,我压根无法平静,激动万分:"傅亚斯你是什么意思!"

"我没什么意思,我就是告诉你,在二十分钟前我看到了你男友李维克扶着一个女孩子从酒吧里出来,就是上次那个女孩子,他们看起来十分亲密。"

我心里猛地"咯噔"一下,几乎是咆哮出来的:"我还不知道你有做狗仔队的潜质,傅亚斯我告诉你,那个女孩是李维克的姐姐,弟弟和姐姐在一起有什么问题!你别以为这样就可以离间我们的感情!李维克没你想的那么肮脏!"

电话那头突然没了声响,这漫长的沉默足够让我冷静。汗水顺着脸庞往下落,滚烫而热烈,灼得我胸口发疼。

"夏昕,在你心里我就是如此不堪吗?我是喜欢你,我是嫉妒李维克,我无时无刻不在想你们什么时候分手,但我还不至于卑鄙到离间你们!我打这个电话也没有别的意思,只是想告诉你,他们看起来没那么简单,李维克看那个女孩子,根本不像弟弟对姐姐!我只是不想看到你受伤!"

"能伤害我的,只有你一个,如果不是你这个该死的电话,我他妈的现在还在享受我香喷喷的宵夜。"

"那么,抱歉了。"说完这句,他扣上了电话。

我站在巨大的玻璃门前,对面的人手握着手机,另一只手撑着门,以一个怪异的姿势站立着,像濒临死亡的兽。

原来,这就是我。

我不知道自己为什么会这么慌乱,是因为傅亚斯对李维克的质疑,或许是因为别的,总之,我的大脑很乱,像上百个电视频道同时播放,各种画面台词夹杂着电流不停地冲击着。

我感觉自己就像要爆炸。

我不知道自己在阳台站了多久,热风夹杂着沙尘往我脸上袭来,它们进入了眼睛,在我的眸子里肆虐,折腾出我一眼的泪。

周舟在屋里,隔着一面玻璃门与我对视,眼神充满了探究。

"你别问,什么也别问!"我隔着玻璃对她大吼,"我求你了。"

她岿然不动,继续打量我,最后表情一敛:"面还吃不吃,不吃把碗给洗了。"

我想,现在的我看起来肯定很可笑。

接了一个莫名其妙的电话,在阳台哭得稀里哗啦,哭完连眼泪都没干就要回到厨房洗碗。更糟糕的是,我连碗都洗不好,它带着一身的洗洁精从我手上溜走,在地上开花,碎成了好几块。

周舟听见响动,回头看了一眼,又继续表情漠然地看文件。

很多时候,我觉得周舟像个男人,干练犀利的男人,只要你不想说,只要你让她别问,她便会尊重你,任由你憋到自己忍不住,期间再好奇都不会过问一句,冷漠得像陌生人。我不能说这是好还是坏,但在这时我是感激她的,如果她开口问我为什么哭,我要如何告诉她我的前男友给我打来电话,说我现男友和他的继姐一起从酒吧出来,看起来非常亲密根本不像姐弟。

更糟糕的是,我竟然也觉得他们一点都不像一对姐弟,从我见到他们在一起的那一刻,我就这样觉得,只是我一直把这肮脏的想法藏在内心,甚至为此将自己责骂了一顿。

而此时,那个可怕的念头终于浮出水面,像巨鳄,朝我张开了血盆大口。

我不停地对自己说"要相信李维克,他不是那样的人,要相信李维克,他一定不是那样的人",可手却忍不住伸向了手机,带着一手洗洁精,我按下李维克的电话号码。

电话响了九声,我清楚地数着,第十声刚响起,就被李维克温柔的声音打断:"夏昕。"

我"嗯"了一声,竟想不起如何接话,电话那边很安静,只有他浅浅的呼吸声。

"夏昕,还在吗?怎么了?"

"没,没,我刚准备洗澡睡觉,就打个电话问你在干吗!"

不知是不是我的错觉，他给我松了一口气的感觉，语气轻快："没，在诊所呢，不是要关门了吗？在收拾东西准备回家。"

"噢，那你慢慢收拾。"

"你也早点休息，晚安，好梦。"

从他的声音里，我听不出任何疑点，电话那头也符合诊所应有的气氛：静谧。可我还是感觉不安，像有人拿着羽毛在我鼻腔、腰间、脚底不停地撩着，挑着最敏感的地方下手。

鬼使神差的，我按下了诊所的电话号码。

在打这个电话前，我也想过，若是被李维克接到会如何，他会不会指责我不信任他？我用十秒钟时间想好了退路，到时候我就道歉哭闹加撒泼，再不成给他做一个星期的便当负荆请罪，可在电话接通我直接表达出我要找李维克医生后，护士小姐甜甜地对我说："不好意思，李医生不在。"

"他回去了吗？"

"李医生这两天没来上班，后天他会来上班，您可以提前挂号。"

世界似乎就在这一刻，轰然倒塌，高大的建筑瞬间成废墟，而我就被深深地掩埋在其之下。

我挂了电话，因为我不知道说什么，无论我怎么说，李医生没来上班这个事实也无法改变。我坐在厨房的地板上，垃圾桶就在角落，我闻到一股恶心令人作呕的腐烂气息，不知是源于它，还是我自己。

"周舟！周舟！"我大声地喊着客厅的人，"你今天是不是没有倒垃圾，一股子鱼腥味！"

她诧异地看着我，几步走到我垃圾桶边，我以为她会将它扣在我头上，周舟却只是拎着它让我看："这里什么都没有。"

我仰起头看她，她木然地与我对视，直到我又一次败阵，在她面前狼狈地号啕大哭。

她没有问我怎么了，也没有问我为什么哭，只是走过来，用力地抱住我，一只手轻轻地拍着我的背安抚我。

"哭吧，没事的，想哭就哭，还有我呢。"

眼泪汩汩地从我眼眶里往外冒，我把头埋在了周舟的颈窝里。

时光有偷天换日的力量，上一秒信誓旦旦，下一秒斗转星移。

★ 听 说 我 们 不 曾 落 泪 Ⅱ ★

还有什么不会改变呢?

每一天的早晨都是这样。

无论在夜晚经历多少痛苦悲伤,晨曦来临的那一刻,你必须收敛一切情绪,穿上最坚硬的盔甲,面带笑容与敌人厮杀。

虽然出门时我往眼下抹了一大坨遮瑕膏,但在楼梯口遇到向阳时还是被关怀了一把:"姐,你怎么脸色这么差?病了?"

"没事,天太热,睡不好!"

"真的吗?那我先走了哈,我要迟到了。"向阳一步三回头,像个小老太太一样叮嘱,"要是不舒服记得去看医生哈,姐我先走了哈!"

我笑着对他挥手,慢吞吞地往楼下走。我并不是睡不好,而是一夜辗转压根没有睡,因此早晨出门也比往常要早很多。

每个星期主编会召开一次晨会,因为我是第一个回到报社的,所以当大家匆匆忙忙赶到会议室时,我整理好资料在会议室等待开会。柯姐进门时,还表扬了我:"哟,夏昕,今天可真早,这劲头得好好保持!"

我努力朝她挤出一个笑,继而把头埋在文件里。

可很快,我就笑不出了。

当主编正在慷慨激昂地讲着如何让《今报》在各类报纸中脱颖而出成为本市的花魁时,我的手机突然响了起来,打断了他的演讲。我手慌脚乱地在口袋里摸索,还来不及按下静音,蓝色的文件夹已经朝我飞来,砸在我面前的桌子上,纸张散落一地。

"我说了多少次,开会的时候把手机调静音!你他妈的是没脑子还是没记性!我说了多少次了!很忙吗!忙到一定要在开会的时候打电话吗?要是忙,要是不想干了!他妈的快点早一点给我滚蛋……"

我低着头,看着地上的A4纸,偌大的会议室充斥着主编愤怒的咆哮。我其实已经听不清他在骂什么了,只觉得脑子里嗡嗡嗡地响着,他骂我就听着,他让我捡文件我就捡,直到他终于平复情绪,重新把话题拉回来。

我坐得笔直,看起来就像一个认真开会的人,事实上我的思绪已经不知飘到哪去,连主编在总结陈词我都没听,直到小优推推我,我才知道早已散会了。

"你怎么了？看起来不大好！"

"没有，可能是昨晚没有睡好。"我抱着文件跟在小优后面，"最近都睡得不好。"

"怎么忘记关手机了？不过老陈也太凶了，怎么能那样骂你呢！"

"不知道，我以为我关了，但不知怎么还是响了。"

小优看着我的眼神十分担忧，像父亲看早恋的女儿那般。很快，她又恢复原本的模样，十分鬼祟地压低声音："最近这种事情是不是经常发生？要不我带你去找黄大仙？听说他很灵的……"

"黄大仙留给你自己吧，我要去干活了！"

我知道自己十分不对劲，可我无法控制，脑子始终乱糟糟的，不停地重复着一个问题：李维克为什么要骗我！这种负面情绪在当天中午达到了顶峰，我拿着柯姐给我的资料去复印，转手却将它塞进碎纸机，直到小优惊声尖叫，我才后知后觉反应过来，可资料已经变成了废纸箱里的一部分。

"这资料很重要的呀！怎么塞进碎纸机了！"

"对不起柯姐。"

"哎，夏昕，你今天到底是怎么了？"

"对不起柯姐。"

"要不你回去休息吧！"

"不用了，柯姐，那份资料我再重新整理出来给你。"

当我在资料室里翻找资料时，李维克给我发来了信息：夏昕，晚上吃饭吧？

我盯着电话整整五分钟，才回复道：我晚上要加班，改天吧。

李维克体贴如常：那你早点回家休息，注意身体。

如果这是在两天前，我或许会被感动，可现在，我只觉得恶心，胃里翻江倒海，难受得不行。我两眼一闭，整个人倒在资料室的地板上，真想长睡不起啊！

重新把被粉碎的资料整理出来已经过了十点，整个办公室空荡荡的，只有我的桌子前还亮着光。窸窸窣窣收拾好东西出门，拦了出租车，我却没有报幸福小区，而是报了李维克诊所的地址。

每个周四晚上李维克都会在诊所值班，我觉得我们应该好好地谈一谈。

出租车停在熟悉的诊所门口，诊所如我所料已经熄了灯关了门，可当我走近才发现,玻璃门并没锁。照往常,我会直接给李维克电话,问他在不在诊所,告诉他我来找他了,可今天不知出于什么心理,我擅自推开了玻璃门,像做贼一样轻手轻脚往里走去。

诊所寂静得可怕,我只能听到自己的脚步声,紧闭的门窗使消毒水味愈发浓烈,周围一片漆黑,细微的灯光从李维克办公室门缝与窗帘的间隙漏出。李维克的窗帘是我当初和他一起在宜家选购的,而此时它隐隐约约倒映出两个移动的影子,一个是我所熟悉的李维克,另一个是宫雪。

我想世界上没人和我一样卑鄙恶心,我没有走进办公室,而是停住脚步,将自己的身体藏匿在黑暗里。

交谈声慢慢地传出,我轻轻地闭上眼睛,使自己的注意力能更集中些。

"你难道还要继续像在美国一样糜烂地过日子吗?在外面我不想管你也管不了你,但这里是中国,你要是继续滥交酗酒酒驾,没几天你就要进监狱!叔叔心脏不大好,你再这样折腾下去他会疯掉的!"

"你是关心我?还是关心我爸?"宫雪的声音慢悠悠的,有些漫不经心,"还有,这些又和你有什么关系!别用什么姐姐弟弟这伦理道德来恶心我,当初你说喜欢我,说爱我时可没叫我姐姐!"

我用力地捂住嘴巴,可才发现自己连双手都在颤抖。

"那你现在又回来做什么?"

"我只是回来看看你生活得怎么样,是不是和你说的一样好!"

"我是什么人,哪配得上你的关心!"

"当然配得上,因为我爱你呀!"

宫雪说完这句话后,说话声戛然而止,我只听到各种窸窸窣窣的奇怪声响。

站了一会儿,我小心翼翼地朝办公室移动,我的心脏剧烈而快速地跳动着,就像要从胸腔里蹦出来一样。

这些年来,我看过无数部电影,无论是恐怖片还是家庭伦理剧甚至是喜剧片,或多或少都出现过与此时相似的场景,但无论哪部剧,它们都告诉我,往往你最不想发生的,它出现的几率最大。

理智告诉我,我现在应该做的是冲出门打车回家,或者冲出门给李维克打电话,告诉他我来了,而不是像现在这样,站在这里,一步步朝那小房间逼近,因为紧张,我甚至有些头昏脑涨,每走一步都像踏在绵软的地毯上。刘海湿漉漉地黏在额头上,汗水顺着它们渗进眼睛里而我浑然不觉。

我盯着办公室里交叠在一起的身影,那一瞬间,似乎有人拿着一把钢刀,用力地刺入我的心脏,再猛地拔出,血喷溅了一地。

那两个贴在玻璃窗上的人正在用力地撕咬着对方的唇,像两头互相啃噬的兽,他们的动作太过激烈,扯下了半边窗帘。

我站在他们背后,可谁也没有发现我的存在,他们沉浸在这场凶狠的角逐里,谁也不肯放过对方。

此时我的脑海里,不断地回响着李维克的话。

——我一直在努力和过去撇清关系,可现实告诉我,这很难。

——那个女孩是我的姐姐。

——夏昕,无论在我们之间存在多少不可能的因素,只要你想和我在一起,我都会设法一一将它们拆除。

……

每想起一句,我的痛苦便增加一分。

我以为我会哭,可这一刻,我却一滴眼泪都挤不出。

他看不到你哭,再多的眼泪都只是水分。

在我和李维克交往的这段时间里,我总觉得自己是踩了狗屎运才找到这么完美的男友:英俊潇洒,温柔体贴,还多金。

此时,我的男友正掐着他继姐的下巴,用力地啃噬着,像要将她吞食入腹,她抓着他的头发撕扯,似乎不这样,无法表达内心的热烈。

傅亚斯说,他们很亲密,不像一般的姐弟。而我当时是怎么回答的?噢,我这样对他说,我说傅亚斯你别离间我们的感情,李维克没你想的那么肮脏。

而现在这番话,像一盆污黑黏稠的汁液,它带着腥臭的气味,狠狠地朝我面门直直泼来。

我无法描述此时内心的感受,黑暗中像有只手伸进我胸腔,取出我的心脏"啪啪啪"地捏碎。我无法阻止,只能安静地冷眼旁观。灯光从玻璃窗漏出,在我脚下筑造成漆黑的影子,它对着我张牙舞爪,似乎要将我撕扯成碎片。

我不知道自己冷眼旁观了多久,直到他们在纠缠中手肘再一次撞击在玻璃上发出闷响,我才反应过来,即时撤退,遏制自己不再继续观看这场活春宫。

我所在的位置距离大门只有短短的十五米,我绊倒了两张椅子一台器械,摔倒了两次,撞上门一次。我知道自己制造出了混乱,或许已影响到里面的人的情绪,但我不敢回头,像无头苍蝇一般往前冲。

毫无预兆的出国,在美国清晨的电话,回国后的不主动联系,这些日子的不寻常在这一刻统统有了答应。只是它来势汹汹,将我杀得措手不及。

我不敢再回头看一眼,跌跌撞撞地跑出诊所,周遭一片静谧,看不到半辆车子。诊所漆黑安静,像蛰伏暗夜的精灵。

我望着深不见底的路,忽然感觉有点恍惚。

这一年的生活平静安然,我比刚踏出校园的毕业生幸运了不少,找到一份喜欢的工作,有个温柔体贴的男友,还有对我掏心挖肺的朋友。这幸福来势汹汹,让我有些得意忘形,而现在,生活狠狠地将我摇醒,毫不留情地告诉我:这一切都是假的,都是你的幻想。我曾经以为他会是带我逃离地狱的那个人,而现在我才知道,他不会带我走,只会用力地再推我一把,让我直接摔到地狱十八层。

入夜的风终于带来丝丝凉意,沿着马路,我一步步往幸福小区走去,像散步一样,一走就走了五公里。

无论什么时候,小区都是灯火通明,我站在路灯下,看着脚下的影子,它弓着背脊,头发蓬乱,像从垃圾堆里爬出来的拾荒者。我理了理头发,慢慢地朝楼上走去。

所幸的是,周舟不在,她在冰箱上贴了纸条:夏昕,老头发烧,我回家看看。我用力地将纸条抠下,在手心里攥成一团。

我用最快的速度洗澡,连头发也没吹,钻进被窝里。

冷气发出细小的哼声,月光被阻隔在窗帘外,我将自己裹成一团,闭上眼睛,努力入睡。

我的脑子像放映电影的机子,断断续续闪过无数个画面。我以为我会失眠,却没想到自己就这样带着痛苦酣然入梦,直到第二天清晨被生物钟叫醒。

我以为昨夜发生的一切都是梦,但手机告诉我:那都是真的。

来电显示有十八个未接来电,还有一条信息。

李维克这样问我,一贯的云淡风轻:夏昕,你都看到了吗?

如果此时李维克站在我面前,我一定毫不犹豫将手机朝他脸上砸去。

可惜，他并不在这里。

我打了至少五个版本的回复，但最终只留下三个字：为什么。可我还是没把那三个字发送出去，直接将手机关机。

结束了吧！就这样结束吧！我在晨曦中用力地闭上眼睛。

但李维克显然不这样想，当天晚上我刻意加班到了九点，而当我走出报社却在门口看到了他的车，因为惊诧，我错失最好的逃跑时机。待看到他的人准备再跑，他已一把抓住我的手，手心滚烫。

"夏昕，我们谈一谈。"

他的头发似乎没有梳理，乱糟糟地竖立在头上，下巴有淡青色的胡楂，可他的笑还是那么温柔。

我暴躁得像狂犬病患者："谈什么谈，有什么好谈！"

他似乎没料到我是这样的回答，愣了几秒后，又道："夏昕，我们需要谈一谈！"

"你自己谈去！"

无论我说什么，他都锲而不舍地要与我"谈一谈"，我终究还是撑不住，上了他的车。

"你还没吃饭吧？想吃什么东西？"

"不用了，就这样谈吧！"

说实在，这并不是一个好的谈话氛围，狭隘的车厢里满满都是李维克的味道，凛冽而危险，我甚至不敢用力呼吸，怕不小心深陷回忆，无法自拔。

李维克没说话，他看我，深邃的眸子里盛满了我读不懂的情绪。我扭头看向窗外，他不知看了我多久，最终还是发动引擎。

车停在我们常来的西餐厅，见我诧异，他微笑道："你不是说这里的牛排好吃吗？"

我从来都没觉得自己像今天这样暴躁，只差一点，我就将手中的包包狠狠甩在李维克那张笑容满面的脸上。李维克肯定不知道，此时他的笑就像滴着黑色毒汁的花，阴森森地让人不寒而栗。

他越是这样，我越是痛苦，因为你根本无法想象这个对你的喜好了如指掌的人，这个对你浓情似水的人，这个连你自己都无法抗拒觉得他是喜欢自己的人，会在背后做出那些肮脏的事。

★ 听 说 我 们 不 曾 落 泪 Ⅱ ★

当服务生拿着菜单过来时,我连看都没看,直接点了两杯冰水,李维克看了我一眼,帮我点了一份西冷牛排。牛排一口没动,我一口气给自己灌了两杯冰水,李维克见状不禁皱眉:"别喝这么急,对胃不好!"

"你有什么话说。"

"昨天晚上,你去诊所了?"

"李维克李医生,我求你给我留点尊严好吗?既然你知道我昨天晚上出现过,为什么当时不找我,现在又要来和我谈一谈?"我深吸了一口气,努力不让自己在公共场合出丑,"是的,我昨天晚上是去诊所找你了,还差点不小心打断你的好事,我和你道歉!对不起!"

"夏昕,你知道我不是这个意思!"

"那你是什么意思!"我猛地站起来,椅子与地面摩擦发出尖锐刺耳的声响,半个餐厅的人都望了过来,用无声的八卦目光看着我。

"对不起,夏昕,是我的错。但昨天晚上发生的一切都是意外,我保证以后不会发生,你原谅我好吗?我是真心想要与你好好在一起的。"

我看着眼前这张英俊的脸,忽然觉得这个人可怕极了。在那肮脏恶心的一切发生后,他笑着对我说,这都是意外,以后不会发生了。这多么像那些出轨乞求妻子原谅的丈夫啊,可重点并不在这里,重点是出轨的对象是他口中的姐姐。

记忆反刍,逆流而上,我看着李维克,他曾经说过的誓言,在这一刻竟令我毛骨悚然。

"我们分手吧。"

他的瞳孔猛地收缩,声音也变了音调:"夏昕,这不可能!我是真的想好好和你在一起!"

"可是我他妈的不想了!"

吼完这一句,我也不管多少人在看我,从椅子上站起来,正想离开却听他激动地道:"每个人都有过去,你和那个叫傅亚斯的有多少不为人知的过去我从来没有过问一句,我就这一次,你就非得判我死刑,直接入地狱吗?"

我随手抓起他的咖啡杯,将手中的液体朝他泼去。

"我一直在等你来问我!我一直在等着,可你没问,因为你根本就不介意!而且你那烂事是过去吗?就在昨天,你和你口中的姐姐在办公室抱着唑在一起,现在你和我说是过去,你能摸着自己的良心说是过去吗!你能吗?你不能!所以,我求你放过我吧!别他妈的玩弄我的感情!"

我什么都不管了,面子也不要,就在这大庭广众大声地哭了出来。

如果说感情是一场博弈,那么我输了一次又一次。我不想认输,更不想再赌,即使被人指着鼻子骂一辈子缩头乌龟。

chapter.08
我的青春乏善可陈

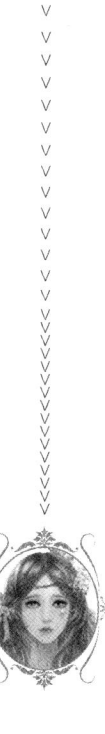

从餐厅离开,李维克没有拦我。

他坐在原来的位置抽烟,胸前还有咖啡留下的大片污渍,他低着头,看起来英俊而忧郁。这副深情款款的模样让我在那一瞬间有些恍惚,仿佛出轨的人是我,被骗的人是他。我迅速地扭过头,朝马路对面走去。

我始终无法理解,他已经背着我和自己的继姐搞在一起,面对我却依旧能装出情深似海。抑或这就是他本来的模样,他可以前一秒抱着她笑,下一秒回过头给我温柔,可我毫无察觉。

我是世界上最大的傻子,口口声声信誓旦旦说着不能踏进同一条河里两次,转眼间又堕进另一条河里。没人告诉我,所有的河都是水汇成,我不会游泳,会溺死。

我低着头胡思乱想,刚止住的泪又继续从眼眶里往外冒,我从不知,自己竟有这么多泪水。它们从我的身体里争先恐后往外跑,一点都不害怕我会因此虚脱而死。

我就这样跌跌撞撞地回到幸福小区,一步步地走回家,只有那里属于我,只有在那个狭隘封闭的空间里才不会被伤害,我才不会伤心。

都说上帝是公平的,在我伤心欲绝的时候,它没有让我最好的朋友好过。当我走到六楼时,被黑暗中的影子吓了一大跳,连眼泪都忘了擦。

"别吵,是我。"周舟的声音听起来干涩而苍老,犹如行将就木的老人。

"你怎么坐在这里?"

我曾经去过周舟的家,那是一座可以用富丽堂皇来形容的小别墅,可她却很少回去，一年有半载是窝在我这个六十平方米的小套间，出入自如，就连楼下的保安都以为她就是这小区的住户。

"忘了带钥匙。"她的脸贴着门，眼睛紧紧地闭着，睫毛却不停地颤抖，假睫毛上挂着一滴奇异的水珠，我绝不相信那会是水。刚走近她，我便可断定，她喝了酒，否则不会这样颓靡虚弱地坐在地上。

磕磕绊绊将周舟拖进家门，刚想开灯听她喝了一声："别开灯，夏昕。"

我沉默地收回手，凭着记忆拖着她在沙发坐下。她很少这样听话，乖乖地靠在我肩膀，问："你哭了？"

我没说话，任由她冰凉的手在我脸上摩挲着。

"你哭了。"

其实我没哭，眼泪也已经干了，但被她这么一问，又忍不住号啕了起来："我和李维克分手了！他出轨了！上次我根本没有听错，他就是出轨了！我什么都没有了！我以为他是一个可以托付终身的人，没想到他比傅亚斯还混蛋，他妈的出轨啊，还和自己的继姐搞在一起……"

我不知道自己说了什么，只知道自己絮絮叨叨地骂着李维克，骂到最后我甚至都不知道骂什么好，只是大声地用力地号啕。我以为周舟会像往常一样骂我，可是她没有，安静地听着我哭，手轻轻地摸着我汗湿的黏稠的发："你不是什么都没有的，你还有我，还有你的谈老师和师母，我们永远不会离开你。"

我回过身，用力地抱住她："我爱你，真的。"

"嗯，我也爱你。哪天有空，我们去荷兰结婚吧！"周舟的语调并不像说笑，"路放疯了，他手头里有周氏百分之五的股票，他今天对我说，只要我和他结婚，他就把这百分之五转给我。然后，你猜我怎么说？"

"怎么说？"

"我说，我就算搞蕾丝边和谈夏昕结婚气死我家老头我都不会嫁给他。呵呵，你不知道他当时脸色多好看。"周舟在我肩膀蹭了蹭，"有时候，我真想给路放一枪，再自杀。"

我没回话，只是更加用力地抱紧她。

我多希望生命有一个暂停键能在此时定格住时间，把悲伤和苦痛统统都隔离在此之外。

可是，这永远不可能发生。

地球人口七十亿，每天都有无数人失恋和离婚，但地球并不会因此而停止转动。

所以即使前一天因失恋撕心裂肺肝肠寸断，第二天还是要照常去上班，继续为生活奔波，为梦想劳累。我努力说服自己，生活其实没什么不同，只是少了一个接送下班的人，少了人陪吃晚餐，只是牙痛再也没有免费牙医看而已，这并没什么大不了。

可是，别人并不这么认为。

柯姐和小优无数次担忧地看着我："夏昕，你还好吗？是发生什么事了吗？怎么看起来那么憔悴？"

我摇摇头，继续用老得发霉的借口："没事，就是最近都睡不好！"

"好吧继续撒谎吧！"小优一脸的不信任，"如果有什么事就直说，我们是朋友啊！知道吗？"

我点点头，继续埋首电脑前。

十一长假就在这种压抑的气氛里来临了，长假的第一天，我回了家，顺便邀请了周舟。当时她似乎在看文件，听到我问话把文件一甩，愤愤道："我给自家老头打工，别人都有假期我没有！"

我以为这是拒绝，所以第二天早晨我提着行李下楼看到她的车停在楼下时有些诧异："你要送我去车站？"

"我送你回家！"

我带着惊诧看着她，随即飞快将行李扔进后箱。

我没告诉我妈和谈老师我要回家，所以当她开门看到我傻兮兮的笑劈头盖脸就是一通打："你这死孩子，怎么回来也不说一声，怎么瘦了这么多！是不是在学人家减肥啊……"她的力道不小，我不敢还手只好躲："师母，谈师母，我带了朋友回家呢！你注意点，给我点面子！"

我妈这时才注意到我身边有人，不好意思地手收回去，随即又伸出来拉住周舟："你是小舟对吧！夏昕老说到你，说你很照顾她！来来来，外面热死了，阿姨给你们煮红豆汤喝！"

我妈一直怕我太过孤僻交不到朋友，从小到大除了彭西南我也的确没有什么比较要好的朋友，自发小彭西南去了北京后，我妈无时无刻不担忧我的交友问题，

听说我们不曾落泪 Ⅱ

所以见我带朋友回家喜悦之情溢于言表。

我爸不在家,据说是给他们班学生补习去了。进了家门后我妈完全把我当透明,拉着周舟的手絮絮叨叨地问话,周舟生性淡漠,估计很少有人这么热络地拉着她说话,我还在担心她会不会甩开我妈的手,回过头却看见她和我妈有说有笑,我差点以为看见火星撞地球。

感觉到我的目光,她回过头来狠狠地剐了我一眼,又继续和我妈说说笑笑。我惊恐地拍拍胸口,这个场景太可怕了。

我爸直到晚饭时间才回家,一回来就数落了我一顿,转过身对周舟却笑出了一脸皱纹:"小舟是吧,别客气,把这里当自己家就好。"我闷闷地扒着饭,真想把周舟那张虚伪的笑脸撕下来。

当天晚上,周舟和我睡在我那一米二的小床上,房间里没空调,只有扑哧扑哧转着的小风扇。我们两人皮肉相贴,闷出一身热汗,周舟闭着眼睛,嘟囔了一句什么。

"什么?"

"我说,我真希望这是我家。"

我的心像被什么撞了一下,微微发麻,我听见自己说:"你要是喜欢,就把这当你家吧!以后放假,我都带你回家玩。"

她似乎睡了,没再出声。

我们在家住了四天,第五天清晨离开家,周舟已成了我妈的干女儿。我不可置信地跟在我爸身后,他板着脸帮我们提行李,我妈又抹着眼泪叮嘱了一大堆,才偷偷将我拉到一边问:"你不是说带男朋友回家吗?下次回家带男朋友回家,也让小舟一起带男朋友回来。"

我看着我妈殷切的眼神,红着眼眶点点头。

从老家回来后,周舟又投入到紧锣密鼓的工作中,我还有两天假,时间就这样空了出来。

李维克一直没与我联系,只是给我发了两条短信,内容皆是三个字:对不起。

长假的最后一天,我独自去逛街遇到了宫雪,在麦当劳的门口。她穿着宽得可以当床单的衣服和小热裤,坐在门口长椅上麦当劳叔叔的旁边,正专心致志地吃着甜筒。

我下意识便往后退,而坐在对面的人忽然抬起头,直直地朝我望了过来。

"嘿,谈夏昕。"她朝我笑,露出两个甜甜的梨涡,我想转身就走,可她的笑却令人讨厌不起来。说实话,她可真美,人如其名,看着她那张美丽的脸,我能想到的词汇是:明眸皓齿,肤若凝脂。

她咬完最后一口甜筒,拍拍手朝我走来。

我的神经绷得紧紧的,她走近,我便后退。我想自己现在这副兵荒马乱的模样肯定很可笑,宫雪也笑:"你以为我想对你做什么吗?"

准确来说,我们现在的关系应该算情敌,就像从前鞠岚和周舟,颜梦和我。我几乎是草木皆兵,开口就道:"你什么也不用说,我不会再纠缠李维克,你放心好了,我们已经分手了!"

她瞠目结舌:"你以为我就是要和你说这些?"

"难道不是吗?"

"诶,算了吧!他是他,我是我,他和你在一起或者和谁在一起都与我无关!"宫雪的表情异常诚恳,生怕我不信似的,"真的!如果你和他在一起,我可能会更高兴!"

"为什么?"

"没有为什么,只是觉得你们挺般配的!"

这个漂亮的女孩没心没肺地说着,态度略微不屑,但谁也不会怀疑她说的话,包括我。她的表情告诉我:她从来没想过与李维克在一起,一点半分都没。

我却不想再听了,打断她:"我还有事,先走了,抱歉。"

阳光热烈地普度众生,我的眼睛被照得刺痛,几乎要落下泪来。宫雪的话像一只无形的手,用力撕下我的伪装,露出坑坑洼洼、丑陋不堪的面部。

她让我明白,有的人不要的,我可能一辈子都得不到。

这段时间我睡眠质量越来越差,要么失眠要么是没日没夜的噩梦,有天清晨我站在镜子前被自己吓了一跳,根本无法相信那形容枯槁的人是自己,她更像一具行尸走肉。

下班时碰见向阳,他十分大惊小怪:"姐你在减肥吗?怎么瘦了这么多,好憔悴!"

"嗯,正减肥呢,看出成效了没?"

"爱美不成变成鬼,晚上别出来吓人!"

★　听　说　我　们　不　曾　落　泪　Ⅱ　★

　　我关上门,把冉书瑶的刻薄的嘲讽隔绝在门外。
　　全世界都知道我遭受了巨大打击,旁敲侧击来打听,唯独周舟波澜不惊,她是这样对我说:"失恋归失恋,但记得好好吃饭,可以颓废,但别把自己毁了,伤心够了就回来,别让我等太久,我还是比较喜欢没心没肺的谈夏昕。"
　　颜梦来找我是十一长假结束后的那个星期,打了几次电话被挂断后,直接驱车来到我家楼下,成功堵截到下班的我。
　　"谈夏昕,你怎么这副鬼样子。"颜梦见到我的第一句话,她也不问我为什么挂电话,直接丢出第二句话,"现在跟我走,快来不及了。"
　　"去哪?"我避开她要拉我的手,"我要回家,哪也不去。"
　　她看起来很着急,没打算与我胡搅蛮缠:"傅亚斯跟不要命了一样,要和人在山路飙车,你不知道,他最近……"
　　我打断她:"不好意思颜小姐,这好像没我什么事,我先上楼了。"
　　"只有你能阻止他啊!"我很久没看到颜梦这般急躁,"难道你想眼睁睁看着他死,那群人是不要命的!"
　　"你可以报警阻止他,这些都和我无关。"
　　颜梦怒极反笑,她的语气比刚刚还要平静:"你还真会开玩笑。谈夏昕,要不是亚斯不允许我伤害你,我他妈的真想把你绑到他面前,让他看看,他掏心挖肺对待的人,是怎么拿刀往他心上捅的!你也别给脸不要脸,你知道我,我什么都做得出。"
　　她说这话的时候,表情是微笑的,我却感到一股阴森森的恐惧,那一年,她将自己的女儿扔进人工湖的时候,便是带着这样的表情。
　　"现在,你跟我走吧!"
　　从前我总觉得她与傅亚斯在一起是为了利益,而现在我清楚地明白,颜梦是爱他的,爱到几近魔怔,丧心病狂。

　　我终究还是上了颜梦的车。
　　车子穿过喧闹的车流,颜梦一路飞驰,半个小时后,终于停在一处山头。
　　颜梦开了车窗,冷风夹着沙石扑面而来,我不禁打了个冷战。我们此时处在一条蜿蜒曲折的盘山公路上,盘枝错节延伸至山顶,一面悬崖,一面峭壁,在这险峻的公路上,时不时有赛车飞梭而过。

"这是哪里?他们在这里赛车,疯了吗?"

颜梦似乎笑了一下,声音却是冷的:"是啊,他们最喜欢在这里赛车,更有人一掷千金赌输赢。一年死了好几个,连尸首都找不到,他们还是趋之若鹜,谁知道是不是神经病!"

车慢慢地往上开,最后停在半山腰一处相对宽阔平坦的平面,那儿已停了不少车和人。远远的,我看到了傅亚斯,他穿着一身黑衣,抱着头盔正在和一个光头说话,头发被风吹得乱糟糟,脸上没有什么表情。

我就这样看着他,看着他一步步走向那辆熟悉的机车,戴上头盔。

我的心里忽然燃起一股从未有过的恐惧,它用力地冲击着我,使我站立不安。

我下意识看向颜梦,她正依着车门发呆,目光落在远处的人身上,悠远绵长。那些围在一起的人陆续散开,最后只剩下了傅亚斯和另外一辆火红色的赛车。我的脑子一片混乱,我不知道自己为什么要冲出去,反应过来自己已经跑到傅亚斯身边,扯住他风衣的袖子。

他回过头,愣了几秒,拿下头盔。

"你怎么在这?"他的声音顺着风声传达过来,"是颜梦带你来的?"

"你不要去!"

他忽然笑了,深邃的五官变得柔和:"夏昕,我不能不去,我已经答应老K,我不去他会宰了我的!你能来,我已经很开心了。"

"你不要去!"

他又笑了,放下头盔,伸出手,就在那只手快触碰到我的头发时,我忽然撇开头,躲开他的触摸。傅亚斯看着自己的手,好一会才收回,苦笑道:"我以为,你原谅我了。"

"我不原谅,但我不想你去死!"

"我不会死的。"

他又重新戴上头盔,跨上赛车。

呼呼的风声与吆喝声混在一块,两辆车先后冲了出去,雪白的车灯在弯弯曲曲的公路上闪烁,像夜间查勤老师的手电筒。

"他们去哪?"我大声地喊着颜梦,"他们就这样走了?没有比赛规则的吗?"

"这是终点,他们去起点折返。比赛规则就是,谁先到终点谁就赢!"颜梦嘴角的笑比山风还有冷,"死活不顾,先到终点就是赢。"

说完这句话,转过头,木然地看着前方。

公路又恢复了寂然,围观的人群坐在各自的车上抽烟,窸窸窣窣地议论着。月光与灯光混合在一起,给公路镀上一层厚重的白雾,远远望去,如置梦中。

我就静静地矗立在这里,等待有人将我从这漫长枯燥的梦中唤醒。我不知道时间过了多久,直到原先和傅亚斯说话的光头突然大声地喊了一声:"来了,大概五分钟!"

这五分钟于我来说似乎是一眨眼那么短暂,又似乎是一世纪那般漫长。随着机车的轰鸣声,傅亚斯的身影终于出现在陡峭的公路上,那辆红色机车紧随其后。

他像高傲的国王,在众人的呼声中冲过终点,可是他并没停下,直直地朝路边堆垛成山的废铁撞了过去。

"傅亚斯……"

我看见无数人朝他跑去,我想动,身体却不受控制。

我看见他从废墟里站起来,他浑身都是血,就连头盔的挡风板都是鲜红的。

我看见他摇摇晃晃地朝我走来,然后直直地倒下。

眼前忽然一黑,像有人用手遮住了我的眼。

我像个行将就木的老人,不断地想起我的十三岁。

那时是阴天,我也像现在这样蹲在医院长廊的门外,那天急救室的红灯也是亮了很久,让我想起古代洞房中久燃不灭的红蜡烛。

直到现在我仍能回忆起当时在那漫长而短暂的几个小时,我脑海中想的是什么东西:妈妈醒来后好好照顾她,以后再也不和谈老师说话,张诗诗让妈妈受的伤害,要十倍还回去。当时我那小小的脑袋里,仇恨值要比悲伤多得多。

这一会,我的脑子里是空白,唯一想到的问题是:如果傅亚斯没有出来,我们以后是不是就再也不用见面了。

这是我求之不得的事,可为什么我想到这里,却悲伤得想哭泣。坐在旁边椅子上的颜梦突然站了起来,将我从地上扯到椅子上。

她的手很凉,我忍不住打了个寒战,但她并没把手收回去,依旧紧紧地抓着我的手腕，像警告一般："谈夏昕我告诉你，不许哭，他还没死了！你不许哭！"

我明明没有哭，但当抬头对上她的眼睛，我们的眼球之间却隔了一层薄薄的水雾，不知是我的，还是她的。

走廊的灯光很暗，随着某个病房里压抑的呜咽声颤抖着，颜梦的手也在抖，像帕金森氏综合症患者。我伸出手，用力地将它握住："别怕，他不会有事的！"

有时候，我觉得人真是一种奇妙的生物，从前我和颜梦针锋相对，恨不得对方从地球上消失，而现在我们却坐在同一张椅子上，为同一个人祈祷，而那个人还是我躲之不及的傅亚斯。看，是不是很奇妙，也很可笑。

我们在手术室门口坐了整整两个小时，周舟打电话来时恰好是凌晨。

"谈夏昕，你在哪？怎么还不回来？"

"我在医院。"

"怎么回事？在哪个医院，我过去！"

我用指甲抠着牛仔裤上的小洞，轻轻地闭上眼睛："不是我，是傅亚斯。"

周舟在电话那头长长舒了一口气，停顿了一会才问："需要我过去吗？要用到钱吗？"

我说不用了，周舟也没再问，叮嘱几句后挂了电话。

半个小时后，急救室的门被推开，头上包着白纱的傅亚斯被推了出来。几乎是同时，颜梦朝医生跑了过去，抓住他的白大褂："医生，医生他怎么样了！"

"皮外伤不严重，轻微脑出血，脑震荡导致昏迷，暂时没有大碍。"

"可他为什么还没醒？"

"他昏迷不醒是因为自己潜意识不想醒来，他最近是不是受了什么重创？"

颜梦还在跟医生纠缠着，我跟着傅亚斯慢慢朝病房走去。他的脸色苍白，看起来毫无生气，锋利的五官在昏迷中显得格外柔和，他带着氧气罩的脸颊深深往里凹陷，比从前瘦了不少，我却在这一刻才发现。

我伸出手，手指刚触碰到他冰凉的皮肤就收了回来。

这是我所见过的，最柔弱的傅亚斯，仿佛只要轻轻地用力，他便会停止呼吸。

我蹲下身子，像刚刚在走廊那般抱住自己，小声地啜泣起来。

我想我是世界上最薄情寡义的人，刚刚和男友分手，现在又为了另一个男人泣不成声。可我控制不住，谁也不知道当浑身是血的傅亚斯被推进急救室时，我有多么痛苦。就像被扔进熔炉中，火辣辣地撕心裂肺地疼，仿佛要将我全身骨肉都融成尸水。

我在病房里坐了八个小时，颜梦在清晨接到电话后匆匆离去。

"你去哪儿？"我问她。

她回头看我，似在笑："我说我不知道自己会被送去哪里，你相信吗？"说完，她头也不回走了。

我发信息让小优帮我请假，继续坐在那守着他。

隔壁病房似乎住进什么大人物，熙熙攘攘闹了一早上，这边门庭冷清，除了医生护士例行检查就只有我们两个人。原本我想给他的家人打电话，可猛然才想起，他的母亲在很多年前过世了，父亲一年前入狱。

他一直晕迷着，或者说沉睡，眼睛下方有大片的阴影。在傅亚斯沉睡的这几个小时里，我十分变态地想着，若是他以后都像现在这样长睡不醒，其实也没什么不好。我们永远不会吵架，永远不会互相伤害，就这样远远地看着，多好。

这个恶毒的念想一直在我脑中盘旋着，直至傅亚斯醒了，才打碎这个可怕的幻想。

病房里很安静，只有器械发出的声音与点滴瓶的滴答滴答，傅亚斯睁着眼睛看着头顶的天花板许久，才回过神，身体动了动，似乎是想撑起身子坐直，手一扯，管子里的液体随即混上了血液，变得浑浊。

我才反应过来，急忙过去按住他："别动，你还在打点滴！"

他看着我，眼神逐渐变得清明，他问："这是在哪？"他的声音嘶哑得不像话，像公鸭嗓子那般。

"夏昕，你别哭。"

他粗糙的手指在我脸上摩挲着，我一时间竟忘了躲开。我匆忙在脸上抹了一把："我去叫医生，你先休息一下。"

"夏昕，你别走。"他扯着我的袖子，用力过度的指关节有些发白，他的眼神湿漉漉，就像受伤的小鹿，我犹豫了一下，没有挣开。

"我不走，你放开吧！"

他看着我，慢慢地把手放下，我挪了几步，坐在旁边的空床上。傅亚斯没再看我，木木地扭过头，看着天花板上的风扇，一动不动。

"这一年你都是这样过来的吗？"我缓缓地开口，打破这尴尬的沉默，"为什么要去赛车？"

"除了赛车，我不知道自己还能做什么。这是最快得到钱的办法。"

"夏昕，你知道吗？这一整年我都在做噩梦，我梦见我妈哭着骂我没有照顾好老头，我梦见他在里面被打，被虐待，然后我去看他，他身上都是伤，淤青，烫伤，还有像腐烂一块块，后来我再去看他，他就不愿见我了。那是我父亲呀，我恨了那么多年，只手遮天无所不能的父亲，因为一封检举信，从高高在上变成了阶下囚。"

"你知道吗？从前我一直恨他，从妈妈死后，我就一直恨着他。后来颜伯伯失势，他为了不让我和颜梦在一起，逼着她嫁给张宁后我更恨他了，从家里搬出来，开了酒吧，妄想和他脱离关系。可后来我才知道，一直都是他在帮我，如果不是他，我的酒吧根本不可能开得那么顺利，而他不让我和颜梦在一起，是因为她想要的太多，我给不起，他怕我受伤。可是啊，他从来都不说，什么都不说。"

"他进去之后，我去看他，他的头发几天内白了一大片，那时我竟然很想哭。以前他总是对我冷着一张脸，恨不得掐死我，可那天他见到我的第一句话是他们有没有为难你？而他自己浑身都是伤，和以前意气风发真是千差万别。然后他告诉我，我租的那套公寓他在很久以前已经买下来了，户主是他以前的战友，让我去找他，那是他可以留给我的最后的东西。再后来，我去看他，他就不怎么愿意见我了，我知道他在里面并不好过。以前得意的时候太狠了，得罪太多人，现在进去了，别人怎么会放过他呢！"

"那时我就在心里发誓，我一定要把他弄出来，弄不出来，也不能让他在里面不好过。我找了很多人，他以前的朋友，那些总提着大袋小袋往我家里跑的人，可那时我才明白，没有他我什么也不是。我去求他们帮我，有的闭门谢客，有的直接将我轰出来，还有人对我说，求人要有诚意，要我下跪。"他的声音很低，像是自嘲般，"你肯定在想我不会那么做吧，夏昕，你肯定觉得傅亚斯不会对人下跪的对吗？他那么骄傲，可是啊，你错了。"

"其实我也错了，我早该知道他们不会帮我，他们又不是我爹，怎么会帮我呢！后来准备重开酒吧，一个星期内被砸了六次门，泼了三次油漆。那时我真的很痛苦，恨自己活了二十多年，除了赛车什么都不会，连养活自己的能力都没有，更别说把他弄出来！直到后来，我遇到了老K……"

"然后就给他卖命还钱吗？你确定你父亲想要你这样去帮他？"

"可是我不这样我还能怎样！我要眼睁睁看着他去死吗？我做不到，夏昕，我真的做不到！"他痛苦地用手挡住眼睛，"如果我没那样做，现在可能已经看不到他了。"

我此时终于明白那一夜傅亚斯在我家楼下的那句"我只剩下你了"是什么意思。

我看着点滴瓶里的液体，用力地闭上眼睛。

从病房离开后，我给颜梦发了信息：傅亚斯醒了，医生正为他做检查，我走了。

一整夜没闭眼并不觉得困，但在医院回家的公车上，我居然站着睡着了，且睡过站，要不是被人踩了一脚痛醒，我估计会睡到终点站。迷迷糊糊下了车，胡乱吃了点东西进行简单梳洗后，我把自己狠狠丢进床铺里，用被子蒙住头，睡了个天昏地暗。

这一觉，直接从下午睡到第二天清晨，吃完早餐去上班，周舟站在我身后："你和他和好了？"

我愣了一下，摇头，末了又加上一句："没有意外的话，我们永远都不会和好。"

"生活总是意外丛生，不是吗？"

她不屑地笑了笑，起身走向厨房。

前一天离开傅亚斯病房时，我狠狠地在脸上掐了一把，告诉自己不能再这样下去。傅亚斯就像是一把锋利利剑，套在华美的剑鞘里，你为它折服为之倾倒，却不知它何时会出鞘，用你的血来祭剑。我不停地催眠自己，那晚的一切都是意外，我会哭是因为看到太多鲜血，换成是另外的人躺在那里，我也会哭得畅快淋漓。

可颜梦并没想放过我。

我在上班时间接到她的电话，劈头盖脸就是："你什么时候来医院，亚斯在等你！"

我被她的话噎得好一会不知怎么回答，最后还是礼貌地同她解释："对不起颜小姐，我的工作是记者不是护士，现在是工作时间，我不觉得我应该去医院！"

挂了电话，我努力使自己把精神放在银行抢劫案上，但仅过了半个小时，我就被主编叫进办公室。

我以为又要挨骂，主编看起来却神采奕奕，两眼发光："小谈啊，你认识颜秘书呀！怎么没听你提过？"

我一头雾水："什么颜秘书，我不认识呀！"

"不认识？不认识人家怎么把电话打到我这里来，说找你有事，和我借人！"陈主编一脸"你别骗我我知道了"的表情，神色猥琐："快去快去，颜秘书在楼下等你，你啊，记得多和她交流交流，市长办公室的人手里肯定有不少好料，你可不要让我失望！记得带几条有爆点的新闻回来！"

我看着主编五光十色的脸，胸闷。

在主编催使下慢吞吞下楼，颜梦的车刚好停在楼下，她没下车，冷冰冰地看着我。这一次她的脸色远没前两次好看，甚至比看到傅亚斯受伤还要难看，不再伪装，露出本来的面目。

我没上车，站在车门边与她对视。她像一台巨大的制冷机，嗖嗖朝我释放冷气，最终还是我先投降。

"颜梦，你到底想怎样！"

颜梦仰起脸，眼神里带着挑衅："不想怎么样，就想看你谈夏昕到底有多冷血无情，多狼心狗肺！"

面对这无理的指控，我忍不住发笑："我怎么你了我！"

"你是没怎么我，但你他妈的做了什么，他躺在医院，你连看都不去看，还有心情上班！"

"他躺在医院关我什么事，难倒他受伤了我应该要死要活茶饭不思吗？而且，你忘记了吧，我们分手了，还是你亲手做的好事！"

颜梦的眼眸一片赤红，她从车里走出来，凑到我耳边，像毒蛇一样嘶嘶吐着蛇信："是我拆散你们，但让他躺在那儿的人不是我，是你。如果不是你，他会答应老K去玩命吗？你以为一场车赛只是简单的输赢吗，损失是几万甚至几十万！你觉得老K会罢休吗？"

"你别把脏水往我身上泼，这又关我什么事！"

"不关你的事？难道关我的事吗？是谁让他欠了老K的人情的！是我吗？"

看着她尖刻的脸，我后知后觉地想起了上个月，我去赛车场将冉书瑶带走时傅亚斯对老K说的话，脚步突然变得沉重起来。

今年的秋天来得特别快，风呼啦啦地响起来，将窗外的树叶吹得左右摇摆。

傅亚斯坐在病床上,头上戴着一个可笑的网兜,正艰难地用勺子吃饭。这次车祸虽然没伤及骨头,但他身上大大小小的伤口加起了有几十处,手臂也有好几处,所以他吃饭的时候十分不自然。

我来的时候,傅亚斯正在被医生责骂,像孩子老老实实坐在病床上低头抿着嘴,固执倔强。

他对医生说自己要出院,而那个头发花白戴着眼镜的老医生听后便开始咆哮,手舞足蹈几乎把病历卡砸在他头上:"你是不是嫌自己命长!你现在只是脱离危险期,不是完全康复懂吗!医院是会吃人还是怎样,你在这里住是有多痛苦,多住几天会死吗!你现在出院等下又被抬回来辛苦的还不是我们吗?你不知道现在的人力物力很宝贵吗……"

我看着这个活力十足的小老头,十分惊讶。而傅亚斯痛苦地扭转脸,恰好与我视线对上,表情有些不自然。

他拉过一张椅子:"你来了,坐吧。"

于是,这一坐便是两个小时。这两个小时里,医生帮傅亚斯换了药打了针,护工过来收拾了床铺,我还帮了忙。就在我打算找借口离开时,颜梦来了,她给傅亚斯带了午餐,给我打包了快餐,将东西扔给我后,留下一句"我和老陈说了,你下午不用回去"便走了。

颜梦和傅亚斯的关系似乎很僵,两人的对话少得可怜,只有简单的谢谢和再见。

我用十分钟吃完自己的饭,而傅亚斯那碗粥才吃了几口,看他吃得那么辛苦,我嘴贱道:"我喂你吧!"

不知是不是我的错觉,在我说完后,他似乎脸红了一下,犹豫一下还是把勺子递给我。

我很少喂饭,傅亚斯也不是什么弱不禁风的小女子,两碗粥没几分钟就被我填鸭式地喂完了。我正想去洗碗,傅亚斯却突然开口了:"你最近看起来不大好。"

我看着这个脸色苍白,像科学怪人一样缠满纱布的人,想不出他有什么立场问这话。

"没,就是睡不好。"

"你和他分手了。"

这句不是问话,而是笃定的陈述句。我自嘲地笑了笑:"没想到连你都知道了?

是不是觉得我很可笑,很可怜,男友都被别人撬走。"

"我知道,是颜梦告诉我。我也知道,你不想来看我,是颜梦让你来的。如果你不想过来,就不用过来了,反正我不会在医院住很久。"傅亚斯把手握成空拳,放在嘴边干咳了两下,"夏昕,你不知道,你现在这副模样就像有人在背后拿着刀逼着你上刑场。我还不至于悲惨到需要别人可怜。"

他放下手,将掉到肚子上的被子拉到胸前:"夏昕,你走吧,我想休息了。"

他闭上眼睛,浓密的睫毛在眼下落下大片阴影。

我木木地放下手中的碗,突然间不知所措。我本该欢天喜地地蹦跶回报社,继续编写我未完成的新闻,可我却像小时候考不及格被谈老师赶出家门一样,仓皇失措。

我看着病房里空白的墙壁,用最快的速度收拾好自己的东西和情绪,在我走出病房关上门的那一刻,我听到傅亚斯的声音。

"夏昕,给我时间,让我回到你身边。"

声音很轻,稍纵即逝,像一根细小的绒毛,被大风刮到我心上。

chapter.09
最是时光摧枯拉朽

vvvvvvvvvvvvvvvvvvvvvvvvvvvvvvvvvvvvv

★ 听说我们不曾落泪 Ⅱ ★

　　电梯门缓缓闭合，颜梦那张没有表情的脸终被隔绝在外，我舒了一大口气，靠着冰冷的墙壁轻轻地闭上眼睛。

　　十分钟前，在傅亚斯说完那句话后我逃出了病房，却一头撞在不知为何折返的颜梦身上，在她探究的目光扫射下，我下意识解释："傅亚斯说要休息，所以我才要走的，我要回去上班了。"说完我就后悔，我又没做错什么，何必要如此慌张地和她解释。

　　颜梦瞪着我，像是气急了，好一会儿没说话，直到我走到电梯门口，她才咬牙切齿挤出两个字，声音很小，口型却不难读懂。

　　她说的是：贱人。

　　在那一刻，我并没觉得难堪，反倒很想笑，便真的对着她弯起嘴角。

　　她没有说错，不止是她，就连我自己也觉得：我真是一个贱人，一个彻头彻尾的贱人。在不到一个月的时间里，我和前男友分手，又与前前男友见了无数次面，抱着他痛哭流涕，像个贤惠的媳妇般给他喂饭，甚至为了他一句可能是有口无心的话吓得心惊肉跳落荒而逃。我真的不想承认，在那一刻我心里一闪而过的情绪是惊喜，虽然，它很快被纠结所代替。

　　我随着人流走出医院大门，在即将克制不住回头看时我狠狠给了自己一巴掌：谈夏昕，你清醒点，他死不了的，况且还有无所不能的颜梦，不是吗！现在你该管好自己，都自身难保了，心里还想着什么鬼东西。

　　下午三点钟，我从金色的阳光里奔向了媒体大厦的怀抱，随着电梯的上升，心里忐忑得不行。当我小心翼翼地推开办公室门，试图装作若无其事像以往每一次跑新闻回来一样，可十几双眼睛却像装了探测仪，"唰"地朝我扫射过来。

我尴尬地站在门口，想着如何躲开一道道八卦视线回到座位，小优却走过来，压低声音鬼鬼祟祟："夏昕，老陈让你回来马上去办公室找他，刚还出来看了好几次，见你没回来那个焦急呀！快去吧！"

我朝她拱手道谢，她却在身后慢悠悠加了一句："回来再好好和我们细说你今天去哪里了，老陈笑得脸上的褶子一道道的。"

我以为她在说笑，可当我推开主编室的门看到笑得像包子的主编时，还是被吓得双脚一软，险些跪倒在地。加入《今报》一年，主编老陈笑的次数屈指可数，像这样笑得眼睛都看不见几乎是没有。他笑眯眯地看着我，像一个慈爱的长辈，拉长了嗓子："小谈啊！你可真是好样的，走了这一趟，颜秘书便答应我们的采访，这可是独家啊！你可真是没辜负我的栽培！"他从座位上站起来，手用力地拍在我肩上，差点没拍出我一口鲜血，"你认识颜秘书这事怎么不早说！这不白白丢了很多机会吗？"

"主编，我不认识颜秘书。"

"胡说，不认识她怎么认识你？"

"主编，我不认识颜秘书。"

"你你你，你这人真是油盐不进，颜秘书是什么人物，有你这么急着撇清关系的吗？"

"主编，我不认识颜秘书……"

"好了好了，知道你不认识了！出去工作吧！"他有些生气，大手一挥，像在赶鸭子一样，"走走走，不知好歹！"

末了，他又把我叫住，气呼呼的："既然小谈你不认识颜秘书，采访她的任务我就落实到别人那去了。你出去工作吧！"

若是换成别的事，我可能会气恼，但在这一刻我非但没有异议，还扎扎实实松了一口气，不用再以工作为由与颜梦接触，我开心都来不及。但想到要把版面让给人，内心还是抑制不住的沮丧。

或许是我的表情太过肃穆，从主编室出来那些眸子里闪着八卦的人竟然没有冲上来问，只是继续用亮晶晶的眼睛看着我，希望我能自爆。我默默走向座位，埋首电脑前，继续装着深沉。

时间刚过六点,我便收拾了东西冲向电梯,以迅雷不及掩耳之势消失在众人面前。

我没有回家,直接去了游泳馆。

从医院回来,我便发现自己出现幻听,傅亚斯的那句话不停在我脑子里回荡,一次又一次。我觉得应该做些什么,好让自己清醒一些。

游泳馆距离小区大概一公里,是向阳游泳老师开的,也是他的训练基地。每个月他都给我送几张票,让我有事没事多去锻炼身体,我很少过去,票一直放在包包里,这下却派上用场。

傍晚的游泳馆空无一人,明亮的镁光灯打在池面上,远远望去,海蓝蓝的一片,好看极了。我脱了外套和鞋袜,穿着牛仔裤和衬衫,像个女神经病,一头往水里扎去。

大学体育课有游泳课程,我用尽各种逃课理由断断续续还是学会了一点,与周舟一起蒙混了老师才不挂科。但我天生畏水,基本没去游过泳,即使是最闷热的夏天,颜梦事件后,我对水的恐惧更深了一层。总的来说,我并不怎么会游泳,我也是在入水后才恍然想起,可是已经来不及了。

池水冰冷刺骨,我像个水鬼一样在水里扑腾,那个声音依旧不肯放过我,一字一句地重复。

我在心里咒骂着傅亚斯,若是我等会真的在这空无一人的游泳池溺水,一定要化成冤鬼找他索命。第二个要复仇的便是颜梦,如果有空的话,我还要再去吓吓李维克。我就这样胡思乱想着,手脚在水里胡伸乱蹬,正准备朝边上游去,左腿却突然抽筋,像被人用力地扯着脚,一阵阵地发疼。

我咕噜噜地喝了几口水,拼命往岸边蹬。就在我即将靠岸的时候,一只手从后面伸出来,用力地抱住我,我一慌张,开始挣扎,那人似乎料到我会挣扎,毫不客气一个手刀敲在我脖子上,我被敲得发昏。

就在我顾着忍痛的时候,那人已像拖着沙包一样把我拖上岸。待我看清那人的脸,差点爆炸:"向阳,你干吗打我!要我的命啊!"

他瞪着红红的眼睛,有些无辜和委屈:"姐,我是救你!"我还没来得及开口,他已经开始控诉,字字血泪,"你怎么能自杀呢!你怎么能这么想不开!"

"我没自杀!"

"胡说,没自杀你怎么穿这样下水,别和我说你是来游泳,而且你平时都不游泳。"

　　我被噎住了，看着自己的牛仔裤和衬衫，始终不知道怎么和他解释我想自杀也不会来这个1.5m深还要入门票的泳池自杀，我只是一时脑残过来游泳却因为没有做准备运动而抽筋。在他痛心疾首恨铁不成钢的眼神里，我默默地穿上外套，提着鞋袜回家。向阳都是这个时间来游泳，或许是怕我继续想不开，他连训练也不管了，像只小狗一样跟在我身后，嘴里絮絮叨叨地念着："姐，你不能想不开啊，你怎么可以自杀呢! 有什么解决不了的,说出来一起想办法……"

　　"都说了，我不是自杀！"

　　"你别这样呀，你和我说，为什么想不开，我会帮你的姐……"

　　"你闭嘴，我不是自杀啊啊啊啊啊！"

　　我们就这样边走路边拌嘴回到家，爬到六楼，向阳的声音戛然而止。我还没来得及松口气，便被站在楼梯口高大的身影吓了一跳。

　　李维克穿着淡蓝色条纹衬衫和灰色毛线衫，临窗而立。月光下，他脸上的表情从漠然换成了诧异，声音喑哑低沉："你怎么了？"

　　站在我身旁的向阳愤愤道："是不是你，是不是你害夏昕姐自杀的！"李维克的眼神已可以用惊悚形容，我攥着湿漉漉的衣角，恶狠狠地剜了向阳一眼，只恨刚刚没将他溺死在泳池里。

　　"你他妈的才自杀呢！"

　　向阳在我瞠目怒视中转身进了对门，用一声巨大的摔门声表达对我的不满。

　　我呆滞地站在原地，低着头看着自己和李维克的脚，他一动不动地站在我的门前，浑身散发着悲伤忧郁的气息，他不再像以前一样对我微笑，安静地绝望地伫立在我面前。

　　这短暂的几分钟里，我脑海中闪过无数种他来找我的目的，但一一被排除。我小心地绕过他，从包里拿出钥匙笨拙地对准钥匙孔，在我推开门的那一刻，李维克站在我背后问我："夏昕，你不请我进去坐坐吗？"

　　他的手越过我头顶，撑在门上，我第一次发现李维克不笑的侧脸竟是这样冷厉。他不带任何情绪地重复："夏昕，你不请我进去坐坐吗？"

　　"如果我说不呢？"

　　"那我就在这等到你同意为止。"

我可笑地看了他一眼，兀自走进屋子："请便吧！"

我和周舟同住，除了她，我家极少有人来，李维克来的次数也屈指可数，每次他来接我或送我回家都只是在楼下，所以家里并没有他可以穿的拖鞋。我听见他在我身后窸窸窣窣脱了鞋，穿着袜子踩在地板上，又轻轻关上了门。

"喝点什么吗？"

"开水就好。"

他坐在沙发上，不知在想些什么，也没有离开的意思。我直接拿了衣服进了浴室。滚烫的热水冲在皮肤上有些疼痛，整个浴室笼罩在一片白茫茫的雾气中，像梦境般虚幻，我慢慢地闭上眼睛。可再次睁开时依旧是在这狭隘的空间里，它告诉我，这并不是梦。

待我洗澡好换好衣服出浴室，李维克还是坐在沙发上，手握着水杯，保持着原先的姿势。

"你坐也坐了，请问还有事吗？"我打断他的沉思，"我要休息了！"

他转过头来，无奈地笑了两声："忍得很辛苦吧，想要赶我走又不好意思对吗？"

"你到底想怎么样！"

"夏昕，对不起。"

我的眼睛迅速地闭上又睁开，鼻腔不断地涌起酸涩感，我用力地做了几个深呼吸，才没让自己在他面前哭出来。

"你到底想怎么样！如果你真的觉得对不起我，就放过我！我们已经分手了，别再来找我好吗！"

"如果你愿意，我给你讲个故事吧。"

四下寂静无声，李维克站在我面前，高大的影子挡住了灯光，他英俊的脸上并没多少表情，声音也没有起伏，可我却感觉他是痛苦的，甚至是绝望。

李维克的故事与所有烂俗的故事没有区别，开头都是"从前，有个男孩"，毫无意外，每个讲故事的人所讲的故事里的主角都是自己，可他们偏偏喜欢用"从前有个人"或者"我有个朋友"来开头。

从前有个男孩，父母离异，跟着母亲相依为命。十五岁，母亲带着他去到另一个家庭，从此他便有了一个新的父亲，以及一个姐姐。相比电视里翻来覆去演了许多遍的家庭伦理剧来讲，他的故事并不催人泪下，继父待他很好，继姐虽待他不热情，也从未为难他。这本应该是幸福快乐的结局，他却无法克制地爱上了自己的继姐，在十六岁那年，可十八岁的她已交过数十个男友，甚至怀孕去医院堕胎都是他签字。后来，他终于受不了，对她表白，她却告诉他，他们两个人的名字在同一个户口本上要怎么谈恋爱。那次，他和母亲继父大吵了一架，说要把户口迁出遭否决后，他决定带她私奔，可姐姐却告诉他，自己要出国了，和新男友。这一去，便是许多年，在这些年里，她换了无数个男友，每天醉生梦死地过日子，甚至飙车嗑药坐牢，每每都是他瞒着父母去美国处理她糜烂的私生活。他一直在等她，可她是个浪子，始终无法安定，无法把心交给他，他终于还是放弃了，找了一个和她一点都不像，完全相反的女孩子谈了恋爱，企图摆脱姐姐留下的影子，可只要姐姐给他一个电话，他便无法自制。

"夏昕，对不起，我从没想过伤害你。我和你说的每一句话也都是真的，我是真的真的很想和你在一起。"

头发湿嗒嗒地黏在头皮，压得我头昏脑涨。我不停地回想着李维克曾经与我说过的话，恍然大悟：他所说过的情话，每一句都是我想和你在一起，而非我喜欢你，他一直都在玩文字游戏。

说实话，我并没有很伤心，若是在一个月以前，我可能会对他咆哮怒吼歇斯底里。可现在，我却对他提不起半点怨恨，内心翻滚着的，除了恶心，还是恶心。

不止是对他，还有我自己，他借着我忘记宫雪，我利用他摆脱傅亚斯的阴影，我们美好和谐地相处了将近一年，竟然没有露出半点痕迹，或许我们该去报名奥斯卡影帝影后的角逐，说不定能夺冠。

呵呵，就像语文书中写的掩耳盗铃，我们捂住了自己的耳朵，朝爱情伸出肮脏的手，以为这样便能满足一己私欲，殊不知这可笑的行径，已暴露在阳光下。我看着我们倒映在地板上的影子，像是看着布满爬虫尸蛆的两具骷髅，忍不住地想干呕。

他伸出手似乎想要触碰我，我躲开了。

"夏昕，能再给我一次机会吗？我们重新开始好吗？"

李维克依旧深情温柔，却看得我头皮发麻，起了一身鸡皮疙瘩。

"我曾经给过你机会，在你从美国回来之后，可是你回报我的是什么。我承认我和你在一起是为了忘记另一个人，可自始至终，我未做过一件对不起你、出轨的事。可你呢？口口声声说着要和我在一起，却和心爱的女人又咬又啃。我以前以为你能带我走出阴影，可你给我的是更深的伤害！我傻傻地相信你一次，得到这样的结果，你觉得我可能再次把自己推到枪口上吗！"

"我保证我不再见她，不再爱她！"

"如果不爱是说说而已，如果保证能不爱，你我他妈的还会这么痛苦吗！"我几乎是咆哮出来的，"你别天真！"

他慢慢地在沙发坐下，手握成拳头，抵在太阳穴的位置，呼吸很重。他深邃的眼眸里，埋藏着一种叫做绝望的情绪。

"真的不可以吗？"

空气里流窜着他熟悉的味道，我不敢用力呼吸，木然地坐在地板上，不敢看他那双悲伤的眼，唯恐与他一起陷入绝境。

"夏昕，我是真的很想要与你在一起，也努力地在爱你。"这是李维克对我说的最后一句话，在他关上门的那一刻，蓄积已久的眼泪终于忍不住奔腾而出。我不知道自己为什么哭，眼泪不停地从眼眶里溢出，我用力地按住心脏，它疼得厉害，不知道是因为我自己，还是因为李维克。

为什么我会这么悲伤呢？

我说不清。

接下来几天，这个城市刮起了大风。秋风席卷落叶，沙尘铺天盖地地袭来，每天上下班，都像一场风尘仆仆的长途旅行。

那几天，我的生活异常平静，那些不该出现的人一个都没有出现，每天除了上班便是回家看电视上网，再无其他消遣。偶尔下楼买零食，在超市撞见向阳，他忧心忡忡，愁云满面："姐，你没再自杀吧！"

我恶狠狠扫了他一眼，他立马换了个狗腿的表情："我是说姐，你没有再去游泳吧！"

"天冷了，游什么泳，我又不是运动员，更不是疯子。"

他摸摸鼻子，嬉皮笑脸地帮我提着东西，也没再问那些不开心的事情。我跟在他身后，看着这个高我整整一个头开朗的大男孩，心莫名地变得温暖。

"姐，你明天晚上到我家吃饭不？冉书瑶生日，我做大餐，你朋友如果要的话，也一起过来，人多热闹一点。"

橘黄色的路灯映照着向阳的笑脸，世界安静得只剩下他睫毛晃动的声音。

我回他一个笑，点头。

第二天我却不能赴约，因为当天下午柯姐兴高采烈地丢给我和小优两张邀请函："路氏分公司开业酒会我给你们俩弄到两张票，晚上你俩跟着主编去见识见识，里面可都是大人物，娱乐部那几个家伙盯得紧，我可是虎口夺食，你们要好好珍惜这次机会！"

小优掐着我的手，激动得有些结巴："柯，柯姐，要盛装吗？"

"机会难得，可不能丢我们《今报》的人。"

"可我没衣服怎么办？"

"我和主编申请批准你们提前下班，去买衣服吧！"

柯姐和小优一来一往，等我晃过神来事情已成定局，小优一眨眼就不见人，我查了工资卡的余额，咬咬牙，给周舟打了电话，待我说明缘由她沉默了好几秒才道："你先回家等我，我晚点拿衣服回去，顺便接你过去。"

于是当天晚上，我穿着周舟精挑细选的不知出自哪个国家哪个名设计师手的小黑裙和偏大一码的高跟鞋和身着红色晚礼服的周大小姐坐在她御用的卡宴上前往某知名五星酒店，心情紧张得不得了，而周舟目不转睛地盯着前座靠背，不知在想些什么。距离她上一次开口是在二十分钟前，她看着我穿着高跟鞋颤颤巍巍下楼，担心不已："我说你确定穿着我的鞋不会摔死？要不重新去买一双吧！反正还有时间！"我用力地摇头，作为一个月光族，在这捉襟见肘的月底花几百大洋去买一双只穿一个晚上的高跟鞋还不如直接拿刀往我身上砍。

这时我并不知道这件周舟挑选了整整半个小时觉得合适的小礼服是路放送的，更不知道接下来会发生的事，所以我挽着比我高一个头的周大小姐的手缓慢而慎重地步入宴会厅。当踏进大厅的那一瞬间，我感觉到无数道投递在我身上，或者说我身边的周舟身上的目光，其中最为强烈的是站在主编身边拿着酒杯的小优和站在主席台下和人把酒言欢的路放，一道是不可思议，一道是冷厉。

周舟下巴朝某个方向扬了扬，凑在我耳边低声地像哄小孩一样："我去和那些老家伙打招呼，你先和你同事玩去，别乱跑，等下我过来找你。"说着朝她口中的老家伙，本市的几个商业大亨走去。

我小心翼翼地朝小优的方向挪去，她一见到我便微笑着伸出手，用力地掐在我的腰上："好你个谈夏昕,说没钱买衣服,结果你说说你穿的是什么!一身Chanel!别告诉我你是卧底,其实你是到报社体验生活的富家大小姐。"

我疼得龇牙咧嘴,还不得不佩服她高超的想象力:"说什么呢你!这是借的!和我朋友借的,你看鞋子都不合脚!有我这样的大小姐吗?"

小优从头到脚打量我,诚恳地点头:"的确不像。"

"去你的!"

酒会便在我和小优的插科打诨中开始了,人模狗样的路王八蛋一上台便赢得了众人的掌声,我第一反应便是扭头看周舟,她正和人说话,笑得十分优雅。

"夏昕,你看,路总原来这么年轻这么帅啊!"小优又激动了,手又在我腰上掐了一把,"真是高富帅啊!"我不动声色,心里却在冷笑,有多少人知道这张漂亮的人皮面具下是肮脏乌黑的血肉,散发着腥臭恶心的气味。

在霓虹与闪光灯中,我看到了颜梦,她穿着一袭红色的低胸礼服端着红酒杯站在一个腆着肚子的秃顶中年男人身边,如果我没认错,应该是税务局长。而站立在他们身边的那些人,无一不是高官商贾,非富即贵,他们微微跺脚,我们脚下的土地估计要震上几震。

颜梦就站在他们中间,把优雅和故作娇羞玩弄得游刃有余。

我大概懂得她对我说的那句"不知道自己会被送到哪里"的意思了。

她并没注意到我,我往后退了几步,把自己藏在小优身后。

路放进行了十五分钟的讲话,我却一个字也没听清,躲开灯红酒绿,穿着不合脚的鞋子一瘸一拐地游移到角落休息。我没参加过酒会,今晚也只是来打酱油,不需要像周舟所说的一整个晚上卖笑,所以安心地坐在角落里发呆,以至于路放靠近也没第一时间察觉。

他穿着一身剪裁精致的黑西装,撕下绅士的表皮,犹如从地狱走来的修罗,阴森,冷漠。我不知道他要做什么,下意识便起身,准备躲开这个危险人物,他却迈了一大步,堵住我的去路。

我抬起头,看着这个高大英俊的男人,他深邃的眼睛里盛着惊慌失措的我。路王八蛋低下头,凑在我耳边道:"谈夏昕,你怕我?"他灼热的呼吸打在脸颊,我缩了缩脖子,起了一身的鸡皮疙瘩。这个时候,我大抵能明白为什么周舟一直以来都无法逃离他的桎梏,这个男人太危险可怕,你稍不注意,便会沉溺在他的眼眸里。

"我没想到，你穿着我买的衣服，还真是好看。"

"这衣服是你买的？"

"是我送给小舟的，而她把衣服穿在你身上，是不是把你送给我的意思？"

我心下一惊，正想问清楚，他却猛地凑近，在我左脸留下一个湿润温热的吻。

在那一瞬间，我的身体是僵硬的，脑袋也是一团糨糊，好一会才反应过来这厮对我做了什么。而他已站直身子，嘴角弯弯，只有我才看到他眼中一闪而过的凶残。

宴会厅流光溢彩，灯红酒绿，谁也没有注意到我们这微不可见的骚动。在三米开外的地方，周舟捏着红酒杯，面无表情地平静地看着我们，看得我胆战心惊。

"周舟。"我下意识地喊她的名字，"我，我……"

她没有回应我，只是这样冷冷地注视着我，然后放下杯子，转身飘进人群。

看着她的背影，我除了微微的慌乱还有一股难以言喻的胸闷。

"你说，她把我送给她的衣服给你穿是什么意思呢？"

此时我的脑海里也盘旋着这个问题，我明明知道路放是故意的，可还是忍不住地胡思乱想：周舟把这套衣服拿给我穿是什么意思？她应该是忘记了吧！但这是路放送她的衣服，她怎么可能忘记呢！

路放制造完混乱，施施然离开了，我结束了猜忌，正打算直接去找周舟问清楚，可再抬头的时候，已经找不到她的身影。

我木然地站在原地，手脚冷得像冰，脑袋像被几辆大卡车碾过那般疼，完全不知如何应付这场从未有过的意外。早知今晚会发生这样的事，我宁愿去向阳家吃饭，与冉书瑶斗嘴也比这样要好得多。

我真想仰天长啸呀！

直到酒会结束，我都没有找到周舟，打了她的电话却处于关机状态，我只好和小优拼车回家。

回家路上，小优拿着大叠名片絮絮叨叨和我讲着她在这场酒会上认识了多少新贵。我心不在焉地应着，继续拨打周舟的电话，可依旧不通。

越打我越恼火，最后愤愤地将手机扔进包里。

当晚周舟并没回家，亦没有给我发信息或电话说一声，我一直等到凌晨三点，愤怒的情绪终于被推至顶峰，我迅速在手机上编辑了几个字，发送过去。

——周舟，你给我去死吧！

虽然她无数次说过早把路放放下，但我知道这并没有，否则在看到路放故意与我亲昵时，她不会如此激动。我在心慌意乱之余，带着委屈愤怒：我并没有做错什么，甚至可以说什么都没做，不过走了个神，谁知道会发生这种猎奇的事。且今晚这场闹剧发生，周舟也要负一定的责任，若不是她把路放送的晚礼服借给我，或许就不会发生这种事。

可她就这样不声不响地一走了之，我真心愤怒呀！

我不知道路总究竟在玩什么把戏，我只知道，他并不想放过我。

第二天，路放路总路王八蛋往我办公室送了一束花，九十九支红玫瑰。送花小弟十分高调，高高地举着花站在办公室门口就开吼："谈夏昕小姐是哪位？有您的花，麻烦出来签收。"

我对着那可以遮住半张电脑桌的红玫瑰咋舌，办公室的几个姑娘已一哄而散，抢走了花取出卡片，惊声尖叫："谈夏昕，老实交代，你和路氏路总什么关系！怎么他送你花？"

我抢过卡片，差点被吓得心脏病发，但还是腆着脸撒谎："这哪里是路氏的路放，是我一个师兄，他也叫路放！"

"真的吗？别扯了！"大家明显不信。

"我怎么可能认识路总那种人，他是什么人，我是什么人！别异想天开了，要能认识，我开心都来不及！"

"那你师兄怎么送你花，还是红玫瑰！不会是对你有意思吧！啧啧啧，这桃花旺的……"

面对七嘴八舌的询问，我不知如何作答，索性闭了嘴，装傻蒙了过去。但很多时候，你管好了自己的嘴，别人却不一定。就像演电视剧一样，当天下午我在上厕所的时候听到了几个女声窸窸窣窣地讨论着我，什么不知廉耻，什么勾三搭四各种难听的话都有。我没有出去与她们理论，直到她们出去才从厕所出来。

一开始听到我怒不可遏，尤其是说话的几个女孩还有两个与我同办公室，但慢慢还是平息下来。上班以来我遭遇过不少这种事情，逐渐明白人类的感情最是自私复杂。她们得不到的，我一得到便是罪不可赦，应当千刀万剐。你不用去解释辩驳，那样只会使她们的妒恨更加深。

大多时候，我们把世界想得太简单，才会被伤得淋漓尽致。

当天下午，还是上班时间，路放直接给我打了电话，没将我吓出个好歹。我听着电话里那个低沉的声音，几近崩溃："路总你到底想怎么样，别这样玩我好吗？"

他似乎在笑，声音听起来却像钢铁般硬邦邦和冰冷："谈夏昕小姐，我诚心诚意邀请你共进晚餐相信你不会拒绝吧？如果你没有时间也没关系，我可以在你家楼下等你，等到你有时间为止。"说完，他挂了电话。

我没把这事放心上，当他逗我玩。但当我下班回家看到路放那辆亮骚的兰博基尼停在幸福小区F栋楼下时，我差点崩溃，往家迈去的脚步转了一百八十度，趁着他还未发现我，逃窜出幸福小区。

我不知道他要做什么，但一定不会是好事。路放说得没错，我怕他。

他那光鲜华丽的躯壳里，流动着黏稠腥臭的毒液，稳重儒雅的微笑下，是利爪与獠牙，稍不注意，便能把你撕得血肉淋漓。他是我见过最危险的男人，自那年在大礼堂不小心撞见他的真面目后，我对他的恐惧与日俱增。

有家归不得，我甚至不敢在小区附近游荡，索性坐了半个多小时公车去大学城附近吃想念很久却一直没时间吃的担担面。小面馆坐落在母校东门附近，从前我和周舟林朝阳来吃过几次并没觉得有多美味，倒是毕业后魂牵梦萦，却一直找不到时间。

当我走进记忆中那狭隘阴暗的小面馆时，我却见到不该出现在这里的人。想逃也来不及了，坐在对面桌子的人已经放下手中的筷子，站了起来："夏昕，好久不见。"傅亚斯的头发理成板寸，额头还贴着纱布，看起来帅气而诡异。

见我一直杵在门口不动，老板娘操着大嗓门喊道："姑娘站着干啥，吃什么，快找个地方坐咧！"

"坐这里吧。"

我点点头，坐在傅亚斯对面的椅子上。

自那次从医院离开后，这十来天我们一直没见面，或许是他对颜梦说了什么，她没再找过我，好几次我也想发个短信问他的情况，最终还是作罢。直到我的面上来了，我才鼓起勇气开口："你的伤好了，出院了？"

"嗯，住了四五天就回家了。"

"怎么不多住几天?"

"浪费钱。"

"你怎么会来这里?"

"我还住在原来的地方。"傅亚斯扯了扯嘴角,露出久违的痞笑,"说起来,这是老头唯一留给我的东西,十八岁过后他就把那套公寓过户给我,否则我现在可能还要风餐露宿。"

我笑不出来,看着低头大口吃面的傅亚斯,被一股突如其来的悲伤击中。

他握着筷子的手布满各种新旧伤疤,袖口似乎沾到酱汁,留下一小道难看的污渍。我不敢抬头看他的脸,就这样盯着他机械性的动作,像一口气灌下一听可乐般,大量的气体直冲鼻腔,呛得我想掉泪。

我不得不承认时光的强大,它摧枯拉朽,不动声色地改变着我们每一个人。从前光芒如焰的傅亚斯,像烟火一般,慢慢在我面前泯灭。

我也不得不承认记忆的顽固,我流窜躲避,却逃脱不了它的桎梏,无时无刻提醒着我这个人曾在我心上驻扎过。

我搅拌着碗里的面,突然说了一句自己都意想不到的话。

我说:傅亚斯,你不要再赛车了好吗,算我求你。

对面的人沉默了许久没做声,最后苦涩地朝我摇头,声音晦涩:"夏昕,对不起,现在我还不可以,我有我的责任。"

那个荒凉的笑,像利剑,狠狠地插入我的心脏。

chapter.10
在我心上用力地开一枪

吃完面,傅亚斯送我回家。

我无法拒绝他,无论什么时候。

我跟在傅亚斯身后,他的背影消瘦而孤独,有那么一瞬间,刺得我想掉眼泪。我走得很慢,像是蹭着地面一点点往前移,率先抵达公车站的他终于忍不住回头,笑骂了一句:"你是蜗牛吗?怎么那么慢!"

我已不记得有多久没看到傅亚斯的笑,从前他挺爱笑的,但在我们分开了又相遇之后,他的脸像被泼上了强力胶一般,僵硬、面无表情。我像花痴一样盯着他的脸,直到他不自然地撇开,用手背在脸上蹭了两下:"我脸上有东西吗?"

一种奇怪的、尴尬的气氛在我们之间蔓延,我不知道是该摇头还是点头,好在公车在这个时候来了。

"车来了,走吧!"

傅亚斯以一种极快的速度上了车,熟练地刷卡、找位,看得我目瞪口呆。我坐在他为我预留的靠窗座位,那种奇怪的感觉又在我心底蔓延开来。

"你是不是觉得很不可思议?"他突然开口,"不止是你,就连我自己都想不到有一天我会坐在这公车里,甚至为了方便还办了一张公车卡。"

窗外一片流光溢彩,层层叠叠的光影在傅亚斯脸上交错,他的大衣不知何时蹭到灰白的墙粉,我挣扎了许久才遏制住把手伸出去帮他抹去的冲动。

"你不是有车吗?"

"以前我总觉得坐公车浪费时间,我更喜欢开着车在风中驰骋,只有那个时候,我才能感觉到自己的存在。可现在,我越来越感到厌倦,甚至恐惧。"他纤长的手指轻轻敲打着前座的椅背,像钢琴家在弹琴一般,"有时候心情不好,我喜欢随便在车站拦下一辆车,任它载着我绕着这城市一圈一圈地转,那种感觉很奇妙。看着车窗外掠过的风景,看着窗外的人的喜怒哀乐,我总觉得我不属于这个世界,是一个多余的存在。"

他的声音低沉缓慢,像一部悲剧的旁白,娓娓道来,我却莫名其妙地红了眼眶。我用力地抠着自己的手心,希望痛感能麻痹我的大脑。

接下来的时间,我们没有再说话。

窗外的星星密集而闪亮,像一张巨大的网,扣住了头顶的世界,无论你怎么挣扎,都无法逃脱。

那个晚上,傅亚斯送我回到公寓楼下时,路放已离开,回家开了手机,便收到他的短信,只有一句话:改天再吃饭吧。

我并没把这条短信放在心上,包括第二天下班和小优被主编叫到办公室说有重要饭局要我们参加依旧没感到什么不妥,只是下意识地拒绝:"可以换个人去吗,主编?你看我一不会说话二不会喝酒的,去了给你们扫兴。"

他板着脸,居高临下瞥了我一眼,似笑非笑:"我看你不像不会说话的样子呀,小谈!我这个主编该好好反省反省,说话都没人听了,连叫你们吃个饭都推三阻四的!"

"不是的,主编……"

"和赞助商吃饭这么大的事,也不知道对方看着我们这群大老粗吃不吃得下,谁叫我没用,叫不动那群小姑娘呢!"

我还想说话,小优却在背后拧了我一把,笑道:"主编,我们先去收拾下,在外面等你们。"

出了主编室,小优便开始数落我:"你这个没脑子的,他叫我们吃饭能有什么大事,你怕个鬼!好好的一次机会差点给你毁了!"

"不是,你说他为什么找我们,娱乐部不是有很多更年轻漂亮的吗?找我们干吗?不是很蹊跷吗?"

"你笨咧,还不是器重我们!怎么说我们也做出了好几条大新闻,岂是娱乐部那几个家伙可比的!"

天气已逐渐转冷,当天晚上的晚餐是在川菜馆进行,当我跟在社长主编和几个部长身后走进包厢时,我被眼前的人吓了一跳,看着路放在灯光下锋利的轮廓,我大概明白他那几个字的短信是什么意思。

别躲了,这顿饭我总能让你和我一起吃。

我的大脑嗡嗡嗡地转着,像要炸开一样疼,但我不能言表于色,站在那儿木讷地看着报社的领导们对着路放谄媚,他们脸上堆满了笑,像一个个布满褶子的包。他们也没想到,只是和广告商简单的一顿饭,堂堂路总居然会赏脸,既兴奋又忐忑。

路放老神在在地坐在那儿,犹如一尊菩萨,坦然接受供奉。若不是小优扯着我的手臂拉我入座,我还不知自己会愣到什么时候。

餐桌犹如华丽的戏台,一番装扮后,主角配角墨粉登场。

"今天真是个好日子,路总怎么赏脸,我得敬您一杯。"

"谢社客气了,这些年公司的发展,离不开各位的关照啊。"说着,他起身举起了酒杯,"这一杯,路某敬在场各位。"

我偷偷在心里翻了个白眼,却不得不和大家一起站起来,笑着喝下那杯辛辣的液体。

"这两位是?"

"这是小谈和小林,我们社里最能干的记者。"主编瞪了我一眼,眼神里充满威胁,嘴巴却咧到耳后:"你们,快给路总敬酒!"

我不得不佩服路放,堂堂路氏总裁为了整我这个小小人物竟如此放下身段,处心积虑。

这个晚上,我不知道被灌了多少酒,整个人晕晕乎乎,胃也像坐过山车一般不停地翻腾着,但思绪却无比清晰。在主编又一次往我手中塞杯子的时候,我终于忍不住借尿遁,在众人诧异的目光中逃之夭夭。

不停地往自己脸上泼着水,可这并没有让我好受,看着镜子里那张苍白的脸,头疼得厉害。更让我头疼的是,当我从洗手间里走出来时,路放倚在走廊上抽烟,听见响动,在弥漫的烟雾中抬起英俊的脸。

我很快收拾好情绪,准备无视他回包厢,谁知当我从他身边经过时,他突然拉过我的手,以一种电视里霸道男主强吻女主的姿势将我困在墙角。他不知用了什么香水,混合着香烟的焦味不停在我鼻腔流窜,我没有反抗,或者说我忘记了反抗。

此时我的脑子一片混沌,看着他那张不断靠近的脸和深邃的眸,我用力地按着自己的胃，几乎就要被眼前的人蛊惑。

我并不知道，此时黑暗中有一双眼睛正在冷冷地窥视着我们。

路放薄唇轻启，道："谈夏昕，你知道你现在这副样子看起来多脏，多恶心吗？"

就在路放放开我的前一秒，我扯住了他，将胃里的东西哗啦哗啦地吐在他身上，看着他那张像被人揍了一拳的脸，我撑起一个笑："对不起路总，现在你看起来比我肮脏多了。"

路放盯着我整整一分钟，最终带着一脸愤怒拂袖而去，直到饭局结束都没再出现，据说是临时有事，开会去了。

当天我回到家，周舟依旧没有回来。

接下来的两天，路放一直没有动作，我因扳回一局而沾沾自喜了两天，一下子把他当成小绵羊，忘记了他是只锱铢必较的狼。

周五晚上十点十分，我结束加班回家，消失了整整四天的周舟终于回来了。

她背对着我坐在沙发上，一动不动。

想到她不声不响消失了好几天，我一肚子火，刚想推她一把顺带数落她的罪行，可手刚伸出去就停顿在半空，因为我看到了散落在沙发上的东西。

我想此时我的脸色肯定难看极了，我颤抖着指着沙发上的照片，问周舟："这些是哪里来的？"

周舟抬起头看我，明明她是坐着，我是站着，我却觉得自己比她矮了一截。她看着我，不带任何表情，像在陈述一件与她无关的小事："有人寄到办公室给我的。"她伸手将那几张照片整理一叠，最上面一张是路放将我抵在墙上的画面，他低着头，我侧着脸，看起来就像文艺片里的认真亲吻的情侣。

我颓靡地坐在地板上，带着不知所措的绝望。

"你不想说些什么吗？"周舟的声音有些冷，这句轻飘飘的话让我突然有些恼怒甚至心寒，就像你走在路上被车撞了，有人拿着话筒跑来问你一句："你有些什么感想不？你不想说些什么吗？"

"我有什么好说的！你想听些什么？要我哭着和你解释说这不关我的事吗？是路放陷害我的吗？"我几乎是对着她咆哮，"现在你已经不是路放的女人了，这些我还要和你解释吗？就算要解释，也不该是和我要吧！我还想问你有没有什么要说的!你他妈的把路放送给你的衣服塞给我穿是什么意思!造成这种局面,难道不是你想要的吗?看着你喜欢的男人搞你的好姐妹,你是不是觉得很开心!"

人在生气的时候,总会口不择言,我感觉自己变成了一门大炮,见人就喷,完全不知道自己喷出的弹药威力会有多么大。

面对我的勃然大怒,周舟看起来十分淡定,这只是看起来。当她冷笑着将照片摔在我的脸上时,我就知道她生气了。她居高临下地看着我,手指微微有些颤抖,胸膛也在剧烈地起伏着,我已经很久没见到周舟这么生气,且还是因为我。

照片撒了一地,我想这个拍照的人一定是专业的摄影师,否则怎能将两个毫无感情的人拍出宛若情侣的美感:在昏暗的灯光下,我和路放头贴头,暧昧而温馨。

"只有这套衣服的尺码你穿得下!这是路放两个月前送来的衣服,他是按照我上大学的尺码,他压根不知道我瘦了,这套衣服根本穿不下!我为什么把那套衣服塞给你穿,是因为你跑来和我借衣服又他妈的心疼钱不让我去买新的!"

"还有,我的确已经不是路放的女人,路放和谁接吻甚至他妈的和谁上床都不关我的事!但我还是你谈夏昕的朋友吧,我还有资格管你吧!你他妈的和傻子一样被人渣路放耍得团团转我总不能看着你去死吧!但你呢?你把我当什么了?"她眯着眼睛看我,字字句句咬牙切齿,"你被路放纠缠为什么不告诉我,如果你告诉我,我早去找这个人渣拼命了,还能留他这样欺负你!可你呢?你把我当成什么人?当成妒妇吗?当成一个听到路放的名字就会嫉妒到发疯杀人的疯子吗?"

"我找你?我他妈的找得到你吗?"不说还好,说到这儿我更来气,"那个晚上之后你就消失得无影无踪,电话打不通,人也不回家,我他妈的找得到你吗!你和我耍什么脾气!"

一个坚硬的东西砸在我身上,是周舟的手机。

"电话打不通?你什么时候打的?酒会那个晚上吧!那个晚上我爸进医院了,他妈的手机没电了!我第二天清晨就开机了,可当我熬了一晚上,打开手机看到的是我的好姐妹让我去死,我是什么心情!我是故意不回你电话的,但这几天我在医院手机都是开着的!你打过没有,你想过找我没有!"

"谈夏昕,你摸摸自己的心,我他妈的有没有做错!我对不起你了吗!如果你一句是,我立马跪下来和你磕头道歉!"

我哑口无言地看着这个在我面前红了眼眶的女人,她握着拳头,似乎在努力抑制自己情绪:"我们这么多年的朋友,你对我的信任就值这么多?"

★ 听 说 我 们 不 曾 落 泪 II ★

愧疚排山倒海地侵袭着我，看着周舟站在灯下悲伤的模样，我突然哽咽，一句话都说不出，只好朝她伸出手，可她像对待陌生人那么冷漠，在我触碰到她之前轻轻地将我拂开，转身进了房间。

房间的门缓缓合上，我像被抛弃了一般，对着冰冷僵硬的门大声地哭了出来。

我忽然觉得自己肮脏极了，像从泛着恶臭泥坑里爬出来的怪物。

间隙一旦产生，就难以愈合。

我和周舟五年友情生涯里出现了第二次感情危机，距上一次已过去三年。

上一次闹翻，是因为知道她和已经结婚的路放搅合在一起。

大概是从那个晚上开始吧，我和周舟开始了漫长的冷战，随着气温的下降，我们冷战的程度也在加深。

虽然看起来生活与往常并没多大区别。

每一天，周舟都起得很早，做完早餐后去上班，而我则负责洗碗，晚上谁先到家就谁做饭，不做饭的人便要洗碗。我们甚至像往常一样，每个星期一起去超市采购一次，将冰箱堆满，我们也睡在同一张床上。只是，我们不再打闹，不再在睡前畅谈心事，甚至不敢看对方的眼，像梦游一样从对方身边飘过。

这样的日子对我来说实在煎熬，好几次我都鼓起勇气想对周舟说"对不起"，可她总能在我说话前，迅速地扭转身体，走到另一个地方。

我看着周舟冷漠的背影，像是被泼了一大桶冷水，冻得我不停地发抖。我抿着唇，将原先的话用力地咽回肚子里。

在我和周舟的冷战抵达最高峰的时候，这个城市也迎来了冬天的第一轮降温。被收进柜子里的毛衣和外套在一夜之间迎来了春天，带着樟脑丸的难闻气味，在每一个角落彰显自己的存在。

在十一月最冷的那天，报社发生了一件大事。小优跟踪偷拍了本市最大规模的黑市赛车，报道了一条名为"直击黑市赛车，探究狂飙真相"的新闻上了头条后，在社会上引起的反响非同凡响，主编和社长在早会上双双对她进行表扬。

那几天，我只知道小优在做大新闻，每天早出晚归地奔波，当我拿到报纸打样的那一刻才知道她一直神神秘秘在做什么事，果然，这条新闻第二天便在整个城市掀起轩然大波，当晚便听说警方对赛车场进行了突袭，造成巨大打击。同事们对小优的印象一下子便改观，而我在那一刻，脑子里除了恐惧没有其他情绪。

所以当主编在会上说要我们向小优学习，做一个敏锐的新闻人的那一刻，我在心里自嘲，我果然不是一个好记者。

结束早会后，我犹豫了很久还是给傅亚斯发了一条信息。我不停地催眠着自己这只是对一个普通朋友的关心，再迅速地编辑了短信发过去。发完短信后，我始终很忐忑，甚至有些坐立不安，时不时掏出手机来看看。

在等待二十分钟后，我才得到傅亚斯的回复，他说——我没事，谢谢。十分云淡风轻的语句，真真像回复一个普通朋友，我盯着那几个字许久，才缓缓地将手机收进口袋。我不想承认，盘旋在我心里的那种怪异情感是失落。

这条新闻轰动了许多天，《今报》打算趁着势头进行各种报道，只是小优突然发了水痘，请了十天的假。原本以为主编会将这条新闻派给A组或者柯姐，小优却给我打了电话，有些神秘兮兮："夏昕，我和主编说好了，这条新闻你帮我跟着！"

我看着定格在报纸上带着头盔的赛车手，有些意外："为什么是我？"

"你笨咯，柯姐要带小孩不能奔波，总不能给A组，让他们白白占了便宜！你要给我做好这条新闻知道吗？不然我杀了你！"

我犹豫了一下便答应，有限的脑容量都在想着要如何做好这条新闻，根本没听出小优话里的玄机。

但后来我想，即便是那时有人拿着枪抵在我头上告诉我那些事，我也不可能相信。

伤害这些东西是无法用言语描述的，只有亲身去经历，你才知道有多痛。

在这之后的许多天，每天晚上九点过后我都要坐一个小时车去西郊城外，背着我硕大的双肩包还有笨重的相机。社里的摄影师大多不愿在夜里工作，名曰私人时间拒绝加班，所以一般晚上跑新闻我们只能自己拍照。我每晚都要冒着冷风去郊外蹲点，再花一个多小时坐车回家。可整整一个星期，郊外都冷冷清清，没有风驰电掣，没有鬼哭狼嚎，像坟墓一般寂静。

冬天的风像刀子般犀利，饶是我自我感觉体质良好极少生病的人都在折腾中感了冒，鼻涕横流了两天。在我感冒的第三天，周舟往家里带回了好几盒感冒药，我一感动，鼻涕又流了，我擤完鼻涕再抬起头她已背对着我继续看书，根本没打算与我讲话。

　　我往鼻孔里塞了两管纸巾，瓮声瓮气给小优打电话，说我很有可能无法继续完成她托付的事情后，她元气十足的声音迅速大转弯，隔着电话都能听到她浓浓的沮丧。

　　"这样吗？那好吧！你都感冒了我总不能还逼着你帮我跟新闻吹冷风，我再过几天就可以回去上班了，到时候我自己去吧，可是如果这几天刚好有情况可怎么办啊！"

　　"那，我就再帮你跟几天吧！"我一不注意，话就从嘴巴溜出来了，小优在那边开心得几乎尖叫，我恨不得狠狠扇自己几巴掌。

　　在和小优打完电话的第二天晚上，当我打车抵达郊外时，大鱼们终于出现了。密密麻麻的改装车，排气管与发动机发出的轰鸣，轮胎刻意与地面摩擦出的刺耳声响无一不刺激着我的神经，第三次来到这个黑色赛车场，我第一次如此激动。或许是太多天没有"活动"，今夜的人都显得十分兴奋，他们不停地转着油门，发出刺耳的突突声。

　　我不敢靠得太近，生怕被他们发觉，只躲在离路口还有一百来米远的大树后，当我将镜头对准赛道，调好焦距时，出现在镜头里的人是傅亚斯，他似乎没有准备上场，坐在一辆机车上，手插在衣袋里，冷冷地凝视着远方。我犹豫了一下，轻轻按下快门。我拍了数十张照片，有围观的人群，有正在准备的赛车手，有扬着棋子的裁判，当我将镜头对准远处一个类似裁判席的桌子时，相机突然从我手中脱离。

　　我猛地抬头，看着不知何时出现在身边的男人，吓了一大跳。

　　"你是谁？怎么拿我的东西！"我才问出口，那男人冷冷一笑，并不回答，反而伸出手揪住我的头发，拖着我往前走。

　　"啊……放开我，你干吗啊！你放手，再动手动脚我报警啊！"

　　头皮被男人扯得发疼，我不停地在他手中挣扎，可对他来说却像挠痒一般，男人完全不理会我的问话，一手拎着我的相机一手将我拖到远处的那个裁判席，用力地甩在地上。我跌坐在地上还没反应过来，便听到那人道："K哥，她躲在树后鬼鬼祟祟地拍照。"

　　"哦？拍照？"

　　我惊慌失措地抬起头，看着被男人叫做"K哥"的人，他是坐着的，穿着黑色大衣，带着金边眼镜，普普通通的相貌，看起来和他的名字极其不般配。我甚至不敢相信,这个男人就是老K,颜梦口中只手遮天的赛车场老板。

"你是记者?还是警察?"

"不不不,我只是来这边玩的,拍几张照片留,留念而已!"我结结巴巴地否认,"真,真的,我只是来玩的!"

老K低头调着相机的照片看,嘴角挂着漫不经心的笑:"你们啊,真是不乖!上次不是和你们说过吗,这里不允许拍照,再来就不止那样的惩罚了!怎么你们一点都不听话,这才过了几天,我们还没开场,你们又换人了!你们报社啊,可真是舍得,老让你们这些小姑娘出来跑……"

"什么上次?"

"什么上次!上次来偷拍的那个女孩不是你朋友吗?她难道没有和你说再让我瞧见你们偷拍,哪只手拍的哪只眼看的都要留下来吗?"

我震惊地看着眼前的人,他笑着扬扬手,我还没反应过来,头皮一痛,被原先那个男人扯着头发拖到了一边。

"你们要干什么!放开我……"

下一秒,一个巴掌狠狠地甩了过来,我的左脸火辣辣地疼,眼泪突然从眼眶窜了出来。当男人第二次朝我扬起手时,被人拦住了。

"够了,大林。"

男人讪讪地看了他一眼,嘟囔了一句什么,看向了老K。

我看着不知何时出现的傅亚斯,像抓住了救命稻草一般,猛地朝他扑去,之前的芥蒂在这一瞬间烟消云散。我死死地揪住他衣摆,唯恐他会在此时丢下我。傅亚斯把我护在怀中,他什么也没问,只是低头小声地安抚着我:"别怕,有我。"

我听着他规律强烈的心跳声,眼泪不停地流着,心里充满了不安与恐惧。

"老K,她不是记者,是我的朋友。"我听到傅亚斯镇静地说,"是我女朋友,知道我在这里,来这边玩玩。"

"哦?那这相机是怎么回事?"老K的声音在笑,"亚斯啊,你当你是傻子吗?说话不用负责,还是,你当我是傻子?"

"她是来给我拍照的!"

"那这里面怎么没几张你的照片,可都是别人的照片。亚斯啊,你这女朋友可要好好看紧啊!"

傅亚斯抱着我的手一紧,他似乎叹了一口气,缓缓道:"老K,就当做给我个面子好吗?"

　　周围静默了好几秒,气氛一下子冷了,我不敢说话,甚至不敢眨眼,傅亚斯冰凉的手突然牵住了我,像安慰一般,我不敢动,任由他牵着。

　　直到过了许久,我才听见老K的声音,他似乎有些无奈:"那既然这样,我就给你个面子,可是亚斯呀,你也要记得你和我说过什么,下次也记得给我老K一个面子!相机留下,人你带走吧!"

　　相机是报社的。我猛地抬起头,正想说话,傅亚斯似乎猜到我要说什么,抢先开口了:"K哥,照片删了可以吗?至于相机,在你看来这不值钱的东西对我们来说可不是小东西,你……"

　　"哈哈好,就冲你这句K哥。"

　　我茫然地看着傅亚斯从老K手中接过相机,再将它挂在我的脖子上。做完这一系列动作,他和老K打了个招呼,拉着我朝他的车走去,再把挂在车上的安全帽戴在我头上。我泪眼蒙眬地看着这个面容冷静的男人,小声地说了一句"谢谢"。

　　他顿了一下,有些无奈地笑,很快又收敛,语气严肃地对我说:"以后不要再来这里了,这里很危险,老K不是什么宽容大量的好人,你以后别来了。无论是跑新闻,还是玩!上次警察来也是走过场,你以为他会怕这些东西吗?这个地下赛车场存在时间不短了,他为什么能长盛不衰?夏昕,你是聪明人,别做傻事。"

　　我没说话,抬头看着天空,没有星星没有月亮,大片大片的云拥挤在一起,像一块块巨大的污渍。

　　我坐在傅亚斯的车上,没有拒绝他送我回家。

　　车飞快地穿行在公路上,光秃秃的木棉迅速地后退着,我坐在他身后,环抱着他的腰,就像回到五年前一样。那时好像也是冬天,天很冷,他就这样载着我穿越了大半个城市。我在冷风中悲伤矫情地回忆着,猛然发现,无论我是多么不想承认,还是无法抹杀我已原谅他这个事实。

　　早在他出现的那一刻,我就原谅了他。

　　回到家已经将近十二点,我拖着疲惫的脚步推开门,恰好与从洗手间走出来的周舟迎面撞上。

　　她看了我一眼,仅是一眼,脸上便乌云密布。她板着冷冰冰的脸开口,似乎忘记自己正在和我冷战:"谁干的?"

"什么?"我一时间没来得及反应,她将我推进洗手间,指着镜子那个披头散发脸颊红肿嘴角还有淤血的女人阴沉沉地问我:"谁打你了,谈夏昕你丫的是犯贱吗?每次都被欺负成这样,以前是被骂,现在是被打,以后是不是要被人捅几刀才舍得回来!"

我看着这个怒发冲冠的女人,哭得发疼的眼睛又一次涌出泪水,我回过身用力地抱住她,在她身上胡乱蹭着:"对不起周舟,我错了你原谅我好不好!我们以后不要吵架了不要冷战了好不好?我错了,对不起对不起对不起!"

她双手高举着,保持者投降的姿势,好一会儿才放下来,轻轻拍着我的肩膀无奈道:"你都这样说了,我还能怎么样?"我们就这样在狭隘的厕所拥抱着,温馨不到两秒,她的声音又蓦地变得森冷:"你还没告诉我,是谁打你的。"

当我洗完澡躺在沙发上和周舟说完前因后果,她忽然就无厘头地微笑了起来,看得我毛骨悚然:"你干吗?"

"这样说,就是那个叫什么小优的惹了祸又陷害你?"

我的心慢慢地下沉,闷闷地把头埋在沙发里:"我不知道。"

"什么叫做不知道?事实就是这样!谈夏昕我早就和你说过,那个什么小优的看起来不是个好人,你这个圣母白莲花还不信,现在呢!吃亏了吧!"

"现在事情还没下定论,说不定小优也不知情呢!"

"可能吗?你现在心里也清楚得很,只是不想承认而已!傻瓜都知道是她故意陷害你,想看着你死,你个笨蛋。"

"好了我是笨蛋,你最聪明了可以吗周大小姐……"

半个小时前说再也不要吵架的两人再一次争吵了起来,我们从沙发吵到了被窝,最后直到睡着的前一秒,嘴巴里还在互相地数落对方,可我们的身体紧紧地贴在一起,像连体婴一样在温暖中睡着。

那一夜,我睡得很香,虽然心中充满了忐忑不安,但那日日夜夜纠缠我的梦魇在那一夜却没有来找我,让我睡了一个香甜的觉。

第二天不是周末,我顶着伤回到报社吓到了许多人,也得到了许多关心。当我站在主编室里面无表情地告诉主编我无法继续将这条新闻做下去时,他看了看我淤青的嘴角,竟没有骂我,反而有些担忧:"你怎么搞成这样了?一个女孩子家家的,小心一点知道吗?"

我点点头，转身离开主编室。

三天后，小优终于回来上班，在办公室引起了不小的轰动。

"小优，你不是出水痘吗？怎么脸还是那么光滑？"

"我有秘方呀，美容秘方！"

"啧啧啧，怪不得还是那么漂亮呀！"

"哪里呀，十多天没回来，我想死你们了……"

在小优和同事们寒暄的时候，我一直坐在电脑前聚精会神地看PDF，好几次我都想站起来揪着她的头发问她为什么陷害我，可当看到她洁白无瑕的笑我就像被针扎破的气球，干瘪瘪地瘫坐在椅子上。

我并不知道，在我掩耳盗铃地做着这些事的时候小优一直在看着我。我更不知道，虽然我很努力掩饰自己的情绪，但我的脸色依旧很难看，像被附上一层白色的纱布，苍白阴森恐怖。

当时我脑海里想的只有一件事：小优为什么要陷害我？

大概是在三个小时后，同事们陆陆续续下楼去吃饭，我在QQ上收到小优的信息：夏昕，一起吃午饭吧，我在老地方等你。

我犹豫了三分钟，才收拾东西下楼去以前我们常去的东北餐馆。或许是天气冷，原本总人满为患的餐馆变得很冷清，小优坐在最里面的位置，低着头看菜单，灯光打在她脸上，白皙光滑，就像他们说的一样，痊愈得完美无瑕，看不出一点痘疤。她看起来是那么乖巧，那么无辜。

大概就是那一刻，我在心里迅速地下了定论。

我朝她走去，在她的对面坐下来。她抬起头，脸上挂着微笑："夏昕，怎么那么慢？要吃什么你点吧！要不点个鸡架，你上次说好吃的！"

我看着她，没有说话，也没有笑，目不转睛地看着她，看着她虚情假意的笑。对面的小优却慢慢地收敛了笑，坐直了身子，问："夏昕，你怎么了？"她伸出手，似乎想要摸我的额头，我向后倾着身子，避开了。

"怎么了？"

"你为什么要害我？"

小优脸上的表情瞬间凝固，但很快，她便恢复正常："夏昕，你在说什么？我听不懂！"

既然话已开头,接下来的话也没想象中艰难:"偷拍了赛车场后是不是被恐吓了!那你为什么不告诉我?为什么还让我去拍!而且,你的脸这么光滑,看起来根本不像出过水痘的!你是不是骗我!"

"夏昕,我没有!"小优沉默了整整一分钟,才艰难地开口,"我真的不知道你在说什么!"

我看着小优那张无辜的脸,第一次觉得那像一张精心雕琢的面具,完美逼真。可越是这样,我越是想将它撕下来,即使会染上满手的鲜血。

"小优,你为什么要陷害我!"

茶色的桌面覆盖上一层油腻腻的光,还有时间留下的一道道疤痕。小优低着头,手指抚摸着桌面的纹路,声音很平静。

"谈夏昕,有没有人和你说过,你真的很讨厌!"

在大学时期,和我针锋相对了四年的季柯然就曾这样说过我,可现在,说这些话的人是小优,我在报社最好的朋友,"为什么我要陷害你,因为你真的很讨厌!你凭什么那么幸运,凭什么什么也不做就能得到全世界的宠爱!凭什么你什么都有,而我什么都没有?为什么我一直那么努力,可我还总是输给你,柯姐有什么好处都关照你根本从来没有想过我!你有一大堆爱你关心你的人,你什么都不做就能得到你想要的,可是为什么我那么努力还什么都没有!你真的真的很让人讨厌你知道吗!"

"所以,你害我?"

"对!你很蠢你不觉得吗?我故意把文件丢在农家乐故意让车先开走,你电脑也是我故意弄坏的,在会议室被绊倒都是我做的!你这么蠢,有时候我都不忍心伤害你,可是比起你的蠢,你的讨厌更是让人刻骨铭心啊谈夏昕!"此时的小优就像一个面目狰狞的女鬼,猩红的眼里充满了恨,这大概才是她本来的面目,"既然你发现了,我也不用费劲心机地掩藏!你知道赛车场的新闻上了头条我多开心吗?可是第二天晚上,就有人跑到我家里恐吓我,说我再敢打赛车场的主意就弄死我!我请假十多天不是出水痘,是被他们打到住院!那时候我就在想,如果你被他们发现了,被他们弄死了,世界上是不是就没有谈夏昕这个人,那样这个世界美好多了吧!"

小优的上唇不停碰触着下唇,她的声音像一条条黏稠腥臭的虫,不停地往我耳朵里蠕动。它们似乎在啃噬着我的皮肉,疼得我浑身发颤。我用力地捂住耳朵:

★　　听　说　我　们　不　曾　落　泪　Ⅱ　　★

"你不要说了! 不要说了! "

可声音并没有停止,一声盖过一声。

——谈夏昕,我真的真的真的非常讨厌你,你知道吗?

——谈夏昕,你为什么不去死!

——去死吧,你死了会让很多人开心的!

"你不要说了啊! "

我猛地推开桌子站起来朝外面跑去,可那些声音并不打算放过我,不停地在侵袭着我的大脑,简直要将我吞噬。

chapter.11
人生是不停地重蹈覆辙

像电影里一样,我在马路上演末日狂奔。

从饭馆里跑出来,我头也不回地跑了几百米后终于停下来,因为我不知道自己该往哪儿去。马路上的车辆很多,行人很少,我木讷地站在街边,一时不知该往哪个方向。冷风飕飕地吹在脸上,我的眼睛在风沙中迅速变得通红,谁也无法想象,在这一瞬间我有多么的难过。

早在潜入车场的那个晚上我便知道,这一切都是小优做的局,在来饭馆的路上我也做好了十足的心理准备,可当小优将那番话说出口时,我还是抑制不住地难过,像吞下了大口的黄连,苦得让人无法作出正常的表情。

那些话我不是第一次听到,比她说得更难听的比比皆是。大学时期,季柯然每每与我吵架张口闭口都是婊子贱人,将我连同全家问候了无数次,可每一次我都可以当做没听到,施施然继续做自己的事。毕业后,住在我家对门的冉书瑶明面上暗地里不知道对我甩了多少嘴刀子,我只当她是个小孩,有时闲来无事还故意去惹她生气,自虐般地看她炸毛对我破口大骂。

她们说的比小优要难听许多倍,可那些话从小优口中说出来,却比她们任何一个都要尖锐,都要让我难过。

因为她是我的朋友,是我除了周舟外最好的朋友,是我在办公室唯一的朋友。

她和我一起在经过层层面试才进入社会新闻部;她在枯燥乏味苦不堪言的实习期鼓励着我;她在办公室战争发生的一瞬间起身挡在我面前替我唇枪舌剑;她每天像喜鹊一样叽叽喳喳地和我说着办公室的八卦;她一次次地帮我在主编面前说好话解开我的困境;她喝醉了抱着我哭得像小孩说要好好工作赚钱给父母。

那么真实的可爱的一个女孩子,现在却告诉我这一切都是假的,都是她制造出来的假象,事实上她恨我恨到希望我去死,从这个世界上消失。我始终无法接受,那些话是从小优,我的朋友的口中说出来的。

我捂着脸站在马路上,眼泪顺着指缝流下来,在冷风中迅速干涸,留下微不可见的痕迹。

那一刻,一个可怕的念头从我脑海中浮现——既然她们都那么恨我,那我就去死吧,从这个世界上消失。

我的脑子乱糟糟的,整个人陷入一股无法自拔的绝望中,我甚至感觉不到自己的脚步踏在地上,反而像踩在软绵绵的云朵上,像幽灵一样漂浮着走向了马路中央。我的耳边都是刺耳的汽笛声和各种方言的破口大骂,在我闭上眼睛的那一刻,一只大手用力地扯着我的袖子将我从地狱的边缘扯了回来,拉回人行道。

我听到一个惊慌失措的声音,它大声地在我耳边痛斥:"夏昕,你不要命了是不是!你知不知道这样很危险,差一点你就被车撞死了!"

我懵懵懂懂地抬起头,看着站在我面前许久没见的李维克,他的眼睛因充血而布满了血丝,他抓着我的手很用力。

我很疼。

我看着不停穿行而过的车龙,后知后觉才感到怕,脚一软,若不是李维克拉住,或许我已瘫坐在地上。

"夏昕!谈夏昕!"青年才俊温文尔雅的李医生此时非常不淡定,他着急地喊着我的名字,像演电影一样夸张地大吼大叫:"你怎么了,你说说话,别吓我啊!发生什么事了,你和我说,我帮你!"

那些绝望的情绪突然就被他轰跑了,我傻傻地看着乱了阵脚的他,忽然觉得有些好笑。我想笑他大惊小怪,眼泪却吧嗒地落下来。

那一天若不是遇上李维克,我不知道自己会发生什么事。他半拖半拽将我弄上他的车后,不顾我要回去上班的要求,开车将我送回家。我看着镜子里蓬头垢面的自己,终究还是点点头,打电话回公司请假。

在我与李维克歇斯底里撕破脸皮大闹了一场后,我没想到我们还能坐在同一辆车上,气氛甚至谈得上和谐。他开的还是我熟悉的那辆辉腾,空气清洗剂依旧是我喜欢的柠檬味,后视镜下方还悬挂着我做的中国结。

我用力地闭上眼睛,不想去看到这些。

"为什么没有丢?"

"习惯了,就懒得去改变。"

习惯是难以改变的,但有的时候,我们会因为懒得改变习惯而错失更多的美好。

我默不作声地看着前方,短短的一段路,李维克转头看了我三次。我没转头,但我能感到那担忧的目光徘徊在我身上,久久没有离开。

车子停在幸福小区F栋公寓楼下,他并没开车门的意思,而是沉默地坐在驾驶座,手还扶着方向盘。

"夏昕,如果不开心或有什么事,你可以给我打电话,我的电话没变。"不知道过了多久,李维克才缓缓开口,"我不知道你发生了什么事,但你现在这个状态很不好,不适合一个人待着,如果不开心我可以陪你聊聊,你不想看到我,找你的朋友也可以。"

"朋友"那两个字像沸腾着的热水,猛地烫伤了我,我刚平复的情绪又一次变得激动。我用力地抿着唇,靠在椅背上闭上了眼睛,不想与他说话,唯恐自己的情绪影响到他。他却误会了:"对不起,夏昕,我从来没想过伤害你,看到你这样我很难过,对不起。"

我睁开眼,他却将头别开。他靠着窗,慢慢地燃起一根烟,只是几秒钟,烟雾便灌满了车厢。他伸出一只手开窗,脸依旧朝着窗外,冷风迅速地涌进来,冲散车厢里的烟味。我认真地观察着他的侧脸,下巴冒出青色的胡楂,脸颊微微往里凹陷,整个人笼罩这一股阴郁的气息,与从前的他大相径庭。

他看起来过得并不好,但我知道不是为我,而是为了另外一个人,但我还是有一点难过。就像在路边看到了衣衫褴褛的乞丐,就像看到在冷风中等待儿女放学的母亲,就像,就像看到趴在马路上默默掉眼泪的自己。这种难过无关情爱。

不知为什么,在这一刻,我突然相信了他:相信他不是故意伤害我,相信他很努力去尝试喜欢我,相信他此时对我的关心并非虚情假意。我听到自己颤抖的声音,带着浓浓的鼻音:"我早已经忘记你了,你别以为自己还有多了不起,我哭是因为别的事,你别自作多情!"

他熄了烟,在冷风中慢慢露出一个笑。

"夏昕啊,你看你,自顾不暇还来安慰我。你是我认识的最善良的女孩,如果有人伤害你,肯定不是因为你不好,而是因为他们是像我一样的人渣。"他按下开门键,又点燃了一根烟,"不要为我们这些人渣难过,不值得。"

我慢慢地朝他点头,开门下车。我走了两步又折返,认真地对李维克说:"你别再为难自己了,去找宫雪,和她和好,或者忘记她,重新开始自己的生活,别再折磨自己了。"说完,我便大步朝楼上走去。

"那你会原谅我吗?"李维克在身后大声地问,"你能原谅我吗?"

"对不起,我不能。"我停下脚步,却没回头。

虽然我相信他并非有意伤害我,也能理解,但这并不代表我能原谅。就好比一个人被生活所逼走投无路去抢劫最后被警察抓了,我们同情他为他惋惜,但也无法抹杀他曾犯下的罪。

接下来的几天,我过得异常艰难。

每天去上班我都带着痛苦与纠结,完全不知道该用什么方式与小优相处,倒是她让我大吃一惊。当第二天我和小优在办公室相遇时,她当着众人的面笑盈盈地和我打招呼。我看着她那张年轻漂亮的脸,没说话,转身朝自己的座位走去。在我坐下去的那一刻,我听见小优委屈地抱怨着:"夏昕,你怎么不理我呀,是我做错了什么吗?"

她的声音很大,半个办公室的同事们都听到了。在各种询问的眼神里,我努力了很久也挤不出一个笑,只能木着脸看着她一个人唱戏。我并不想与小优针锋相对,或者可以说我怂说我胆小说我软弱,毕竟我们曾经是朋友。但她显然不想放过我。

当我拿到当天的《今报》时,却发现B版原本给我的版块换成了小优的新闻,我找到主编那儿问缘由他却一脸"你还敢说"的表情。

"小谈啊,无论做什么事,我们都要有责任心,更何况我们是做新闻,更要有社会责任感!你昨天说请假就请假,说不来上班就不来上班,你的稿子我让你回去修改一遍再交上来,结果呢?你连稿子都没交,还敢来问我为什么新闻换成了小林的!"

"主编,我稿子修改好了,打印出来放在桌面,我和柯姐说了呀。"

"没有,我找了没有。我还让小林给你打电话了,人家打了不知道多少电话,你电话一直关机!所以我才让小林临时赶了一篇稿子替上!小谈啊,你来报社也一年多了,怎么还是这么没有责任感,你和小林关系好,多和人家学学……"

小优姓林，林优。

我没有和主编继续理论，声嘶力竭告诉他我昨天把资料放在电脑桌左上角，今天回来鬼知道它怎么不见了，也没有哭闹着和他申辩我的手机昨天一整天都开机，我还收到了中国移动发来的好几条广告短信接了周舟不回家吃晚饭的电话。

我低着头，发自内心地和主编道歉："对不起，我错了。"他可能没想到我会突然低眉顺耳地道歉，挥挥手让我出去工作。

我回到办公室，小优立刻迎上来，她看起来非常局促，不安地拉着我的手："夏昕，对不起，昨天你电话一直打不通，所以我只能找主编。我不是故意要抢你的版面，真的，你相信我。"

我冷冷地拂掉她的手，将手中的报纸砸在她脸上："不要碰我，贱人。"

我的声音不小，半个办公室的人都听到，他们错愕地看着我们，有些不可置信。小优的脸色有些难看，但只是一瞬间，她又换上了另一个有些委屈的表情："夏昕，你怎么能这样！我们是朋友啊，这次的事也不是我的错，你怎么能这样对我！"她的声音带着哭腔，委屈地控诉我，我不想看她做戏，回到座位继续工作，好几个同事都去安慰她，默默朝我投来责备的眼光。

仅是一天，全办公室都知道我和小优闹翻的事，同事们大约都以为是因为版面的事，也没来劝说。倒是柯姐私底下找了我两次，开口便单刀直入："你和林优怎么了？怎么闹成这样？前几天还不是很好。"

我有很多话想说，可却不知从何说起，只能摇摇头和柯姐道歉："对不起，柯姐，我不会影响工作的。"

柯姐倒是笑了，有些无可奈何："你啊，道什么歉，这是你们的私事，我只是多嘴过问一句！我相信你不会因为一点小事就和她闹成这样，但你不想说就算了，别影响工作就好。"她拍拍我的肩，"有什么事和我说，不要和她正面交锋，你性子急，这对你没好处。"

我深吸了一口气，用力地对她点头。

我和小优就这样从勾肩搭背的朋友一夜之间变成冷脸以对的仇人。我修行不够，无法像她一样在捅人一刀后摆出"我们是好朋友只是闹了小别扭"的模样，更何况，我还是被捅的那个。

随着时间的流逝，我对小优的感觉越来越淡，就像一颗甜得腻人的奶糖在嘴巴里慢慢融化,慢慢变淡。时间拥有改变一切的力量,无论我们是谁,都无法阻止时间马不停蹄的脚步。十二月就这样在低潮中流逝了一大半。

这个十二月,对我们每一个人来说都是不太平的。

对门的向阳似乎每天都在忙着训练,每天一有时间便往那冷清的游泳馆奔去,据说是准备参加国家队的选拔。这是他一直以来的梦想,所以他自虐般地训练,一天有三分之一时间是进行体能训练,三分之一泡在水里,另外三分之一用来吃饭睡觉和上课。

同样忙碌的还有周舟。

周氏企业动荡不安,股票价格一直下跌,这半个多月时间,周舟每一天都是在加班,回来还要开夜车看书到凌晨,准备一月份的考研。我就眼睁睁地看着这个人像吃了减肥药一样一天一天地变瘦,她的眉头几乎每一天都是皱着的,可我无法为她解忧。在圣诞节的前夕,周舟的父亲因为劳累和压力又一次进了医院,周舟每天奔波在医院、公司和家。

那大概是我第一次真正承认她和我不一样。她就像一个雷厉风行的女超人,用坚硬冷厉的钢铁将自己包裹起来,只有在最亲的人面前,才露出本来的模样。

我坐在沙发里看她给医院里的父亲打电话,声音依旧沉着冷静,像一个真正的大人。

"爸,你别担心,好好养病,一切有我……路放那边,我会找他谈的……你放心,我可以,相信我……嗯,你多休息。"

打完父亲的电话后,周舟又打了另一个电话,约了他在某个商务酒店见面。

见她要出门,我不知为何竟有些害怕,像个小孩阻止母亲出门那般用力地拉住她的袖子:"周舟,你要去哪?别去!"

她比我高,还穿着高跟鞋,居高临下的睥睨我好一会儿,见我还没有放手终于绷不住,露出久违的笑:"放手,姐姐要去忙了,回来给你带好吃的。"

"你和路放打电话是不是?我听到了,你约他出去,别去!他那个人渣,会欺负你的!"

周舟瞠目结舌地看着我撒娇,一脸受不了:"好了,放手,我不是和他约会,我去谈判。他一连抢了周氏好几块地皮为的不就是逼我出面吗?我总不能不给路总面子不是?还有,上次他让人拍的照片也得给人送回去,我没有收藏他照片的癖好。"

见我还没有放手的趋势,她叹气:"夏昕,我姓周,我有我的责任。"

我怔怔地放开手,看着她骄傲冷漠地走出大门,心里有一种说不出的感觉,同时我想到了傅亚斯。

在十多天以前,他也是这样沉着冷静地告诉我,他有他的责任。

责任这个词就像一个巨大的枷锁,扣在他们的手上,无论他们愿不愿意、心里想的是什么,都要跟着拴在枷锁上的铁链走。

圣诞节就在这种肃杀的气氛下降临了,恰好是周末。

去年的圣诞节,我是和李维克周舟一起度过的,那时我们刚确定关系不久,他请周舟吃饭。当时我们怪异的三人组合往西餐厅里一坐还引起了不少人围观,我甚至想得起他在席上和周舟的唇枪舌剑落败后诡异的表情。

时隔一年,我和李维克分手,周舟忙着安抚民心压根没时间陪我,我决定将自己关在家里一天,不要出门免得被外面浓烈的节日气氛触动。

圣诞节下午,下了今年的第一场雪,向阳欢乐地过来拍门,让我一起去超市,晚上去他家吃火锅。

当天晚上,我在冉书瑶的白眼中留在了对门吃火锅,向阳不断地给我夹菜,而冉书瑶始终阴着一张脸,当我从锅中夹走她爱吃的日本豆腐时,她猛地从椅子上站起来,"谈夏昕你够了!"

我看着她,火锅不停地翻滚着蒸腾出大片的雾气,我还没来得及开口逗这个咬着下唇一脸倔强的小女孩手机就响了。看着屏幕上跳动的傅亚斯三个字,我愣了一下,走到阳台。

冷风像刀子一样往我脸上招呼,我轻轻地关上了阳台门,依稀听见冉书瑶委屈的控诉和向阳无所谓的安抚,我轻轻按下接听键:"喂,你好。"

"夏昕,是我。"傅亚斯的声音听起来有些沙哑,带着微微的鼻音,"圣诞快乐。"

一时间我竟不知怎么回话,只得闷闷地回了一句"圣诞快乐",便不知道说什么,他也没说话,一时间气氛有些尴尬。他似乎站在一个空旷的地方,还能听到风"呼呼"地吹着。我问他:"你在哪儿?"

"在外面。"

"哦。"

就在我打算结束这无聊空洞的对话时，不知出于什么心理，站在围栏边的我朝外望了一眼，然后我便在一片白茫茫惨淡的雪地里看到傅亚斯，他穿着一身黑衣站在雪地里。

我们之间的距离大概是20米，他低着头，我看不清他的脸，可我却知道，站在那里的人是他。

他似乎感觉到了什么，忽然慢悠悠地僵硬地仰起头。

我想，他一定看见了我，和我的惊慌失措。

在很长一段时间里，我都活在对自己的鄙夷和谴责里。

我信誓旦旦地向自己保证不再与傅亚斯纠缠，却一次次地违背自己的话，将巴掌一个又一个地打在自己的脸上。起初我对他是排斥的，见到他便逃之夭夭，当他一次次出现在我面前，那些细碎的恨意慢慢被冲刷，一点点地消失，现在我甚至已经能坦然地与他面对，接受他的帮助，在接到他的电话时不再苦大仇深，能笑脸以对。

人生总在不停地重蹈覆辙，当初我们走错的那条路，即使再给我们一次机会，依旧会走错。就如当初爱错的那个人，明明知道不能爱，当他站在你面前，还是忍不住地想靠近。

而现在，当我看到他站在楼下，身上落满雪花时，行动已不受大脑控制，待到反应过来时我已穿上大衣准备下楼。向阳手里还拿着筷子，眼睛像两个玻璃球一样圆滚滚的，他问我："姐，你要去哪里？你还没怎么吃呢！"

"我下楼一趟，很快就回来。"

"喂，谈夏昕，你当这里是饭馆啊，想来就来想走就走……"

我轻轻地关上门，将冉书瑶的碎碎念与白眼隔绝在门内。

我走得很慢，六楼的楼道灯刚修好三四楼又坏了，阴暗的楼道里，只能看见自己模模糊糊的影子，与夜色糅合在一起，若隐若现。从六楼到楼下我用了三分钟，傅亚斯站在那儿岿然不动，仿佛一尊套上衣服的雪人。

此时看到傅亚斯，我当了机的脑子才慢慢恢复运转，我突然想到：我为什么要下楼？下楼做什么？

雪花纷纷扬扬地从天上飘落，他头上和身上落满了雪，鼻子微微发红，见我发愣，轻轻地笑了："我没什么事，只是突然想到你，就来看看，祝你圣诞节快乐。抱歉，我没准备什么礼物。"他说得很慢，瓮声瓮气，脸上的表情有些僵硬，似乎被冻结了。

我摇摇头，觉得自己该说些什么打破沉默，于是我说："来了怎么不上楼？天气挺冷的。"他似乎没想到我会这样说，轻微摇了下头："我没有来打扰你的意思，只是这几天天气冷，没有活动，我没事就到处逛逛，恰好逛到你家楼下，就想给你打个电话。真的就这样，我要走了。"

我刚酝酿起来的情绪被他的小心翼翼击得粉碎，这样的傅亚斯是陌生的，他在时光的打磨中变得成熟，也变得胆小。我张了张口，最后挤出一句："那你路上小心。"

他转身走了两步，又像是想到什么，回头道："上次那个女孩，就是叫什么书的那个，她是你的朋友吗？"

"她住我对门，怎么了？"

"前几天看到她和一群人在一块，嗯，算是我以前的朋友吧，但也不算是朋友。"他说到这儿自己先笑，"她和他们在一块，那些人都不是什么善茬，你叫她还是谨慎一些吧。"

傅亚斯说得隐晦，我还是懂了。他以前的朋友大多都是有钱有势的官二代富二代，冉书瑶这样一个小女生和他们混在一块，哪里能讨到便宜。

他笑着对我挥手，带着严重的鼻音："你上去吧，天气冷，别冻感冒。"说完，他便大步地走了，没再回头。

他远去的背影慢慢消失在路灯下，我低头看着地上两团深深的脚印，有些冷，那些风雪像吹到我心上。他就像他所说的，不再骚扰我，可我在这个寒冷的冬夜却衍生出一种失落和孤独来。

我甩了甩脑袋，抑制住自己那些乱糟糟的想法，回过身却看到了向阳，他站在楼道口的阴影中，吓了我一大跳。

"你怎么下来了，我说了我很快上去的。"我推他的后背，"上去吧，这里好冷。"

"姐，那个人是你的什么人？"向阳蹭着地上的雪渣，声音含糊地问，"你和那个医生分手就是因为他吗？你很喜欢他吗？可我看不出他哪里好！他那样的人，配不上你！"

面对他一连串天真的质问，还有对傅亚斯隐隐的敌意，我讶然，好一会儿找回自己的声音，扯出一个笑："哎呀，你这个小孩子，怎么管得那么宽呀，快走吧，免得等下冉书瑶又要生气了！"

"姐，我不是小孩子！我早过了十八岁，身份证都领了几年，你别总当我小孩子！我不喜欢这样！"他突然提高了声音，有些恼，"你别当我小孩子，我只比你小四岁而已！"

向阳站在我面前，比我高了整整一个头，我仰望着这个少年，不得不承认，在这短短的一年半里，他从一个天真活泼的大男孩慢慢向男人的方向发展，他高大、认真、帅气、浑身洋溢着青春的气息。

他真的不一样了，只是我一直没发觉。

向阳居高临下地看着我，让我感觉到一种从未有过的不安和压迫。

我抬起手，想要去拍他的肩膀，像从前的每一次，可他侧开身，躲开我的手。

"姐，我不是小孩子。"说完，他大步地迈上楼梯，蹬蹬蹬地往楼上走。

待我重新回到楼上推开向阳家的门时，他已恢复正常，正和冉书瑶争夺最后一颗牛肉丸，争得面红耳赤。被他这一闹，我也就将傅亚斯提醒我的事儿给忘了。虽然隐隐约约觉得有些不安，但当天晚上发生了一件更了不得的事，以至于我完全将这件事抛在脑后。

在这个圣诞节接近尾声的时候，我接到周舟的电话，她像往常一样告诉我自己不回家，让我锁门，就在我即将挂断电话的前一秒，我听到电话那头一个熟悉的声音，他似乎喊了一句"小舟"，我还想说话，那边已经撂了电话，我再打过去对方一直提示关机。

周舟直到第二天清晨才回到家，满身的酒气，一进门便摊在沙发上一动也不动。我一夜睡得胆战心惊，看她这副模样更是紧张，"你昨晚去哪里了？和谁在一起？"

周舟没睁眼，斜斜嘴角带着笑意："你啊，不知道的还以为你是质疑丈夫出轨的黄脸婆。"

我没有开玩笑的心思，单刀直入："我昨天在你电话里听到路放的声音，你，是不是和他在一起？"

"是啊！"周舟倒没隐瞒，直截了当地承认，她冷笑道，"路总抢了我们家好几块地皮,从周氏挖走了不少人,眼看这趋势越演越烈,我去求他放我们周氏一马,我们一老一少经不起路总的折腾!"

她靠在沙发上,手揉着眉心,看起来疲惫至极的模样。我没有再继续追问,默默地进房间给她拿了张毯子。她的呼吸逐渐平稳,可直到她进入睡梦中,眉头还是紧紧地皱着。我看着她那张尖尖的越来越瘦的脸,忍不住的心疼,像被人捅了一刀那样疼。

这一天,只是一个开始,周舟与路放的持久战正式拉起了序幕。几乎每一天,她要去与路总拼一场,衣着光鲜地出去,狼狈不堪地回来,好几次她都是被小多扶着进门。我几乎就差跪在她面前,求她不要这样折腾,放过自己,给自己留一条活路。

事实上,我求过她,在几天后她告诉我决定放弃考研的时候。当时我在整理稿子,听到她的话,几乎以为自己出现幻听:"你说什么?什么不要了?"

"没什么,一场考试而已,明年再说。"

"考试才多久的事,你请两天假公司就会马上倒闭吗?"

"不会倒闭,但没必要,我有几斤几两我知道,没有把握的事干吗要去做!"

我不知道我为什么会那么激动,整个人从椅子上蹦了起来:"你这场考试准备了多久啊,说不要去就不要,周舟你到底是怎么想的!你他妈的别这么折腾自己行吗?我求你放过自己,算我求你了好吗,你多为自己想想!别和路放斗了,你看你都成什么样子了!"

她轻轻一笑,道:"生命那么漫长,人总不可能一辈子为自己而活。夏昕,很多事不是你想要就可以的。我爸老了,周氏上上下下几百口人等着他养活,我是她女儿,总要为他分担些,不是吗?"

"可是,路……"

"我知道路放打的是什么心思,他不停地折腾着周氏,打的是什么主意人人皆知!我的面子可真大呀,他想折腾我就陪他折腾!"周舟转过身背对我,声音透着冷,"要周氏不可能,除非我死了。要我的心,我也想给他,可惜那东西我早就没有了。"

在周舟放弃考研的几天后,向阳步了她的后尘。

我看着站在门外眼睛发红还在啜泣的冉书瑶,几乎要将眼珠子从眼眶里瞪出来，我还没来得及消化冉书瑶哭着来找我这件事，她就扔给了我第二个炸弹。

"向阳被国家队录取了，今天下了结果，但是他不去北京。"

我不可置信地看着她，若不是知道她不是一个会和我开玩笑的人，我真的会以为她说的是一个笑话。我无论如何都相信不了，那个每天花三分之二时间来训练自己做梦都想进国家队实现父亲梦想的向阳会被国家队录取后放弃机会，我简直不敢相信自己的耳朵。

"喂，谈夏昕，我和你说话呢，你听到没有？你快点想办法劝劝他啊！"

"向阳现在在哪？"

"小区花园。"

当我气喘吁吁地冲到楼下看到喝得醉醺醺趴在围墙下睡觉的向阳时，我气冲冲地揪着他的衣领，想要将他从地上提起来，却提不起，只得伸出脚在他小腿踢了一脚："向阳，醒醒！快，醒醒！"

他不知是睡眼蒙胧还是醉眼蒙胧，看了我一眼，嘀咕了几句又继续睡。

我看着他头顶的发旋，深吸了一口气，提起脚用力地在他小腿踹下第二脚。这一次，几乎是我的脚刚放下，他便叫着蹦起来。

他揉着小腿眯着眼看了我许久，才像发现我的存在一般，委屈地嘟囔着："姐，你怎么踢我？"

"你在这干吗？"我冷笑道，"嫌自己命长，大冬天的来这里喝酒轻生吗？"

他尴尬地别过脸，声音依旧很小，小得几乎要被风吹散。

"我只是心情不好，姐，你别担心我，你上楼吧，这里冷。"

"我以为你心情好得很，不是做了伟大的决定吗？怎么会心情不好！"

"姐，你知道了？"

我看着这张写着"不开心"三个字的脸，怒极反笑："既然不想放弃，为什么还要放弃！努力了那么久终于快要实现梦想现在却扔出一句不去了，你对得起你爸，对得起你自己吗？"

"那个梦想是我爸的，不是我的！当我得知自己被国家队录取的那一刻，我以为我会很开心，可是我一点都不开心！这么多年来，我都以为那是我的梦想，可是现在我才发现，那根本不是！我一点都不喜欢游泳，我也不想进国家队！"向阳在风中蹲下身子，抱住了头，"这不是我的梦想，这个梦想对我来说根本没有意义！"

"既然不是你的梦想，为何一开始要如此拼搏！既然已经努力了那么久，现在放弃不会可惜吗？如果不是你的梦想，你现在为什么会这么难过！"

"我不知道，我真的不知道！"向阳抬起头，眼泪就这样从眼眶滚落，"姐，你不要问我！我什么都不知道！"

"人活着不可能只为自己而活，也不可能只为别人而活！无论是谁的梦想，既然你选择了这条路，为什么不好好走下去！"

他突然吼道："可我有比追逐梦想更重要的事！"

我是冉书瑶派来劝说的，可当我看到他那双湿漉漉的眼眸时，我终究还是狠不下心："算了，你自己的决定，你自己做主，不要让自己后悔就好！"

向阳蹲在地上，把脸埋在膝盖里，像个孩子一样发出小声地呜咽。我蹲在他身上，轻轻地抱住他，"难过就哭出来吧，别憋着。"

细碎的星星散落在天空，瑰丽美好恍如梦境。风将向阳的发吹得乱糟糟，我看着这个高大的正在哭泣的男孩，抑制不住地心疼。

"姐，你知道吗？我不想去国家队还有一个原因，我不想离开这儿去北京，我舍不得你。"

我的心"咯噔"一下，隐隐感觉有些不妙，可我还是笑着回答："无论你走到哪里，你都是我的弟弟。"

他那双亮如星辰的眼霎地就沉了下去。

我扭过头，假装什么都没看见。

chapter.12
如果你听见黑夜的声音

这场大雪从圣诞节断断续续下到元月中旬,气温开始渐渐回暖,办公室里一片欢腾,我没感到多兴奋,大概再过几天,它又会开始下降。

冬天便是这样如此反复循环不断,就像人生,期盼与绝望相互交替。

年关将近,周舟总是很忙,每天来去匆匆,恨不得在背后插上翅膀。在商场摸爬滚打了一年多,她越来越内敛,特别是前几天弄了个中分波波头后,我愈发觉得她可以上电视演女强人或御姐,除了偶尔被我逼得崩溃她会抓头挠腮破口大骂外,我基本没再见她在外人面前生气或激动过,就连提到路放,表情也是淡淡的,仿佛这个人已淡出她的生命。

变化显著的人除了周舟,还有向阳。这个把生命的三分之二时间花在游泳训练上的大男孩在放弃加入国家队后,突然变得空闲,且不知所措,将大把的时间耗费在发呆上。有时上班或下班经过小区花园,我总能看到他坐在长椅上孤独地吹着冷风,表情委屈,像一个迷了路的小孩。好几次我都想和他说话,劝劝他,却不知道该说什么好,只能任由他傻傻地坐在那儿吹风——他的体质好得很,我一点都不担心他会感冒。

在这个漫长的冬天里,我的烦恼并不比向阳少,除了应付永不锐减的工作,还要时不时提防小优会不会在背后突然给你一刀,我的神经总绷得紧紧的,生怕走错一步,便踏入悬崖。

收到傅亚斯短信的时候,我正加完班,坐在回家的公车上,手机在衣袋里震动我毫无察觉。直到我从公车上下来,掏出手机看时间才看到他的短信,那一刻,我的大脑"嘭——"的一声炸开。

我盯着手机屏幕,裸露在风中的手逐渐变得冰凉,我不知道自己站了多久,眼睛闭上又睁开重复了多少次,屏幕上的字依旧没有改变。我慢慢地将手机收回口袋,一步步朝家里走去,可没走几步,我便走不动,双脚仿佛被锁上铁链枷锁,沉重冰凉。

头顶的树枝在风中疯狂地摆动,发出沙沙的声响。我再一次掏出手机,手指僵硬地在电话本来翻出傅亚斯的号码,可得到的回答却是"对不起,您所拨打的电话已关机"。

我用力地握着手机,眼皮直跳,脑海里翻来覆去都是傅亚斯那条信息:夏昕,如果这一次我还能回来,你再给我一次机会好吗?如果我回不来了,那么你就忘记我吧!

在每一部悲伤的电视剧或电影里,如果男主对女主,或者男配对女配说出"如果我还能回来的话""如果下辈子我能遇见你"诸如此类的话,便是这个角色即将挂掉回老家了。

我站在昏暗的路灯下,迅速写下一条信息:你不要用这一招来骗我,老子才不会上当。

屏幕上显示"发送成功",我将手机放回口袋里,继续朝家里迈进两步,可我的心脏以一种不同寻常的速度跳跃着,越来越快,越来越用力,几乎就要从我胸腔蹦出来。

我双手捂住心口,忍不住骂了一句粗话。

傅亚斯为什么会回不来?他去哪里了?我所能想到的,只有赛车场那个可怕的地方。

我在小区门口拦了车,直奔西郊的赛车场。一个多月前的惊心动魄还在我脑海里回放,我在车上一直想着要是在车场遇到老K该怎么办,要理直气壮还是胡搅蛮缠,抑或者偷偷摸摸躲开他的眼线。我想了好几种方案,甚至想到了如果遇到傅亚斯,一定要先给他一巴掌。可我没想到的是,以往喧闹嘈杂如斗兽场的西郊在这个晚上会如此凄清,像墓地一般。

傅亚斯和我说过,他依旧住在从前的公寓里,那里是他唯一的家。

待我来到傅亚斯公寓,距离他发信息给我,已过了一个半小时。记忆是一种可笑的东西,整整一年半没来,我依旧清楚地记得路该怎么走,甚至在我按门铃和擂门都没得到应答后,还能凭着记忆在门口的地毯下摸出一根挂着红线的钥匙。

我像个小偷一样塞塞窣窣地开了门,棉衣随着我的动作发出沙沙的声响。我喊了几声傅亚斯,他不在家。

我说了不想再管他,可终究还是没忍住给颜梦打了电话,那电话响了很久很久,最后才被她接起,声音有些疲惫:"什么事?"

"我,我想问问你知道傅亚斯去哪里了吗?他给我发了个奇怪的信息。"

电话那头的颜梦似乎气急:"他去哪里我怎么知道!是你叫我不要再插手你们之间的事,现在你打电话来又是什么意思!谈夏昕,你真行呀,当了婊子还要立牌坊……"

我憋着气任由她骂,直到她骂够了,才说:"是,我是婊子,但是我现在很担心他,你能帮我找找他吗?"

她沉默了很久,没再对我破口大骂,而是有些无力:"我帮不了你,现在几点了,你看看时间吧!我……我没法走开,我不像你们,想去哪里就能去哪里想干吗就想干吗!如果不是傅亚斯,你以为我会理你们的破事吗?"

她没头没尾说完这段话便挂了,十几分钟后,我收到她的信息。

——今晚有一场车赛,和日本的车手,对外保密,我也打听不到地点。

我颓靡地靠在门上,轻轻抹去脸上的水迹。

屋子里没开灯,窗帘没拉上,投进大片的月光,或是灯光。我安静地打量着这间宽敞的屋子,它与我上一次到来没有任何区别,沙发上依旧扔着抱枕,遥控还是习惯放在音响边,卧室门照例半掩着,甚至连门口的拖鞋都没有变。

这一切熟悉又久远。

我小心翼翼地打量着这座不属于我的房子,眼泪无法自制地往下掉。

谁也不知道,在我看完傅亚斯发来的短信时,有个可怕的念头从我脑海中一晃而过:如果他永远都回不来,那该多好呀。可仅是这样想我就痛苦得不行,就像有人拎着刀子,当着我面剐下我的肉下酒,一口又一口,疼痛、折磨、生不如死。

我一直以为自己放下了傅亚斯,在我直面了自己失败的恋情,原谅他懦弱的过去后,我真的这样以为。我甚至天真地畅想着,或许以后我们还能成为好朋友,偶尔碰见寒暄,一起吃饭聊天,再往后,可能还能笑着参加对方的婚礼,向自己的爱人介绍:"这人是我的ex,我们过去有段很傻很天真的恋情。"

可现在,我却发现永远都不会有那么一天。

我坐在沙发上,把脸埋在不知多久没有清洗过的抱枕上,眼泪顺着棉布往里渗,很快便湿了一片。我像个傻子一样跑到别人家里号啕大哭,哭得迷迷糊糊,脑子像放映机一般不停地闪过从前的画面,这一切像是一只手,用力地撕开我已经结痂的伤口,血又流了出来。

傅亚斯开着车狠狠地撞向路边的铁山,在闪耀的火光中摇摇晃晃站起来。他浑身都是血,头盔的透明面罩也被染成了红色,可他却是笑着的,在一片血红色的背后,笑得十分悲伤。

这是停在我脑海的最后一幕。

我惊慌失措地睁开眼,才发现这一切是梦,我竟哭得累了,坐在沙发上睡着。

一双温暖的手覆在我的手背上,我吓了一跳,尖叫出声。

"夏昕,别怕,是我。"

傅亚斯不知何时回来,蹲坐在沙发旁,目光沉沉地看着我。

"你什么时候回来的?"

他抬头看了一眼挂钟,小声道:"大概四十分钟以前,刚回来就看你睡在沙发上,我以为这是梦。可我不愿叫醒你,也不愿叫醒自己。"

我站起来,认真地打量着傅亚斯,他随着我的动作窸窸窣窣从地上站起来,或许是蹲得太久脚发麻,起身时摇晃了一下。他毫发无伤沐浴在微弱的月光里,像电影里的人那般虚幻。

我抬起手,用力地扇在他的脸上。

伴随着"啪——"的一声,他的脸狠狠地偏向右边。

"妈的傅亚斯,你怎么不去死!你还回来干吗!你怎么不去死啊……"

在他带着诧异的深邃的眸子里,我才发现,自己又哭了。

傅亚斯没有还手,他甚至还没反应过来,呆滞地站在原地,脸保持往右偏的姿势。

我感觉胸口燃烧着烈火,一定要大声吼叫才能发泄得出:"你怎么还有脸回来!你怎么不去死!骗我好玩吗?玩弄我好玩吗!看着我因为你一句话失魂落魄被你耍得团团转好玩吗?我承认我玩不过你,你发一条短信我就吓破胆,不管不顾冲到赛车场找你!舔着脸给仇人打电话打听你的消息,我真是疯了呀!我承认我输给你了!可以吗!我承认我他妈的放不下你,你开心吗……"

我像个疯子一样对着他咆哮,而对面的人始终沉默,直到我宣泄完愤怒我才发现他在颤抖。他锋利的轮廓没有一丝表情,双手蜷成半拳,他的手在打战,脚下的影子亦在颤抖。

在这个时候,我并不知他这个晚上去了哪里、做了什么、经历了怎样的生死挣扎,我只能感觉到他在害怕,像有人拿着枪抵在额头,逼他从悬崖跳下去那般。

"夏昕,我没有骗你。你相信我,我没有骗你!"他的眼眸弥漫着大片的雾气,看起来沉重而哀伤,"我更不是玩弄你。"

"那你去哪里了,你他妈的到底去哪里了!和颜梦说的一样去赛车吗?"

"今晚是我最后 次赛车。"他垂下眼,浓密的睫毛在眼下投下小片阴影,"我没想过骗你,发信息给你的时候,我真不知道自己能不能回来。"

"我很害怕,夏昕。"

"我真的很害怕,我很害怕回不来,那样的话,我爸该怎么办,他会在里面被人弄死的!你知道吗夏昕,当时我脑子很乱,但我告诉自己,一定要回来。"

他慢慢地朝我靠近,小心翼翼地伸出双手圈住我的身体,我僵了一下,正要挣扎,却听见他说:"让我抱一下好吗?就一下。"

我终究还是没有推开他,僵着身体任他抱着。傅亚斯宛如一只经历生死决斗后归来的兽,身上布满了流淌着鲜血的伤口,他弓着身子靠着我,灼热的呼吸打在我耳畔,惊起我阵阵的鸡皮疙瘩。

我一动不动地任由他抱着,像虎口里的羚羊,并非我不想逃脱,而是他的牙齿已透过皮毛进入我的血肉,动辄鲜血淋漓,血肉模糊。

我并不知道,这个夜晚是他人生经历里最可怕的一个夜晚,比他以往每一次赛车都要惊心动魄,也是他第一次为了自己,为了父亲,像一个真正的男人站起来战斗。可这一些,他都没有告诉我。

"夏昕,我们还能重新开始吗?你能再给我一次机会吗?"

他像个孩子一样将头埋在我的肩膀上,声音很小,带着不确定和试探。我张了张口,原本拒绝的话到了喉头却一个字都挤不出来,化成一句冗长的叹息。

这是我与傅亚斯相识的第六年,我们从陌生人到恋人再到分道扬镳用了将近四年。原本我以为我们会这样被时光冲散,开始各自的生活,可他却在我决心将他忘记的时候,像幽灵一样冒了出来,附在我身上。

我无数次想,如果他依旧像当初那样带着他永远的孤傲和盛气凌人,或许我早已将他抛之脑后。可他不是,在他父亲出事后,他从一个大男孩迅速成长成一个大人,勇敢地挑起自己的责任,他在努力地改变自己,学会对生活低头,学会收起自己的棱角,可他依旧没丢失他的骄傲,以自己特有的姿态站立着。

我慢慢地闭上眼,带着走向毁灭的决绝。

我们之间的变化大概是从那个夜晚开始的。

像是一只温暖的大手轻轻地贴在冰上,以自己微弱的温度将它融化,一切看起来似乎没有变化,但其实它正悄悄地锐减,瞬息万变,只是你我都没有察觉。

在这之后的几天,傅亚斯一直没与我联系,只是每天傍晚17点后准时地将这个城市的天气预报发给我。好几次我都想告诉他其实我早开通了移动一个月两块钱的坑人天气预报,在一次充值优惠后它自动开通的,不用锲而不舍地给我转发信息,但最终还是作罢,说不定人家只是短信套餐余量太多。

又过了两天,在阳光温暖的周六,他给我打了电话,说他的赛车改装店开张,问我要不要去看看。

我先是一愣,随即脱口而出:"你哪里来的钱?不是抢劫吧!"

他似乎没意识到我会这么直接,呆滞了几秒才笑着说:"你别担心,不是。那场车赛赢的,加上和朋友借了一些。你来吗?我想你可以来看一看。"

一场车赛能赢多少钱,我不知道。

傅亚斯此时的语气就像一只摇晃着尾巴向主人撒娇的猫,我深吸了一口气,用力地摇头才将这个可怕的想法甩出脑袋。电话那头的人依旧不肯罢休,执著地追问,我咬咬牙,还是说了声好。

傅亚斯的车店在大学城附近,距离不远,我拒绝他来接的要求,自己坐公车,兜兜转转了将近一个小时才抵达。车店装修简陋,店面却不小,主要是改装和修车。我到的时候傅亚斯正在和两个染着黄头发的男生说话,手上戴着一双脏兮兮的布满油污的手套。

他是笑着的,嘴角斜斜带着痞气,阳光暖暖地照在他身上,像镀上一层金色的光圈。我就这样看着他,直到两个黄毛中的一个捅了捅他的手,饶有兴致地说了什么傅亚斯才扭过头,和我的目光撞在一起。

"你来了也不说,发什么呆。"他小跑着过来,袖子挽得很高,鼻尖上还有汗,浑身散发着阳光的迷人气息。

我别开眼,干巴巴地应了一句:"没,我看你在忙,就没有打扰你。"

"不忙,来吧,进来坐。"他朝我露出一个笑,大步地走在前方,那两个黄毛看到我,不正经地开着玩笑,"哟,老傅,这是老板娘呀!真漂亮,老板娘好!"

我尴尬地跟在他身后,看他脱出手套在那两个黄澄澄的脑袋上各自甩了一下:"胡说什么呀你们,这是我朋友。"他们三人扭打在一起,用脏兮兮的手在对方脸上乱蹭着。我瞠目结舌地看着傅亚斯及他脸上的印子,简直不敢相信眼前的人是他。

见我一脸不可置信,他有些不好意思地拍拍手:"这是在赛车时候认识的朋友,高的是萧明,矮的是大木,人挺好的,就是嘴巴坏了一些,我们闹着玩。"

我弯弯嘴角,跟着他往里走,坐在办公室的沙发上,听着他和我讲这个改装车店的历史。

这家车店只有三个员工,他和大木萧明,他们是他后来认识的朋友,和他一样厌倦用命去赚钱的日子想要安稳的生活,所以合伙开了这个车店,技术大多都是这两年自己摸索出来的。为了开这个店,他甚至去学了修车。我才知道那个晚上他去做了什么,他与人赌了一场,签了生死状进行了一场车赛,开店的钱都是那个晚上换回的。

从前阴郁骄傲的傅亚斯似乎换了个人,他眉飞色舞地和我讲着这些事的时候,我却一点都笑不出,心情十分复杂。

"夏昕,你怎么了?"

"没有,只是有些感慨。"

"是不是没有想过我会变成这样?就连我都没想过自己会坐在地上帮人修车。"他低头把玩着那双脏兮兮的手套,"人总是要学会改变,一成不变的人终将会被社会淘汰,没人同情你,没人帮助你,世界上只有自己能带自己走出困境。"

冬天的夜晚寒冷、萧索、寂静。

回到家时,周舟指着摆在桌子上满满的一桌子啤酒,风情万种地笑:"来,陪我喝掉它们!"她的语气就像要我陪她吃一顿饭那样轻松。

"你开什么玩笑?"

"我经常和你开玩笑?我看起来像很喜欢开玩笑的人?"

当我洗完澡换完衣服看到周舟已经开始开喝时,我真觉得世界观都被颠覆了。她坐在地板上,屁股下垫着抱枕,像一个大老爷们一样劈叉而坐,手里拎着一瓶啤酒,特豪迈地喊着我:"夏昕,过来喝酒!"

周舟心情不好时喜欢一个人待在角落里看书,各种学术书和犯罪学心理学;她心情好和心情不好看起来没什么区别,也是安静地看书,不过看的大多是例如《哈利·波特》这种小说。她心情不好时不喜欢说话,但会对我各种挑刺;她心情好时也不喜欢说话,就算我发傻也是轻飘飘的一句傻逼。

所以,当我看到她这副模样,我有些搞不清她的心情到底是好是坏,只能小心翼翼地问她:"你怎么了?发生什么事?"

"没事,只是想喝喝酒。"

"没事怎么会喝酒?到底发生了什么事,你别吓我!"

她放下酒瓶,手揉搓着太阳穴:"小声点,别一惊一乍的,我喝个酒难道一定还要发生什么事?你到底要不要来?"

我斟酌了好一会才在她身边盘腿坐下,拿过她开好的啤酒,一小口一小口地抿着。我像审讯般地对她循循善诱,可她却刀枪不入,只与我说些大学时候的事,再不然就是闷头喝酒。在我们将桌子上的啤酒干掉大半后,在我开始感觉到醉意的时候,周舟突然开口,拖着长音叫我的名字:"夏昕啊……"

我打了个哆嗦,心里突然升起一股不祥之意。

果然,周舟的下一句话是:"我明天开始就不住这儿了!"

"你要去哪里!"我猛地从地上站起来绊倒了脚边的瓶子,叮叮当当地响着,"你要去哪里住?回家?"

周舟喝得比我多得多,可她的眼神却是清明的,将酒瓶子一个个摆好后,才慢吞吞地回答我的问话:"不是,搬去路放那里。"

她的这句轻飘飘的话,像一颗手榴弹"嘭——"地在我脑子里炸开,我连话都说不出,只能看着她,用眼神表达自己的震惊、不解和愤怒。

"你没听错,我是要搬去路放那儿住,明天。"

她连看都没看我一眼,窝成一团坐在地板上,依旧很冷静、清醒,可我却觉得她醉了,不,是疯了。

"为什么?你疯了吗?"我对着她那张漂亮的侧脸咆哮着,语无伦次,"周舟你疯了吗?你忘记他是怎么对你的?你忘记自己说过什么了吗?你前几天还恨不得将他磨牙吮血,你现在是怎么了!你这是疯了吗……"

周舟慢慢从地上站起来,拍拍不存在的灰尘,一句话粉碎我的念头:"我没疯。"

"他逼迫你了吗？他一定威胁你了是不是？他妈的路王八蛋到底对你做了什么？"

"他什么都没对我做，事实上，他听到这件事的时候也是和你一样的反应。"她顿了顿，"不过，他很快便接受，我希望你也能如此！"

看着她那张波澜不惊的脸，我很想重重地给她几巴掌，让她清醒一些。可是我不敢，我只能当着她的面骂几句"疯子""你这个神经病""你他妈的不自爱""我恨你"之类的毫无威胁的话后用力地将房门摔上。

我甚至在房间里大吼："你他妈的敢搬走我就和你绝交！"

可在第二天醒来，周舟的行李已经打包好了，坐在沙发上好整以暇地等我："你醒了，那我也该走了。"

那一刻，我真想拨打精神病院的电话，让他们来缉拿这个叫"周舟"的疯子。

最终我还是送她下楼，帮她提着那个20寸的行李箱，挺轻的，估计就装了几套换洗衣服和一些日常用品，绝大部分衣物还是挤在我那狭隘的衣柜里，这多少让我好受一些。

下楼的时候小多等在那儿，他的面色有些阴沉。

其实我挺理解他的，真的，因为我也不愿周舟去路放那儿住，何况小多。小多对周舟的心思昭然若揭，她自己也清楚，但这并不能影响她，就像当年她对陈川师兄——师兄追求了她整整四年，甚至远走西藏去找她，她还不是一颗心扑在人渣身上？

当我将她的行李塞进后备箱时，我听到小多问周舟："你一定要这么做吗？"

我关上后备箱，没和他们道别，往楼上走。我太了解周舟，她接下来的话一定不会太好听，我在场一定会让小多更难堪。

果然，没走几步就听到她慢悠悠道："你是不是管得太宽了，小多。"

"我只是不想看你又那么难过，你好不容易逃出来了，你还要回去吗？"

有时候我觉得周舟挺残忍的，就像个杀人不见血的刽子手："不然呢？你能拿出两个亿给我不？你能给周氏上上下下几百口发工资不？你不能！小多，你记住你的身份。"

小多站在风里，眼睛很红，嘴角紧紧地抿着，像个倔强的少年。

说实话，我不能理解周舟，但我阻止不了她。

在前一夜，她轻飘飘的几句话切断了最后的退路。

"夏昕，我知道你现在很不冷静。你听着，我没有疯也没有魔怔，这是我想了很久才做的决定，我希望你可以尊重。我知道你担心我，但你相信我，我不会伤害自己，更不会拿自己开玩笑。你和傅亚斯的事我不插话，因为我知道你已经过深思熟虑。现在我希望你能冷静冷静，你相信我，我不会拿自己去开玩笑，我很清楚我自己在干什么！"

周舟走后，我在房间里发了很长的呆，当我在饥饿中晃过神准备给自己做饭发现冰箱空荡荡时才想起，那个说周末要和我一起采购的人已经若无其事地搬走了。

我感觉，天都要塌了。

我失魂落魄地下楼，准备独自去采购，在楼梯口撞到了向阳。他的头发湿漉漉的，手中提着透明塑胶袋，装着同样湿漉漉的衣服。

"姐，你要去哪？"他甩着袋子，看起来心情不错，"你怎么一副倒霉相。"

"超市购物，你要一起吗？"

"那你等等我，我先把衣服放好。"

他"咚咚咚"地往楼上冲，开门，关门，又开门，关门，再"蹬蹬蹬"地跑到我身边，气喘吁吁。我没猜错，向阳心情很好，一扫前几日的颓靡气息，一路上不停和我说话，从2楼A座的鹦鹉说到9楼B座的猫。

我像蜗牛一样慢吞吞跟在他身后，直到他发现不对劲，停下脚步回头："姐，你怎么了？很不开心吗？"

"周舟搬走了，就是住在我家的朋友，她搬走了。"我有些抱歉地开口，"我不是不想理你，只是我现在很不开心。"

"搬走了？回家吗？"

"不是回家，搬到另一个朋友那里，可是我很不喜欢那个人。"

"她知道你不喜欢吗？"

"知道，但她还是去了。"

向阳很严肃地看着我，好一会儿才缓缓地开口："姐，她肯定是有苦衷的，你相信我。"

"苦衷？"

"嗯。"他看着我，左脸颊的酒窝在阳光下若隐若现，像一颗镶嵌在脸庞的小太阳，"很多时候我们做了一些让身边的人难过的事，其实自己并不想那样，却还不得不做。"

"就像你放弃去北京？"

"那几天，我一直睡不好，很颓靡。我觉得自己很对不起爸爸，他在的时候我让他失望，他走了，我连他的梦想都完成不了。但有一天晚上我梦见我爸，他和我说，无论我做什么决定他都支持我，相信我是对的。我几乎是哭着从梦里醒来的。姐，很多时候我们都不愿让关心自己的人难过，可是命运多的是不得已。你就想，她是有苦衷的，这样你会好过一些。"

这个高大的男孩俯视着我，用力地朝我微笑："前些天我很不开心，梦见爸爸那样对我说之后我想通了。我还是要好好地过，从前的生活是怎样的，以后还是怎么样，我要过得更好，在天上的爸爸才不会难过。姐，你说是吗？你也要开心点，不然你朋友会不开心的。"

我用力地朝他点头。

冷空气持续不停地蔓延着，一眨眼便到了年末。

在得到向阳开导后，我和周舟糟糕的关系终于得到缓解，在我发信息表示尊重她的决定且随时欢迎她回家后，她给我电话表示请我吃饭结束了我们之间的战争。遗憾的是，她并不准备搬回来住，甚至没有告诉我她搬去路放家的原因，听到"苦衷"二字，她抽了抽嘴角，表示我的想象力实在丰富。

周舟搬走了，困扰我的最大问题成了吃饭。

再没有人给我做早餐，也没人和我一起吃晚饭，隔壁向阳一放寒假便收拾了东西和冉书瑶一起回家，我连去隔壁蹭饭的机会都被剥夺。偶尔加班叫外卖，偶尔周舟大发慈悲抽空和我吃饭，剩下的几顿晚餐我都和傅亚斯一起解决，在大排档或者面馆。

一开始只是巧合，他给我打电话说和我吃饭我恰好没吃便一起解决。后来他似乎摸准了规律，也知道我没以前那么排斥他，索性三天两头约我吃晚餐，就在路边的大排档和大学城附近以前我常去的那家面馆。

我不知道自己在想些什么，当傅亚斯开口时我几乎没有怎么思考便答应了。从前我便拒绝不了他的要求，而今过去了好几年，他在时光中慢慢蜕变成长，可我依旧没有长进，他开口我便被蛊惑。

好在，他的时间并不是很多。车店刚开始营业，从前赛车的朋友给他们带来了大把生意，每天都要忙到三更半夜。这些都是他在吃饭的时候与我说的，吃完饭他便送我回家，自己再回车店工作。他的目的，好像就是陪我吃一顿饭那般简单。

事实上，我也很忙。

临近年底，报社一片兵荒马乱。工作总结、领导视察、员工评审加上采访、写稿修稿，我几乎要被撕扯成碎片。更让我糟心的是我妈谈师母，在放假的前三个星期，她开始每三天给我一个电话，嘱咐我放假记得带男朋友回家给她看。我不敢告诉她自己和李维克已经吹了，只能三两句敷衍就将电话挂断，可她不肯放过我，依旧锲而不舍地来电巩固我的记忆力。

我简直是要疯了。

正在加速摧毁我意志的人还有另一个，我们的陈主编大人。或许是因为相亲不顺利，或许是因为元旦社里又有人结婚了，他的情绪越来越不稳定，看我尤为不顺眼。几乎每一个专题每一篇稿子他都不满意，在柯姐说了"写得很好"之后，主编回给两个字"狗屎"。就连柯姐都不止一次问我："你是挖了他家祖坟还是卖了他老婆，怎么他那么恨你？"我摇摇头，继续埋头于被圈圈叉叉得花花绿绿的稿子。

起先我都把错误归结在自己身上，觉得是自己做得不好，兢兢业业地按照他的要求修改稿子，虽然改出来的他很可能依旧不满意。

直到那个我忘记带钥匙回家的夜晚，当我又一次折返办公室，才知道为什么主编对我总是不满意。漆黑寂静的报社，只有主编室的灯光亮着，从没有关紧的门隙里，我看到了坐在主编大腿上的小优，她嘟着嘴，正和地中海的主编撒娇，隐约我还能听到自己的名字。

就在第二天，我递交了放假前的最后一个专题，如我所料，主编的回复只有两个字：重写。

我看着主编那张严肃没有一丝笑容的脸，沉默地收回那份写了一天一夜的稿子，将它丢进垃圾箱。

我坐在冰冷的办公室，胸口像压着一块沉甸甸的铁，忽然有些喘不过气来。

这个城市被第三股寒流正面袭击的那一天，我们恰好放假。

我给周舟打电话，想要拉她一起回家过年，好让我妈忘记有带男朋友回家这事，她却义正词严地拒绝："帮我带点礼物给干爹干妈，我下次再去看他们，我家老头身体不好，公司忙，我抽不开身。"

"你和路王八蛋一起过年吗？"

"王八蛋应该和王八一起过年，我不是王八。"她用冷漠严肃的语气和我说了一个冷笑话，可惜我却笑不出。

在回家的前一天，我给傅亚斯发了一条短信。第二天我提着行李下楼时，他却已经等在楼下，没有开车。

"我送你去车站，帮你提行李。"他这样对我说。

我想告诉他我可以直接打的到车站，这样很方便，可当我看到他那双清澈的眸子时，我便什么都说不出，只能任由他提着行李大步走在前面。他走路依旧像以前一样将背脊挺得直直，步伐很大，潇洒自如。我空着手跟在他身后，小跑着才能跟上他的脚步。

走了十来米远，他忽然放慢脚步，回过头来与我道歉："我走得太快了，你别急，我走慢一点。"

我愣了一下，沉默地走在他的右手边。

那一刻，我可以确定我患上了斯德哥尔摩综合征。因为我在听到傅亚斯那句话时，竟矫情地觉得感动，甚至有掉眼泪的冲动。当然，只是冲动，还不至于行动。

年关将近，火车总是爆满，所以我回家坐的是大巴。傅亚斯将我送到车站，将我把行李塞到行李柜后看着我上车他依旧没有要走的意思，站在车子侧方，不知道在想些什么。我朝他挥挥手让他先走，他却只是笑，没有挪步的意思。

直到车子启动，缓慢开出车站，他依旧站在那里一动不动。

我靠着椅背，用力地闭上眼睛，那个孤单的身影不停在脑海中晃动，无法驱除。

回到家已经是晚上八点，听说我爸又去给学生补课，所以我自己坐车回家。当我妈打开门看到我独自一人的那一刻，她原本向上弯的嘴角瞬间垮下："不是说好带男朋友回家吗？男朋友呢？怎么是你自己一个人啊？不是人家不愿跟你回来吧？"

我看着我妈焦急的神色，想如果我告诉她男朋友劈腿了我们分手她会不会突然在我面前倒下，最后在她的追问下，我只能编织了男朋友过年要值班没有年假等过年后补放的烂借口。因为我没前科，所以我妈虽然不大开心倒也没有怀疑我，当我拿出我和周舟买给她的礼物时注意力已完全被转移。

"回家就回家，买什么东西，又不是做客！这是小舟买的吗？你看人家小舟就是比你会选……"看着我妈絮絮叨叨地夸奖着周舟贬低自己的女儿，我真不忍心告诉她那些营养品和按摩器都是我买的我选的，周舟只负责付钱而已。没等我告诉她，她又一惊一乍地从厨房端出一大碗面，逼我吃完后又将我赶去洗澡。

洗完澡我躺在自己的小床上，妈妈不知什么时候帮我晒了被子，松软、布满阳光或者是螨虫尸体的味道。我躺在床上群发了几条短信告诉他们我已安全到家，发完便将手机扔在一边，趴在床上看书。

直到我睡着，都没等到我爸回家。

在群发短信发送成功的一个小时零八分钟后，我收到了第一条回信，来自傅亚斯。

——你回家了，真好。

chapter.13
谁是你的心上蔷薇

我睡了一个漫长的觉。

当我昏昏沉沉醒来时，有那么一瞬间，我以为自己回到了初中。我睡在那张睡了十几年的小床上，稍一动作它就发出"咯吱咯吱"抗议的声响，爸妈在房门外压低着声音说话，隐隐约约还能听见我妈在数落我爸："你早点回来行不？夏昕昨晚一直在等你，等到她睡着了你都没回来，你这是做人家的爸吗？"

我爸的话依旧很少，小声应了我妈一句什么，我没听清。

在我上初一的时候，那些事情还没发生，我爸每天除了上班还要去给学生补课，每天早出晚归，很多时候我就趴在书桌边写作业，不管我妈怎么劝都不愿意回房间睡，可最后还是睡着了，醒来是在自己的那张小床上。第二天早晨就能听到我妈絮絮叨叨地数落着我爸，说他只顾着别人家的孩子放着自己的闺女不管不顾，我爸总是板着脸，不搭话也不生气。

我就这样躺在床上听着外面刻意压低的说话声，兀自地发呆。

我爸轻手轻脚推开房门时似乎没料到我会睁着眼一动不动躺在床上，被我吓了一跳，随即板着脸，像训他的学生那样训我："醒了还不起床，什么毛病，都快中午了！"说完就转身走出门。

我妈在后边扔了他一个白眼，小声道："别理你爸，他刚刚要来看你睡得好不好，被发现了，死要面子！起来吃早餐，妈给你下面吃！"

我窸窸窣窣地从床上爬起，顺手拉开窗帘。

窗外弥漫着浓雾，像一个巨人呼吸出来的白烟，像一个罩子笼罩住这个世界。窗玻璃亦是一片白茫茫，我伸出手贴上去，冷得打了个激灵。

吃完早餐我爸又要回学校，据说高三生们要补习到年二十八，他出门前训了我几句，又问了几句我的工作，最后叮嘱我要好好工作好好听领导的话后匆匆出门。我转头看我妈："师母，你看谈老师怎么老把我当成他的学生训，我是他女儿呢!"

我妈十分不赞同:"你以前不也是你爸教出来的。别说了,快帮忙打扫卫生吧!把碗洗了,地板拖了,等下和我一起去擦窗子。"

我瞠目结舌地看着我妈:"昨天回来我还是你的宝贝,今天就降级为保姆啦?"

这份保姆工作从年二十五做到年二十九上午,最后一天我爸也加入到这个行列,大清早就洗了大门贴上了对联。当我站在大门边审视着刚大扫除完毕焕然一新的房子时,我的手机响了,傅亚斯的名字在屏幕上不停地闪烁。

我看了正在争论着年夜饭要做什么菜的父母一眼,按下通话键。

"喂。"

"喂,夏昕。"电话那头很吵,傅亚斯的声音很低沉,"先祝你新年快乐。"

"新年快乐,万事如意。"我随口问道,"你在哪里,怎么那么吵?"

他似乎愣了一下,声音有些飘:"没,在外面。你最近在忙什么,回家开心吗?"

他没说我也没继续追问,和他瞎聊了几句,就在我们结束通话前,我听到了一个奇怪的声音,我从来不知道自己的感觉是这么敏锐,我打断他的话,问:"你在哪里?"

他似乎没想到我突然这么严肃,顿了一下,道:"我在外面。"

"外面是哪里?我怎么听到一个男的带我们这儿方言说要去文冠路?文冠路就在我家后面!你在哪里?"

好一会,我才听到他沙哑的声音:"汽车总站。"

除夕的车站比往常更加喧闹,提着大包小包的行李匆匆而过,脸上洋溢着喜悦与焦急。

傅亚斯穿着一件黑色的中长款呢子大衣,一只手插在口袋里,一只手按着手机,冷冷清清的表情与周遭的兵荒马乱格格不入。

他整个人萦绕着一种萧索孤独的气息。

我在距他二十来米的地方停下来,心里一阵难受,我大声地喊着他的名字,看着他像电影中的慢放镜头一样转过头来,慢慢地浮出一个笑。

他快步朝我走来,最后停在我面前。

我看着他,问:"你怎么来了?"

"夏昕,我没想过来打扰你。"傅亚斯斜着嘴角,垂着眼不知道在看什么,但他依旧是笑着的,只是那个笑看起来极其不自然,我甚至觉得他是局促的,"我没想过来打扰你,我只是想来看看你生活的城市,给你打个电话而已。我已经买好回去的车票,等下就走。"

那种奇怪的感觉越演越烈,在傅亚斯解释了之后。

"你要回去过年吗?"

"大木和萧明前几天回家过年了,车店也关了。我原本想和他一起过年,但我昨天去看他,他,他不愿见我。"

傅亚斯笑着说出这句话,眼眸里却覆盖了浓浓的失落与孤独,像每个冬天早晨萦绕在窗外的烟雾。这样的傅亚斯看起来温润无害,却依旧让人不敢靠近,唯恐一不小心便将他碰碎。我不知道自己在想什么,竟对他脱口而出:"要不你来我家过年吧,现在回去太晚了。"待我反应过来,话已经顺着空气成功传播到傅亚斯的耳朵里。

阳光下,傅亚斯脸上的表情瞬间变得生动起来,在他惊喜又紧张的情绪里,我始终无法将那句"我刚刚是开玩笑"的话说出口。

傅亚斯就像他所说的一样,并没想过来打扰我,只是来看一看便走,他几乎什么都没带,包括换洗衣物。我和他一起去了商场,买了一身换洗衣物,走出门时他似乎又想到什么,对我说"你等等"之后迅速地冲进商场,再次出来他手上除了那套新衣服外还有两大袋看起来像是礼品的东西。

在我错愕的眼神里,他轻轻地微笑:"是给叔叔阿姨的礼物,第一次去你家作客,不好空手。"

从商场回到家,已经将近傍晚,当我妈看到傅亚斯时,她的表情五光十色,隐隐约约有一种叫做惊喜,我知道她在想些什么,及时开口打断她:"妈,这是我大学同学傅亚斯,今天他来我们这儿出差我便叫他留下来过年。"

傅亚斯虽有些诧异,但入戏得很快:"叔叔阿姨,过年好,我来打扰了。"

"不打扰不打扰,小傅是吧,来坐坐坐。"

因为我爸的学生经常来我家,往年也有家在外地的人来我们家过年,所以我爸妈并没觉得奇怪。傅亚斯像变了个人般,风度翩翩彬彬有礼,在椅子上坐得笔直,连我爸那种不苟言笑的人都难得地多说几句,一板一眼地问着我在外面发生的事。

  我妈悄悄拉着我进了厨房,像间谍一般鬼祟:"夏昕,你和妈说实话,这是你同学吗?还是你男朋友?"

  "妈,真是我同学。他,他爸妈都在外国,他一个人过年怪可怜的,所以我就把他叫过来过年。"我脸不红心不跳地和我妈说谎,"真没骗你。"

  她一边摇头叹气说着"可惜了可惜了",一边低着头切水果。而客厅里的傅亚斯不知和我爸说了什么,逗得他少有地哈哈大笑,还从柜子里拿出了棋盘,要和他对弈。

  傅亚斯紧绷着的神经慢慢放松,换了个放松的姿势坐在柔软的沙发里,像我爸的学生那样喊他老师,我听见他说:"谈老师,我下得不好你别生气。"

  灯光下,他笑得特别美好。

  我爸已经很久没有这么放松。

  自彭西南去北京后,再没有人陪他下棋。他教的学生一届一届地毕业,偶尔回来探望他也是稍坐便走,极少有人能像傅亚斯这样,和他对弈好几个小时。

  往年吃完晚餐我们全家都会守在电视机前看春节联欢晚会,结果我爸有了棋友后,连晚会也不看,直接拉着傅亚斯往椅子上一坐:"来,我们再来下几盘。"直到我们看完春节晚会,他才在我妈的催促下恋恋不舍地去洗澡。

  我家没有客房,傅亚斯晚上睡的是书房的小床,那张床很小,我爸偶尔批改作业晚了会睡在那儿。

  "我家有点小,你别介意,晚上冷我给你多抱一床棉被。"我将手中的被子递给他,"快睡吧,明天我带你出去玩。"

  傅亚斯抬起头,小声地和我说了谢谢。待我走出门才听到他后面的半句话:"谢谢你让我过了一个这么温暖的年。"

  第二天一大早,我还在睡觉就听到我爸的声音:"将军,小傅,这盘你输了。"我刚走出房间,便看到我爸和傅亚斯坐在昨晚的位置,正下棋下得欢快。见我开门,傅亚斯回头看了我一眼,目瞪口呆。

  我还没反应过来我爸已经拉下脸:"怎么这副模样,快洗漱去。"

  待我洗漱完出来我爸已经收了棋盘,和傅亚斯一起坐在餐桌前,打破了他规定的食不言寝不语,激动地和傅亚斯讨论着棋局。我望向我妈,她无奈地对我摇头:"他已经疯了,早上一大早就把人家小傅叫醒,说要和他下棋,人家小傅都没睡醒,给他弄得一头雾水。"

"没事师母,我醒了已经。"傅亚斯像只温暖柔软的兔子,笑得特别无害,我打了个寒战,坐下吃早餐。

傅亚斯一直在我家住到初四,接下来的两天只要眼睛一睁开便被我爸拉去下棋,直到睡觉时间到了才放过他。直到离开前一天,傅亚斯让我带他到处去逛逛,我爸才依依不舍让我带他出去玩。

出了大门,我对傅亚斯说:"不好意思,很久没人陪我爸下棋了,他棋逢敌手,太兴奋了,你别介意。"

他侧着头看我,脸上的表情很淡,却是微笑的:"我很开心,我也很久没有下棋了。"

"你看起来不像会下象棋的人?"我问出了心里的疑问,"谁教你的?"

"我爸。"傅亚斯垂着眼,声音不大。好一会儿,我才听见他接着道,"我已经有很多年没和他下棋了。"

气氛一下子变得尴尬,傅亚斯说完这句话后,又回到了之前的状态,整个人笼罩在沉沉的阴郁里。我不知道该如何打破他的悲伤,只能故作欢快地对他说:"我带你去我小学看看吧,那所学校快拆了,我以前还翻过墙逃过课!"

他走在我的右边,迈着和我相同频率的步伐。我化身成为导游,带着他到处乱逛,去小学看我从前坐过的课室和桌椅,去小时候我们喜欢爬的小土坡,去以前我最喜欢去的文具店和小卖部。起初我只是打算带他逛一圈,没想到经过那些熟悉的地方会勾起自己的回忆,我突然兴奋起来,像只麻雀叽叽喳喳地和他讲着我以前的生活。我沉浸在自己幸福的回忆里,一直没发现傅亚斯始终是沉默的。

我又一次发现时光的力量十分庞大,当走到初中时,我甚至可以云淡风轻地对他说:"这是我的初中,我爸以前也在这儿教过书,不过我初中时发生了很多事,有一段时间我不大愿意回来。但现在我知道,过去就过去了,它不算什么,再悲伤苦痛,它都是过去,不会跳出来再演一遍。"

"我的学生生涯没什么值得铭记,只有一片黑暗。如果问我,人生中最美好的事是什么,我想是遇见你。即使我们曾让对方难过、伤心、绝望,但这都无法泯灭你曾经给我的美好。"

傅亚斯抬起头,眼睛像黎明的天空,透着朦胧的光亮。

傅亚斯是在大年初四清晨离开的,最难过最不舍的人是我爸谈老师。他听到傅亚斯说要离开后,他将眉头皱得死紧,好一会儿才挤出一句:"以后有空就和夏昕多来玩,别客气,把这里当自己家就好。"

我瞠目结舌地看着他,简直不敢相信那是谈老师说出来的话。

我妈给傅亚斯塞了一大袋土特产,保持着她特有的风格:"小傅呀,这些你带着车上吃,喜欢吃什么和师母说,下次师母给你邮过去。有空就多来玩,不过下次来别乱买东西了,那些什么营养品我们吃不上,别浪费钱……"

傅亚斯认真地听着他们讲话,时不时点头,像小鸡啄米似的。他低着头,所以我并不知道,在听到谈老师与师母说话时,他像个幼儿园的小孩听到第一句夸奖似的,激动得差点红了眼眶。

我送傅亚斯去车站,他对我说:"你家人真的很好,像你一样。"

傅亚斯离开后的第三天,我亦要离开家回去上班。临行前,我妈鬼鬼祟祟地将我拉进房间,忧愁地看了我整整十多分钟才在我催促下慢吞吞地开口:"夏昕啊,你老实和妈说,到底是不是?"

"妈你要我说什么?"

"你是不是和那个医生散了?"

我怔了一下,对上我妈明亮的眸子时有些心虚,将脸别开:"为什么这么问?"

"如果不是散了,你回来这么多天,除了周舟和几个同事,我怎么都没听你给那个医生打电话?"以往神经粗得像电线杆子的妈妈突然变得敏锐,"而且你看起来不像恋爱的人,反而像电视里那些失恋的女孩子,总心不在焉。"

我咬着唇,好一会儿才点头,妈妈叹了口气,拍拍我的肩膀,没再说什么。

去车站的时候,我死活不让他们送,我妈和我争了许久都没拗过我,无奈地骂了一句"死孩子"就愤愤进屋去了。我知道,她其实是不想看我的背影,这些年,每一次我从家里离开她都要哭一场,仿佛我要去的是刑场。我甚至不能在她面前说这样的话,因为她觉得那不吉利,会给我带来灾难。

我爸谈老师沉默地帮我把行李提到门口,伸出手似乎想要摸我的头,抬起却又突然放下。我吸吸鼻子,嬉皮笑脸:"爸,想要摸我头就说,这里没外人,你摸吧,我不会介意!"

他被我戳破心思显得尴尬,板着脸看我,我继续笑,笑到他无奈地摇头叹气,忍俊不禁："你啊，总是这样没心没肺。"

"哪能，没心没肺我早死了。"

我爸瞪了我一眼，板着脸开始每次分别都必需的演讲："谈夏昕，在外面要准时吃饭，不要熬夜知道吗？在公司上班要听领导的话，好好工作，不能耍小孩子脾气，不能欺负同事，和人好好处。该花的钱不要省，不该花的不能乱花，知道吗……"

无论听过多少次，每次谈老师说这番话我都会下意识地站直身体，像他的学生挨训一般。我爸话并不多，说完这番长篇大论或许自己也觉得奇怪，拍拍我的肩膀，道："你走吧，别误车。"

我没有回头，一步步往与家的方向背驰而行。

即使没回头我也知道，爸爸一直站在原地看我，目光温柔。

我从没想过自己开开心心结束假期回到办公室面对的会是那样一个场景。

当时于我，就像噩梦一般。

后来我想，那其实也不能算是噩梦，那更像是一只手，轻轻将我从美梦中推醒，告诉我，别做梦了，该回到现实了。

当我推开办公室门时，我便发现了异样，那些落在我身上的目光，带着窥视、鄙夷、玩味，伴随着窸窸窣窣的低语和冷笑。可当我抬起头，看向他们，一切又归于平静。我慢慢地走向座位，看到那张报纸时，我很奇怪自己竟没有感到震惊，只是非常的难受。

我说不出那种滋味，就像你走在路上，有人拿着一桶臭气熏天的屎尿泼向了你，然后一走了之。面对众人惊恐恶心的表情，我不知该怎么办，只能尴尬难堪地站在原地。

这样的情况我并不陌生，就在三年多以前吧。

那天和往常并无区别，我照常去上课，一路上却发现同学们看我的眼神异样，直到我抵达课室周舟才将她的ipad连上网，打开了学校的BBS。那时啊，我几乎要崩溃。

我的父亲与他曾经的学生我当时的辅导员张诗诗的往事被有心人挖掘，还有母亲自杀，我约张诗诗出来谈判，却错手将她推下楼梯使她流产，这些都被清清楚楚楚明明白白地写了出来,加上各种猜测和华丽的描写,将我描写成了恶毒残忍的巫婆。

而现在,我又一次被推到风口浪尖。

两年前的旧报纸已有些发黄,边角略微破损,但上面字体却清晰:女大学生心狠手辣,残害母女所谓何故,与之一起的是我的照片。虽然文章中用了化名,照片也打了马赛克,但学校却没隐去,认识我的人一看便知道那是谁。

窗外是大片的乌云,似乎要下雨了。

同事们似乎都在工作:打印、粉碎、校对、排版,但只要我低下头,那些目光便肆无忌惮地飘了过来,没有一个人来和我说话,没有一个人来问我。我用力地瞪着电脑,"噼里啪啦"打字,努力不让眼泪掉下来。

最后,我决定冲杯咖啡让自己清醒一些。

在我将热水倒进杯子里时,小优恰好推开了茶水间的门,咖啡香伴随着湿热的雾气往上溢,她脸上挂着一种似笑非笑的表情:"夏昕啊,我想和你说个事!"

"你什么都不用说,我知道是你!"

"不,是你的好朋友林朝阳,你不是推荐我去跟她买保险吗?只是一份意外险,她就将你卖了。你看看你,多可怜,还抵不过这几百块钱!"她漂亮的眼睛弯成了一条线,"我还以为她骗我呢!没想到还真给我找到了资料,说来奇怪,那件事也算轰动,但居然没有多少媒体报道,也不知道是哪个贵人帮了你!可是啊,终究还是给我找到那份报纸,你说是不是因为你太作,连老天都看不下去呢!看着你这样,我真是开心呀!"

她的笑刺眼得不行,我几乎没有犹豫抬起了手,可我还没碰到她,却被反手抓住。只是一眨眼,她的眼睛在空气中迅速涨红,铺盖上大片的水雾:"夏昕,你为什么打我,那张报纸不是我放的呀,我相信那不是你,你不会那样做的!可是你为什么打我……"

她的声音很大,带着剧烈的哭腔。几乎是同时,两个男同事就迈进了茶水间,震惊而愤怒地瞪着我。

此时,小优已成功将眼泪从眼眶里挤出,看起来多么的楚楚可怜。我越过她,在众人不可思议的眼光里端着水杯走向办公室,透过玻璃门的反光,小优脸上的悲伤已转化成不可思议。

我的另一只手,紧紧地攥成了拳头。

整个办公室乱哄哄的一片，我看到许多张嘴张张合合地说着什么，可我什么都没听见。从茶水间到座位不过几十步的距离，我却走得异常艰辛，就像童话故事里的美人鱼，一步步都像踩在刀尖上。

我很想把手中的杯子砸了，用玻璃碎片和大吼大叫告诉他们那不是我做的，是那家小报社对我的诬陷。可这又能怎么样，没有人会相信，有时候语言在文字面前，是不堪一击的。

我一直没有哭。

直到当天下午开会，从社里几个老记者指桑骂槐说了一大通伦理道德和个人作风，再到主编当着众人的面严厉将我训斥了一顿，字字句句都是"要好好和同事和谐相处，不能搞办公室政治，不能欺凌弱小"。

可我仍是没有哭，我在心里不停地对自己说：你没有做过，你别怕，那不是骂你。

若是以前，面对这样的局面，我可能会垂头丧气听着训斥。而现在，我看着他义正词严的脸，脑中尽是他与小优狼狈为奸的画面。

我咬着下唇，好不容易才让自己把那些反驳的话一句句咽回去。

这两件事经过坊间的流传，我在几天之内成了办公室最不受欢迎的人。娱乐部财经部本就和我们社会新闻部不来往，现在连我们办公室的人都不怎么搭理我，犹如我是一只到处乱咬人的疯狗。

除了柯姐。

她似乎丝毫没听到那些流言，每天午休拉着我一起去吃饭，下班等我一起下楼，在下午茶时间把丝袜奶茶让给我。我问柯姐："她们都说我冷漠无情蛇蝎之心，你难道没有看过那份报纸吗？也不怕我像对小优那样对你吗？"

她白了我一眼："别人说你怎么样关我屁事，我知道自己看到的是什么样子。"

我的眼泪就这样猝不及防地砸了下来。

我在办公室的日子是从未有过的艰难。

所有人都以为我会辞职，一开始，我也以为自己会受不了这样的冷暴力——没有人和你打招呼，没有人和你说话，即便你帮了别人的忙仍会得到"多管闲事"的回复，他们不是把你当空气，而是把你当成臭气熏天的沼泽，碰到你都要去洗手来摆脱难闻的臭气。

我也以为我会受不了，我会辞职，好几次在文档上打下辞职信时又十分不甘，我并没有做错什么，我为什么要离开！所以，我又关了文档。

就在这样不停地反复与纠结中，我度过了最难熬的一个月，迎了三月的第一天。

现在想想，那一天注定是不平静的。

寒冷逐渐褪去，那天下了开春来的第一场雨。淅沥沥的雨从午后一直延绵到傍晚，给大地披上一件湿漉漉的衣裳。

我没有带伞的习惯，所以当三三两两的同事公用一把伞走向了公车站时，我只能独自在媒体大厦楼下便利店躲雨，那一个黑影突然闯进我的眼帘时，我正准备冲进雨里。

他浑身湿透站在大雨里，像一个忧郁的影子。

我大声地喊出他的名字："傅亚斯。"

他像电影里的慢放镜头，缓慢而迟钝地回过头，没有焦点的眼睛慢慢定格在我脸上。他的头发是湿的，身上是湿的，眼睛也是湿的，被雨水浸泡过的双眼红得像染过鲜血。我看见他开口说话，却听不到他的声音，只能根据他的口型读懂了那句话。

他对我说的是：夏昕，我爸死了。

说来奇怪，我和那个男人仅见过三次面，我早已将他的样子忘得一干二净，唯一残留在我脑海中的大概只有他那居高临下的强大气场。他站在病房门口，冷冷地睥睨着我，仿佛在说：你这样的人，怎么配和傅亚斯在一起。每每想起都觉得胸口像被大石压迫一般，呼吸艰难。

可当傅亚斯那句话传递到我大脑时，我在震惊后的第一感受是悲伤，一股难以言喻的悲伤——他死了，那傅亚斯怎么办？

傅亚斯站在雨中，像一个被剪断线的风筝，迷茫而无助。

我慢慢地走向雨中那个薄如蝉翼的身影，他靠在我的肩膀上，把头埋在我被雨水打湿的衣服里。

"夏昕，我爸死了，他不要我了。"

隔着湿透的两层衣服我都能感受到这个人的身体的滚烫，像一锅沸腾的热油。

第二天的报纸铺天盖地的重复着一条新闻：因贪污入狱的前任市长傅年在狱中自杀。

我没有将报纸带回，在进门的时候用力地将报纸揉成一团扔进垃圾桶。

我猜想我们办公室现在估计又是兵荒马乱的一片，或许主编会因为我们的头条标题不够别人劲爆而破口大骂。

我没有去上班，我请了假。

前一天晚上，我将发着烧的傅亚斯送回家才发现他发着高烧，看起来平静无比的人其实已经烧糊涂了。我不敢丢下他一个人，就着他家少得可怜的食材勉强煮了一锅粥和小菜后灌他吃下，自己也吃了一点。喝完粥后那人一直迷迷糊糊地乱说话，吓得我连出去买药都不敢，用冷水毛巾帮他退烧。

一整夜我都没怎么样睡，那个一觉睡到清早的人烧却没退，额头似乎更烫了。我无法劝服傅亚斯和我去医院，只能拿了钱去药店给他买药。

当我从地毯下摸出钥匙开了门却发现在床上躺了十三个小时的高烧病人在我出去买药和买吃的的这一个小时里消失了。

我摸了摸还温暖的被窝，被子卷成一个球的形状。

即便我恨不得将傅亚斯大卸八块，我仍旧无法在这个时候丢下他一走了之。所以我只能愤愤地翻来覆去将那个不让人省心的人骂了许多遍，锁了门出去找他。

在我们这漫长的一生里，我们要经历许多让人悲伤无奈的事，而死亡，是我们最无法承受却又抗拒不了的痛苦。

我们只能眼睁睁地看着一条鲜活的灵魂从这个世界消失，无可奈何，却无能为力。

一个人极度悲伤的时候会去哪里？大多的人会回答：找个熟悉又安静的地方躲起来。

当我从傅亚斯公寓下来，站在十字路口，我竟不知道该往哪走。

现在想想其实很可笑，在我们恋爱那将近三年的时间里，我们拥有回忆的地方寥寥无几，我甚至不知道该从哪里找起。

我像一只无头苍蝇，只能莽莽撞撞到处乱闯。我能想到的地方，我都去了一遍：从前的大学，关闭的酒吧，修车店等等。可连傅亚斯的影子都没有找到。

我不停地拨打他的电话，那边提示的永远是："您所拨打的电话未能接通，请稍后再拨。"

找遍这些地方用了好几个小时，看着渐晚的天色，我心慢慢往下沉，犹如站在海边，慢慢地往下沉。就在我即将放弃的时候，脑中一晃而过一个地方，我想了想，决定去那里找他。

当我抵达江边时，天已完全黑了，在一片朦胧的月光里，我看到他迎着风站在沙滩上，背影孤独凛冽。

看到他的那一刻，我悬着的心终于回归到原处。

"傅亚斯。"我大声地喊他的名字，"你在那里干吗？你快给我回来，你知道不知道我到处找你啊，你知道不知道我很担心你啊！我连班也不上了，只顾着到处找你你知道不知道啊！"

他缓慢地回过头，脸上的表情是木讷、呆滞的，他就这样怔怔地看着我，好一会儿才认出我是谁："夏昕，是你呀！"

我小跑到他面前，气喘吁吁地停下。

傅亚斯的双眼似乎被蒙上了一片薄纱，灰蒙蒙的，死气沉沉。

我张了张嘴，一大堆想说的话就这样梗在喉头，一句都说不出。他眼中的悲伤像汹涌的潮水，蓦地席卷而上，将我淹没。

我犹豫了一下，伸出双手，轻轻地拥抱着他，手轻轻地拍打着他的背部，像小时候妈妈安抚我一般。

他将头埋在我的头发里，哭声慢慢地传出，像惊慌失措的孩子："夏昕，我爸死了啊，他死了啊你知道不知道，我妈死了，我爸也死了，我什么都没有了你知道吗？"

我知道，再多的安慰在这个时候都是徒然的，所以我只是用力地抱着他，一句话都没说，听着他委屈地和我控诉："他永远都是这样一意孤行，我和他说过多少次等等我，等我把他弄出来，可是为什么他一次都不肯听我的，甚至连最后一面都不见我！"

"他总是说我在他的庇护下成长，没有他我什么也不是。我已经用实际行动告诉他，我不是没有他就什么都不行，可是他却看都不看一眼。"

"为什么他不等等我啊！为什么他不肯见我！我知道我以前错了，我不该和他争吵，他就真的那么恨我吗？连过年都不见我，还让我以后都不要再去看他。我知道他不想拖累我,我知道他怕我难过,所以他直接这样一了百了,他有没有想过我,有没有顾及到我?他永远都觉得自己是对的,永远都不肯听别人的意见,即使进去了,他还是不觉得自己有错。他以为自己死了就可以不拖累我,他以为自己是对的,其实他错了!他错得离谱!"

"现在,我什么都没有了,什么都没有了。这个世界就只剩下我,孤零零的。"

我用力地吸着鼻子,眼泪顺着脸庞缓缓下滑。

"你还有我。"我用力地抱紧他,"你还有我。"

十三岁的时候,我差一点失去母亲,时至今日回忆起当时的感受,我还是有些呼吸困难。

怎么和你们描述呢?就像一只张牙舞爪的手划开你的皮肉伸入你体内取出你血淋淋的心脏,而你无法昏迷,甚至不能闭眼,只能眼睁睁地看着它的动作,咬着牙承受这掏心之痛。

我无法想象,若是推进手术室的母亲回不来我会怎样。只是这样浅浅地回忆,我都觉得痛苦难当。

在我看来,傅亚斯坚强得可怕,除了那夜在江边的失控之外,其余的时间,他都镇定得像什么事都没发生过。

那天被我从江边带回后,他的体温烫得吓人,被我强制拉去医院打了针才退烧。接下来的三天,他始终昏昏沉沉的,病得迷迷糊糊,可我却没再见到他崩溃或失控,老老实实地吃饭吃药,若不是我阻止,或许他还要回车店工作。

我请了三天班,加上周末整整五天没有回报社。他病好后的第一句话便是:"你回去上班吧,我没事,别耽误了工作。"

见我不放心,他挤出一个在我看来特别惨淡的笑容,调侃道:"难不成我要像女孩子一样要死要活?你明天别来了,小心旷班太久被开除!"

第二天我回到报社,当然没有被开除,却发生了比开除更愤怒的事。

在知道小优与主编的事后,我一直是淡定的,不带一丝鄙夷,只是有些无法理解他们这段相差二十岁的忘年恋情。

但在销假后回到报社,翻着几天前的报纸看到我请假前做了两天的专题后面却打着"记者林优"时,我的大脑像被扔进一串鞭炮,"噼里啪啦"地炸开来。

我抬起头,看见坐在我对面的小优,她似乎感觉到我的目光,转过头,朝我微微一笑，像胜利者睥睨着失败的对手。

我的手不停地颤抖，像犯病的羊痫风病人。

我用了整整半个小时才让自己冷静下来，这半个小时里，对面的人一直在看我，那道冰冷的目光若有似无地徘徊在我身上，直到我拿着报纸敲开了主编室的门，他的"请进"音还未完全落下，我已经推开门将报纸瘫在他面前。

他目不转睛地盯着我，表情是疑惑和不解，若不是我亲眼看到他和小优的苟且，我真的以为他是不知情，他的演技出神入化，简直可以去角逐奥斯卡最佳男主角。

我沉默地矗立在办公桌前，直到他主动开口："小谈，什么事？怎么一脸怨气，又和谁闹矛盾了？"

我看着他那张少有的和蔼可亲的脸，深吸了一口气："我只想请问主编，我做错了什么？为什么你要这么对我？"

"你说什么我听不懂，事情还是说清楚好，请问我怎么对你了？"

我不想与这老油条玩文字游戏，单刀直入，指着头版的大标题："为什么我做的专题会写着小优的名字？在六天前，我将这份稿子放在您的桌子上，您当时还拿了一份资料让我去复印。"

"小谈，你和我开玩笑吗？这是林优的稿子，她在一个星期就拿给我了。"

"这是我写的稿子！"

"有什么证据证明？"

"我电脑里有存档，可以证明是我写的。"

他笑了，像在看一个笑话："要是这样，我电脑里有莫言的书稿，这样是不是能证明写《生死疲劳》和《蛙》的人是我，拿诺贝尔奖的该是我？小谈，即便这是你写的，那又怎么样呢？这是说大学生犯罪的专题，不说读者大众，就说我们办公室，把你的名字写上，在办公室会有多少的说服力？"

我用力地咬着下唇，一股恶心感顺着胃直往上顶。

我拿起桌子上的报纸，用力地摔在这个人的脸上，连同这一年多来受的委屈："去你妈的证据，去你妈的说服力，老子不干了！"

chapter.14
你是盛开在星星上的花

我有半天时间来收拾自己的东西。

当我递交辞呈后,他的吼声响彻了整栋楼:你他妈的收拾了东西快滚!我想他早就看我不顺眼,恨不得我立马滚蛋,这下连社里的规定都不遵守:离职申请必须提前一个月递交,以便于交接工作的进行。

我和主编的争吵让我离职得特别顺利,大家都以为他又毙了我的稿子我终于受不了了。事实上,在结束年假后,大家都以为我会走,根本没想到我会撑了这么久。

我在《今报》工作了一年多,待在办公室的时间有时比在家还要多。可当我收拾东西才发现,我与它的羁绊根本没有想象中的那么深:我仅用了两个小时便做好交接工作,用一个小时和一个纸箱收了办公室里属于我的东西,当我抱着纸箱走出办公室时,只有柯姐一个人送我。

她是整个办公室里,唯一一个真心对待我的人。

我站在电梯口,听见身后一声浅浅的叹息,柯姐和我做最后的告别,给了我一张名片:"这是我一个朋友的名片,在一个小报社当主编,你要是愿意,可以过去看看,说是我介绍的。"

我看着柯姐眼角的鱼尾纹,吸吸鼻子:"柯姐谢谢你,不过我短时间估计不会做编辑了,我想换一份工作。"

"那好,什么时候你需要你再来找我,我随时等你。"她拍拍我的肩膀,将我一肚子煽情的话都拍回去,"你先回去吧,我还有工作。你是什么样的人我知道,我是什么样的人你也清楚,旁的不用多说,有空来看看你姐就可以。"说完,她大步往办公室走去。

走出媒体大楼时,我给周舟打了电话,告诉她我辞职了。

"不错呀,正好我秘书去生小孩了,新来的笨手笨脚,你过来当我助理吧,姐给你开两倍的工资。"

我把电话夹在脖子处,双手抱着纸箱,艰难且认真地告诉她:"我是说真的,我辞职了。"

周舟的下一句话是:"因为那件事吗?你不是已经放下了吗?她又怎么你了?"

她没有说是谁,但我的脑海立刻浮现小优的名字,像一个黑色的可怕的梦魇。

我告诉周舟,像幼儿园里被老师虐待的小孩和父母投诉:"我做了两天的专题上了头条,但是署名却不是我的,是小优。"

我说话的语气其实挺轻松,周舟默默地听完之后问了一句:"然后呢?"

"然后我就滚蛋啦,还能怎么样?"

周舟的呼吸有些沉,我想她在那头肯定气得不轻,大约心里想的都是"哀其不幸,怒其不争",可是她什么也没说,让我早点回家路上小心便挂了电话。

几分钟后又将电话打回来,给了我人事经理的电话,让我给他打电话,改天找个时间去面试。

我一想到去周氏那样的大企业在周经理的手下工作就肝疼,含蓄地表达自己暂时不想工作她也没生气,说了句"也好,我也养得起你"又一次挂了电话。

我有些哭笑不得,抱着硕大的纸箱看了最后一眼媒体大厦,上了回家的公车。

三月是雨的天堂。

延绵不绝的雨水打湿了土地、玻璃、树木,还有我晾在阳台的衣服。

我抱着电脑躺在沙发上,看剧,刷副本,逛淘宝,溜天涯,可我仍觉得空虚,大片时光都耗费在长吁短叹里。我在家里睡了整整一个星期,原本打算休息一段时间再去找工作——卡上的钱交了这个季度的房租还剩一点,省点花还可以挨两个月。

但,我仅熬了一个星期,又重新开始投简历找工作。

周围的每个人都在忙碌着:周舟每天应付高强度的工作,我已经一个多星期没有见到她的面;向阳成了学校游泳社团的团长,每天率领一群可爱的学弟学妹在泳池里噗通;傅亚斯一整天都窝在店里,数不清的跑车机车等着他改装;就连冉书瑶都忙了起来,她化着浓妆穿着淘宝淘来的小礼服或夜店装上了不同型号的跑车。

  我和周舟和柯姐都说了，不想再找同样类型的工作，想换个环境。但我在人才市场逛了两天，最后还是鬼使神差地将简历都投给了新闻媒体行业。

  说实话，在《今报》的这一年多我算不上开心，和我梦想中的工作千差万别，但不可否认，虽然它的工作难度和压力让我险些崩溃，但也让我学到不少东西。用一句老的掉牙的话来形容，那就是痛并快乐着。

  即使被打击没有天分和能力，即使被盗用稿子刻意刁难，我仍旧想成为记者，把真实展现在大众眼前。

  但现实和梦想终究是有差距，我投了十来份简历，只接到了两份面试通知。抵达面试地点后，他们都问了相同的问题：你为什么要换工作，《今报》是本市媒体大头，为什么会离开《今报》而选择我们？

  我磕磕巴巴告诉他们我想换个环境，迎接不同的工作挑战后被告知回去等通知，这一等，就没了消息。

  你说你吃多了鱼翅想吃点粉丝调节一下口味，有多少人会相信？但你总不能说那碗鱼翅里有脏东西让你恶心了，你无法下咽吧！

  找工作比想象中要难一些，周舟得知后又一次怂恿我去给她当助理。

  "我是说真的，不和你开玩笑，我现在需要一个助理，你能来帮我再好不过。当然，你放心，你犯错了，我也会毫不犹豫炒了你。"

  "你们那一行太复杂了，我怕尸骨无存呀！"

  "算了吧，你那行更可怕，什么报社杂志社电台电视台这些比我们可怕多了！你没听过最厉害的武器就是文人手中的笔吗？"

  我刚想开口辩驳，又被她打断："知道了知道了，你是离不开你那份工作！我不勉强你，反正你找不到工作就过来，我随时等你。"

  我十分感动，还来不及泪眼盈盈周舟已挂了电话，剩下忙音声，我无语凝咽。

  放下手机，我再次将注意力放回电脑上，继续全心全意地找工作，并打算第二天去人才市场找工作。临睡前，我给傅亚斯发了信息，得到回复后安心地关灯睡觉——自傅亚斯父亲离世后，我每天都会主动发信息给他，闲聊几句。

  我就像站在一个巨大的沙漏上，随着时间一点一点往下陷。我知道这样不好，可我无法控制自己，每每闭上眼睛，我总是看见傅亚斯站在江边孤独单薄的背影，让人心生恐惧。

他刚承受丧亲之痛,我只是做普通朋友的关心问候。我这样催眠着自己。

我又在人才市场奔波了两天,第三天还在睡梦中便接到面试通知,第五天成功找到工作:在《都市周报》当记者,没有实习期,直接上岗。

新报社很迷你,加上我记者不过五名,再加上社长总编、主任、版面编辑、美工、发行等撑死不过二十来人。但我挺喜欢这里,总编是一个三十来岁和善的男人,总是笑眯眯鼓励我们:"我们做的不是报纸,是梦想!虽然现在期发行量才两万,但总有一天,我们能做到二十万,让所有的人都知道《都市周报》!你们相信我吗?不相信我,也要相信你们自己!"

不知道为什么,每每他这样说我总觉得自己是在卖保险,每天清晨站在天台上大吼两句:我能行!但,我还挺喜欢这里的,在这里,没有抢新闻和争版面,我们就是同事,而不是在战场上厮杀的敌人。

唯一的缺点是,工资有点少。

周舟知道后,朝我扔了N把眼刀,大概无法理解为什么我放弃两倍工资而去一个小报社做累死累活还拿不到多少钱的记者。

工作挺忙的,但其实不累,比之前在《今报》好多了。报社小,人手少,所以很多时候记者和编辑是分不清的,我既要采访又要写稿还要校对排版。但因为是周报,时间相对比较充裕,我也不用为了赶进度而熬夜伤神。

或许是因为我们是小报社,没有很多的人物采访稿,除了通稿,更多是家长里短:寻人、重病没钱医治的患者寻求帮助、公车上的好人好事、税务增长、房价回温。

但,这并不阻止它向读者传递正能量。办公室挂满了事主们送来的锦旗,时不时还有人打电话来致谢,也经常有人打电话来寻求帮助。

起初,我挺不能适应,但慢慢,我开始觉得羞愧。

当我刚进入这一行时,我怀着和这里的同事一样的梦想。但后来呢?我的目的只有 个:写出惊天动力的大新闻,努力上头条。回观自己这一年多写的稿子,我才发现除了歌功颂德和注水,似乎就再无其他了。

我们总是说为了梦想而活,所做的一切都是为了它,其实真正的梦想早被我们丢弃在五光十色的繁华之外。而现在,它只是一个代言词,一个撇清贪婪嫉妒仇恨虚荣欲望的借口。

我就这样在《都市周报》安顿了下来，偶尔回想起在《今报》的岁月，我也极少有情绪波动，离开那里了，那里的一切便与我无关，至于曾经的，就让它过去吧。

我很喜欢新工作，就像你捡了一块丑陋巨大的石头，剖开来里面竟是美玉那般欣喜。

在我渐渐适应了这边的工作后，我接到了柯姐的电话，她告诉我，她也离开了《今报》。我还以为她和我开玩笑，说柯姐你别闹了，你在那边工作了那么多年，怎么可能说走就走。

"是啊，我是在那里工作好几年，跟着老陈混了将近十年。以前我总觉得他是糊涂了一点，功利了一点，人品没有什么大问题，但我错了。"

柯姐的声音听起来挺平静，但我想她肯定很难过，离开了工作将近十年的岗位，没有几个人能有好心情。她只简单地和我说自己的组长之位被小优取代，至于是因为什么她也没有和我细讲，只是说不想提了。但傻瓜都猜得出，肯定是小优背后对她做了什么。

辞职之后柯姐说不上班了，决定在家相夫教子。她的家庭条件不错，一直在报社工作是因为她热爱这份工作。

"我不像你，夏昕。我已经三十多了，又有家庭，也没法像你们一样到处奔波跑新闻。其实两年前报社招新我就想过再做几年就不做了，把你们带出来后我就退了，可惜啊，你在我这里还没学到什么东西，对你我一直觉得很抱歉。"

"柯姐，你别这么说，你是我的老师，是你把我带进这一行，我跟着你采访、写作、编排，我很笨，老写不好稿子，你从来都没有嫌弃过我，还总鼓励我。如果没有你，我早放弃了，我一直很感激你! 真的!"

我的鼻腔有些酸涩，还想再说什么，柯姐却说好了好了，别说了，然后挂了电话。

她声音有些哑，带着淡淡的惆怅。

我闭上眼，想起刚进《今报》那会，我和小优跟着柯姐出去跑新闻，一路上叽叽喳喳兴奋得不行，吵得柯姐头昏脑涨，恨不得将我们推下车。那个时候，小优笑得多可爱，酒窝里装满了阳光。

但现在，有的只是毒汁。

我抬起手,用手背抹掉眼角的泪。

大概是五天之后吧,我见到了小优,那天市里发生了一件大事:一个父母在外打工的男孩因为在祖母那里拿不到钱上网,一怒之下杀了祖母,然后纵火烧尸。那一天,几乎这个城市的所有电视、电台、报纸的记者都赶来了,破旧阴暗的小巷子被围得水泄不通。

在那片还飘着黑烟的灰烬上,我看到了小优,她拿着一支PCM-D50录音笔,身边还跟着一个助手模样的女孩,帮她提着包包。

我站在人群里远远地看着她,举手投足都带着大牌记者的风范。

和我一起挤在队伍后的同行告诉我,现在小优是《今报》的头牌记者,几乎每天的头条都是出自她的手下,年纪轻轻,已混得风生水起,但听说她手段恶毒,逼走了不少老人,真可怕。

我笑笑,没有评价。

这大概是我和小优的最后一次见面,再后来,听说她过得越来越好。

我没有再去刻意打听她的消息,但像她这样的人,没有背景完全靠着自己不择手段一心想往上爬野心勃勃甚至甘愿被潜规则,大多都步步高升。但高处不胜寒,有人会从高处被拉下,有人站得稳妥俯视众人但噩梦缠身,可她怎么样,都与我无关。

每个人都有每个人的生活,她不再是我的朋友,往后是风光是落魄都与我再无关系。

这段时间,或许是我这些年过得最安逸的了。

新工作比想象中要美好,我算是社里年纪最小的,同事们对我都算比较照顾,我甚至不用加班,拥有完整的下班时间和双休日。

还有我的好朋友周舟,自从她搬去路放那里住后,我总担心她会被欺负,或者又一次沦陷在路放的阴谋里。但她看起来还不错,每个星期陪我吃顿饭,在家看会DVD,然后再被小多送回路放的别墅里。除去最后一点让我有些膈应外,她一切都好,她父亲的病也有了起色。其实他不像一个病人,我去医院和周舟家看过他几次,他右手挂着点滴,还能随手抄起苹果往周舟身上砸——自从路放送了几笔生意给周氏后,他对待周舟就像对待仇人一样,可当我们要走,他还是气哼哼地让保姆从厨房拎出保温壶。当然,他不知道周舟现在不和我住在一块,否则估计那壶汤会直接浇在周舟头上。

再说到傅亚斯,我很难用文字来形容我们之间的关系。

我们每周大概会有三天一起吃饭,有时是在外面的大排档,有时在他的公寓,还有时是在我那里。随着时间的流逝,他的情绪渐渐恢复,看起来和从前并无差别。我们像情侣一样吃饭,逛街,看看电影,偶尔他会开车带我兜风,沿着环城路绕一圈又一圈,就像我们从前一样。

我不想再和自己的心做对了,反正逃不掉,要不就一起毁灭吧!

或许是老天觉得我太过安逸,它觉得太不顺眼,非得要给我下个绊子才能安心。

那一天是周末,也是傅亚斯的生日。他的生日我一直记着,在一个星期前我就装作不经意地问他:"你下个周末准备怎么过?"

"什么怎么过?那天是什么日子?你生日不是还没到吗?"

不知怎么的,我忽然就觉得他有些可怜,还有些感动,连自己的生日都不记得,却还记得我的。

所以我决定,帮他过一个生日。

网络上有很多教人烤蛋糕的教程,我挺笨了,研究了几次依旧不会,最后只能求助向阳。我站在楼梯间,还没来得及按门铃门便拉开了——冉书瑶穿着抹胸裙和小坎肩,踩着细高跟瞪了我一眼,对我做了个"贱人"的嘴型,踢踏踢踏下楼了。

我看着她一扭一扭的背影,有些哭笑不得。

向阳站在门内,气呼呼的:"妈的你去死吧,不要回来了!"

"她去哪里?"我忽然想起傅亚斯对我说过的话,小心翼翼道,"之前有人和我说,他看到冉书瑶和一些不是很正经的人混在一块,你叫她小心点吧!"

"她疯了!想做明星想疯了!我不想说她,这个人无可救药!让她去死吧!"他瞄了一眼我抱着的东西,"姐你这是做什么?找我有事?"

"哦,我朋友生日,我想麻烦你教我做个蛋糕。"

"那个御姐吗?"他指的是周舟。

"不是。"我有些不好意思,"是傅亚斯,就是之前经常来找我的那个人。"

"那个人?"向阳突然沉下脸,"他那么对你,你还给他做蛋糕!"

我下意识为他辩驳:"不是,最近他发生了一些事,情绪不大好,我……"

我没把话说完,向阳已经甩上了门。

我有些茫然，但最终将他的行为理解成了他关心我，无法认同我给曾经伤害过自己的人烤蛋糕这种行为，所以我也没多想，转身回家。

如果在那一刻我发现了向阳的不寻常会怎样？

我想，那些后来发生的事依旧会发生，不是这一天，也会是那一天。

谁也不能阻止一颗炸弹的爆炸，压抑得太久，你阻止它毁灭世界，也不能阻止它将自己引爆。

蛋糕终究还是没烤成，我去了一趟超市，买了很多的食材准备给他做一顿大餐。他到来的时候显然没想到我会给他过生日，以为只是像往常一样简单地吃个面或粥，烧个小排骨已经算是大手笔。

他在厨房门口站了许久，最后对我说："我来吧夏昕，你去坐吧！"

"怎么可以，是我要给你过生日！"

他没说话，固执地抢过我手中的刀和萝卜，认真地切起来。

不知是不是我的错觉：他的眼睛有点红。我终究还是没和他抢主厨的位置，在旁边给他打下手。

在我们分开之前，傅亚斯是不会做饭的，而今他娴熟地切着配菜，将鸡肉洗净，加入姜葱翻炒后加水，加了萝卜、蜜枣和枸杞在锅中炖。

"你什么时候学会做饭的？看起来很熟练嘛。"

"都是在菜谱上学来的，很少做饭，一个人吃没意思。"

那种心酸的感觉又来了，好在傅亚斯及时打断了我的思绪，他对我晃了晃手中的瓶子："夏昕，还有料酒吗？我想做可乐鸡翅！"

"噢，我下去买。"

后来我一直在想，如果那天我没有买鸡翅或者那天傅亚斯没想过做可乐鸡翅，更或者家里的料酒没有用完的话，会发生什么事？

我不敢再想，那就像一个可怕的深渊，你站在边上都觉得胆战心惊，更别说伸出一只脚。

那时是傍晚，天已经全黑，路灯还没亮，周遭灰蒙蒙，像被罩上一个黑色的密不透风的罩子。我穿着拖鞋，踩着台阶慢慢往下。

在这片漫无止境的幽暗里，我看见了向阳，他拿着一把类似钳子的东西，蹲在傅亚斯的机车前不知道在做些什么。

风带着丝丝的冷意，我喊了一声"向阳"。

★　　听　说　我　们　不　曾　落　泪　Ⅱ　　★

　　路灯恰好在这时亮起来,向阳依旧保持着下蹲的姿势,脸上有汗,还有无法溶解的恐惧与慌乱。

　　那个夜晚是混乱的。
　　向阳慢慢地站直了身子,将右手隐藏在身后,但脚下的影子暴露了他。他手中的钳子,像死神的镰刀,印下张牙舞爪的影子。
　　我们在风中对峙了许久,在这漫长的沉默里,我越发不安焦躁。
　　是向阳先有动作,他朝我走来,像往常一样笑,露出脸颊的酒窝:"没啊姐,你怎么穿着拖鞋就下楼了?吃饭没有,今天不是你朋友生日吗?怎么不在家,不是陪他过生日?"
　　"你手上拿的是什么?"
　　他努力地维持着笑容,但嘴角仍下垂了几度:"没什么呀,走,姐,我们上楼吧!"
　　"你拿着钳子,在对傅亚斯的车做什么?"我的声音愤怒而颤抖,"向阳,告诉我,你刚刚到底在做什么!"
　　他脸上的表情很奇怪,像哭,又是在笑,他慢慢地朝我伸出右手:"姐,如果我说我在修车,你相信吗?"
　　"向阳,我只想知道,你刚刚在做什么?"
　　"姐,你不是猜到了吗?"他直视着我,冷冷地扯着嘴角,"你不是知道吗?还要问我做什么!"
　　"我只是不敢相信,为什么你要这么做呀!向阳,你疯了吗?你这是犯法呀!你为什么要剪掉傅亚斯的刹车!"
　　"因为我想他死!我恨他,我想他死!"向阳对着我大声道。
　　"他做错了什么?你为什么要这么做呀!他哪里得罪你了,让你这么恨他,要他死!你们根本不认识啊!向阳,你疯了吗?"
　　"那我爸又做错了什么,他们为什么要他死!为什么!姐,你告诉我为什么啊!"向阳的声音带着哭腔,像一个无助的小孩,"我爸到底做错什么了!你告诉我啊姐!他们为什么要杀他!你说啊!"
　　风吹在他脸上,眼泪顺着脸庞往下流,看起来那么难过。

这荒谬得像聊斋。

无论如何你都想不到，两个看起来毫无交集的人，会有如此深的渊源。

向阳说，他的父亲是被傅亚斯父亲害死的。换句话来说，傅亚斯是向阳的杀父仇人之子。

"你以为这是武侠剧吗？如果他杀了你父亲，他早就被警察抓走了！"

"有时候杀人是不用见血的，所以别人根本不会知道他杀人。"他伸出手抹去眼角的泪，咬牙道，"毁灭一个人的希望，等于割了他的动脉。"

我从来没有想过故事会是这样的。

那一年向阳的父亲来这个城市参加比赛，赢了比赛后和队友一起去庆功喝醉酒，后来在酒店门口遇到了傅亚斯的父亲，不小心吐了他一身。

"你知道吗？他当时还把我爸扶起来，告诉他没事。而在第二天，我爸和队友在回家的车上被拦截下来，十几个人打他一个，无论怎么求情都没用，活生生把我爸打到胸骨断裂。"他的眼睛又迅速汇满了眼泪，像一面悲伤的湖泊，"姐，你知道胸骨断裂代表什么吗？代表他以后再也不能参加比赛，也不能游泳，不能做粗重的工作，不能跑、不能跳，只能像一个窝囊废一样地活着！这样的人生对他来说有什么意义！他每天喝酒，恨不得把自己泡在酒坛子里，喝醉了就像个孩子一样抱着我哭！整整一年，他都活在酒精里，清醒的时间少得可怜，偶尔酒醒就看着我，对我说：向阳，你要好好游泳，参加国家队，拿金牌！说完之后，他又拿起了酒瓶！他这样没命地喝，没多久就查出得了肝癌。可是姐你知道吗？我爸死不是因为肝癌，他是溺死的！半夜喝醉酒了不小心掉进河里溺死的。你说好笑不？一个游泳运动员，竟然溺死了！第二天下午才捞起来，他在水里泡了太久，整个人都是水肿的，身上布满了淤青，我妈当场就晕了！"

向阳难以克制地对着我哭喊："姐，那是我爸！是我爸爸！如果那是你爸爸，你会怎么样！如果那是你爸爸，你还会和傅亚斯在一起吗？你会吗？你告诉我！"

我脑海里不禁浮现了谈老师那张布满皱纹的脸和微微灰白的发，他坐在书房的摇椅上，眼睛微闭，身上还放着半翻的书。

仅是想到这儿，我的心脏便像被捏碎一样疼，我不敢顺着他的话继续往下想。

"姐，你说话呀！"

向阳站在路灯下，满脸阴鸷。

★　　听　说　我　们　不　曾　落　泪　Ⅱ　　★

"十三岁，我爸出轨，外遇对象给我妈寄了一些照片，逼得我妈喝药自杀。后来，我上大学，与她狭路相逢。向阳，我和你一样，我恨透了那个人，可能和你恨傅年一样。可是，我从没想过要报仇，更没想过要杀死她，如果不是后来她对我挑衅，我可能永远不会去伤害她，就把那段痛苦的往事埋在心里。"

"那是因为你妈没有死，但我爸死了！"

"是，我妈是没有死，但她躺在医院的时候我的痛苦是和你一样的！当时我也恨不得她死！可是向阳，那是人命啊！而且，间接害死你爸的人是傅亚斯他父亲，不是傅亚斯！你为了你父亲，找傅亚斯报仇，这难道不觉得可笑吗？"

"我考到这个城市就是为了找傅年报仇，可是老天不长眼，我还没报仇他就进了监狱！所以，我只能找他的儿子傅亚斯！那是傅年的儿子啊，我怎么能放过他！我恨他，我恨死他了！"

"他已经进了监狱，得到应有的惩罚！"

"可是他没有死！"

"所以，你找不到他报仇，就找他儿子对吗？"

向阳满脸都是泪，可他却在狰狞地大笑："对，就是我。我曾有过一次机会杀死他，谁知道他居然没事。姐，你还记得不，那次他来找你不是出了车祸吗？是我剪断他的刹车，可才毁了一片绿化带和电线杆我不甘心！我不停地在寻找机会，我甚至不去北京，为的就是找他报仇……"

我不可置信地看着眼前的人，他是陌生的，和我认识了将近两年的向阳没有半分相像。

我后知后觉地想起了当初在游泳馆冉书瑶的话，"所以，你搬到这里来，接近我，就是为了接触傅亚斯！可以呀向阳，你真是了不起呀！你说你舍不得我不去北京的时候我还自责得不行，但其实我还真是想多了！你他妈的哪里是为了我，你是为了报仇！连感情攻势都用上了，你都可以角逐奥斯卡影帝了！"

我是笑着的，却有液体不断从我眼睛往外冒。我从来都没有想过，站在眼前的人，这个像太阳一样温暖的男生，这个被我当成弟弟一样的人他所有的一切都是伪装，接近我，只是为了复仇。

向阳脸上的表情慢慢凝固，他似乎有些慌乱，伸出手想要拉我，却被我冷冷挥开。

"你别碰我!"

"姐……"他又一次拉住了我的手,咬着下唇,像平常那样委屈地看着我,"我没有骗你,我从来都没有想过骗你!"

"啪——"

我甩开他的手,一巴掌反手挥在他脸上。

我不知道应该怎么形容现在的感觉。失望、愤怒、悲伤、委屈……太多太多的负面情绪不停地冲击着我,我几乎要站立不住。

"向阳,我说了,你别碰我!我恶心你!"

他不可置信地看着我,眼里充满了浓浓的悲伤:"姐,你不相信我吗?"

"相信你?我是疯了还是傻了相信你!被骗一次就够了,还要被骗第二次吗?你他妈的就是疯子!你以为这是演电视剧吗?他爸害你爸间接死亡,你就要弄死人家儿子。那个杀你爸的人已经死了,一个月前在监狱里自杀,你去买一个月前的报纸,看看那条新闻!就是他没死,这个罪过也不能他来背,法律没有规定父债子偿!"

我抬起手,趁他还没反应过来又一巴掌甩在这个疯子脸上:"这一巴掌替你父亲给你的!他最大的梦想就是进入国家队,他没有机会实现,你却为了所谓的报仇放弃这个机会,他现在要是还在,肯定会被你气死!我替你父亲觉得悲伤,生了你这样的儿子!"

我第三次抬起手:"最后一巴掌,是我自己给你的。打你为了报仇接近我,欺骗我的感情,利用我!从此以后,你不要再叫我姐,我没能帮你报仇,我不是你姐姐!我也永远,不会有你这样的弟弟!"

看着他通红的半边脸和眼里的泪,我终究还是不忍心把手挥出去。我用手背抹了一把脸,转身朝楼上走去。

"姐,你不能这样对我!你不能这样对我啊姐!"向阳像个孩子一样哭着,"姐,我没有骗你,你相信我呀!"

走到楼梯口,我顿住了脚步,却不是因为后面的哭喊,而是因为眼前的人。

傅亚斯穿着我的拖鞋,站在楼梯口,面无表情地看着我们。

我不知道,他到底站了多久,那些话,他听了多少。

"你去买料酒,一直没回来,我很担心,所以下楼来找你。"他朝我笑了一下,抬起手,慢慢擦去我脸上的泪,"别哭了,真丑。"

其实我已经没再哭了,脸上的泪都是原先留下的还未干涸,但他这一句话,却让我崩溃。

傅亚斯却没再看我,他慢慢地走向向阳。

"傅亚斯,你别去!"

他没理我,兀自朝向阳走去,停在他面前。

向阳此时的脸上都是灰败,与不可思议,还有慢慢溢出来的恨。

"我父亲做的那些事我一点都不知道。但我知道老头早年做了很多缺德事,但现在他已经死了,你再骂他恨他也于事无补。我向你和你过世的父亲道歉。对不起。"

"对不起就可以弥补吗?我捅你一刀,然后说对不起可以吗?"向阳慢慢地笑了,"你们傅家的人,不就是这样吗?"

"可以!我知道对不起没什么用,所以你想捅我一刀,说对不起我也可以接受!"他看着向阳,眼神却是冷的,他指着他手上的钳子,"现在,你可以拿它敲破我的头,我不会报警,我们的恩怨从此一笔勾销!但我希望你以后放过夏昕,不要再欺骗她利用她,我就在这里,你要报仇就来!"

"你疯了吗?"我对着他喊,"他疯了,你也陪他疯吗?那是钳子,砸下去会死人的!你们都疯了吗!"

没有一个人理会我,他们看着对方,向阳眼里满是不可置信,而傅亚斯却什么情绪都没有,就那样与他对视。

"你不要挑衅我!"向阳的手在发抖,声音也有些发颤,"你知道我恨你,我什么都做得出!"

"是,我知道你恨我!我也没有挑衅你,我是说真的!你恨我,想怎么样对我都可以!但不要再骗夏昕,她是个傻子,她把你当弟弟,你这样她会很伤心!"

"我不用你教训,我没有骗夏昕姐,我从来就没有想过骗她!一开始接近她是因为我调查过你,她是你的女朋友!可是后来,我没有想过骗她!从来没有!"

"但你还是利用了她,利用她接近我,不是吗?"

面对向阳的哑口无言,傅亚斯显得十分镇定:"我真不是和你开玩笑,你拿起手上的钳子,往我头上砸,这样下去,我们的恩怨就了断了。你不是一直很想杀我吗?现在,我让你杀!"

我朝傅亚斯扑了过去,却被他挡开,按在身后。

向阳颤颤巍巍地举起了手。

"向阳,你要是敢敲下去,我就和你拼命!你这个疯子!你们这两个疯子!杀人要偿命,要坐牢的!就算傅亚斯不追究,你也会被警察抓走的!"

向阳的手依旧半举着,嘴边挂着自嘲的笑:"姐,说到底你还不是担心傅亚斯!他那样伤害你,你还是站在他身边!你为什么不能看看我,为什么呀!"

"他伤害我,但他不会利用我!你杀了傅亚斯,我不会原谅你,你爸也不会活过来!而且他会怨恨你,你明明有机会实现他的梦想,却为了报仇断送自己的未来!"

他的手慢慢地垂下,钳子落在地上发出清脆的声响。

我没再看他一眼,扯着傅亚斯的手往楼上走。

"姐!为什么你心里只有傅亚斯傅亚斯傅亚斯,你为什么就不能看看我!我很难过!你为什么不能看看我呀!"

"姐,你不能这样对我!"

他一声一声地喊着我,尖锐和凄厉,像墓地里的乌鸦,声声带血。我咬着下唇,眼泪吧嗒吧嗒地落在台阶下,可我依旧没有回头。

这个夜晚对我来说是极其漫长的。

傅亚斯的生日终究还是搞砸了,我们沉默地吃完了这餐饭,在这诡异的气氛里,还是我先打破了沉默。

"傅亚斯,我向你说对不起,向阳他,他还是个孩子,你原谅他吧!"

他突然就笑了:"没有什么原谅不原谅的,都是老头造的孽,现在他走了,我是应该来还债!我刚刚不是在挑衅他,我是说真的,如果他恨我,要我的命,我就给他!"

"你疯了吗?你们都疯了吗!你有没有想过,如果他真的砸下来会怎么样!那么大一个钳子,你不死也要头破血流!你们这些神经病,活着的人非得要为死去的人折腾,就不能好好活着吗!仇人都死了,还要延续到下一代吗?"

"我不说了夏昕,你别哭了。"

他伸出手,在我脸上蹭蹭,我才知道自己又哭了。

我其实真不想哭,可我难受极了。

★ 听 说 我 们 不 曾 落 泪 Ⅱ ★

　　傅亚斯走后，空荡荡的屋子里只有我一个人。月亮躲在厚重的云层里，只肯透露出微弱的光亮。我开了所有的灯，包括厨房与浴室，整个房子亮堂堂的比白天更像白天。

　　老旧的灯管在空气中延绵着细微的声响，如年迈的老者"吃吃"地喘着粗气。我被这种声音折腾得头疼欲裂，可我不敢关灯，只能与那光源对峙，直到眼睛疼痛，又一次落下泪来。

　　向阳向傅亚斯报仇并不是让我生气的原因，我最无法接受的是他利用我。当他点头的那一刻，我心里有什么东西突然就土崩瓦解了。我不停地想起他的每一个笑容和每一声"姐"，那像一根根针，密密麻麻地刺在我心上。

　　我想起了我和向阳第一次见面，那是在两年前的夏天。那天天气很热，他背着一个有他半个人高的书包站在楼道里朝我露出八颗牙齿，痞兮兮地对我说："姐姐，刚刚搬家时不小心把你们家的门划花了，我把我家门也划了一道口子，对称了！"可是现在却告诉我，那样美好的男孩对我的一切都是假的，他的眼泪他的关心都是假的，它们都是他复仇的工具。

　　想到这里，我又一次哭了出来，我把拳头塞进嘴巴里，阻止自己发出声音。我不想听到自己的哭声，那样会让我更加悲伤。

　　我无法想象，这个被我当成弟弟的人，每一次与我接近都是带着目的的。他不停地和我亲昵，关心着我的感情生活并不是为了我，而是为了傅亚斯，为了得到消息，找他报仇。

　　我在这片光亮里大声地哭号，任凭楼上的住户敲着地板抗议。

　　我不停地哭着，因为我的天空破了一个大洞，它正在慢慢地崩塌。

chapter.15
我在时光灰烬中等你

★　听 说 我 们 不 曾 落 泪　Ⅱ　★

后来,在那一系列的事情发生后,我才明白,悲剧永远不会收梢,它只会绕几圈,峰回路转与你相见。因为上天最大的乐趣便是看着我们跌跌撞撞找寻出口,最后困兽般绝望地嘶吼。

在那夜之后,我一直没见到向阳。

起初我还担心向阳不死心,会继续对傅亚斯下手。但在那夜之后,他似乎消失了一般,我没有再遇到过他,甚至连对面的门都没见打开过一次。

直到两个星期后的清晨,冉书瑶按响了我家的门铃。

比邻这两年来,她上门的次数屈指可数,仅有的两次都是被向阳押解上阵。我绝对没有想到,在我和向阳撕破脸皮之后,她会来找我。

说实话,打开门时,我吓了一跳。站在门前的冉书瑶,和从前的她千差万别。她化妆是娇俏的,卸了妆是清秀可人,而两个星期不见,她瘦了一大圈,穿着一套长袖运动服,将领子高高地竖起,眼睛红肿且布满了血丝,嘴唇干裂,整张脸是不同寻常的苍白。

现在她看起来,就像一个从医院重症病房走出来的病人,整个人覆盖着一层灰败的绝望气息。

我杵在门口,没有打算请她进门。我不知道冉书瑶是否知道那些事情的真相,向阳那事发生之后,再次面对冉书瑶,我还是感到膈应。

我看着她,她也在看我,目光如水。

最后还是我先开口打破沉默:"请问有什么事?"

"你可以去看看向阳吗?"她咬着下唇,声音晦涩沙哑,像是在海水中浸泡过,"他现在很不好,你可以去看看他吗?"

我皱着眉头:"如果你找我是这个事的话,那抱歉,恕难从命!"

我边说着,关上门,却被她的手挡住。

"我求你了,你就去看看他吧!向阳现在很不好,连家也不回,每天泡在游泳馆虐待自己,你去看看他好吗?我求求你!"

"你自己为什么不去!"

"他现在不想看到我,他想见的是你。"

"抱歉,我不想看到他,我没时间去见一个利用我的人!"我轻轻拂开她抵在门上的手,"请你不要再来了。"

在关上门的那一刻,我听到她委屈绝望的哭声:"谈夏昕,你去看看向阳好吗?我求求你,去看看向阳好不好?他真的很喜欢你,你去看看他吧,我求求你,不然他会死的……"

我在玄关站了许久,握着门把的手终究还是放了下来。

那一天我只觉得冉书瑶有些不寻常,但没将这事放在心上。我照常去上班,下班后又去超市买了菜回家做饭。当我走到公寓楼下,我总感觉有些不对劲,却说不出为什么。我扭了扭脖子,继续往前走,不经意抬起头却被吓了一大跳——冉书瑶坐在天台的围墙上,双脚朝外。

我倒吸了一口冷气,边给向阳打电话边往上跑,电话刚接通,那边还没出声,我便道:"你快回来,冉书瑶现在一个人在天台,她好像要自杀!"

当我气喘吁吁跑上天台时,冉书瑶依旧坐在那儿,保持着直挺挺的姿势。我想朝她走近,却怕吓到她,只能压低声音喊她:"冉书瑶,你在干吗?别玩了!下来!"

她缓慢地转过脸,脸上满是眼泪。

我愣住,不敢相信自己的眼睛。

上一次看到她哭,是什么时候?

好像是去年,她和向阳吵架,坐在地板上歇斯底里地嚎着,脸上没多少眼泪。而现在,她坐在距离我不到五米的围墙上,沉默地流泪。

一股浓浓的不安迅速袭击了我。

"冉书瑶,你下来,有什么事你下来说,别坐在那儿,危险!"

她没说话,眼眶像两个水龙头,汩汩往外冒着眼泪。

"你下来呀,你不是要我去找向阳吗?你下来,我去找他!你带我去,我不知道他在哪里!"这样的情况有些危险,我像哄小孩一样哄着她,"有什么事你说出来,我帮你好不好!我知道你讨厌我,我消失好不好,不让你看见!"

"你帮不了我,谁也帮不了我!"

"你不说出来,怎么知道我帮不了你!"

"你根本帮不了我,世界上没有人帮得了我!谈夏昕你现在是不是在心里笑,没想到我也有今天!我总是骂你婊子,其实我才是真正的婊子……你肯定恨不得我去死吧,现在我去死,你开心吗?以后再也没人骂你,你肯定很开心吧!"她忽然激动了起来,随着声音身体在围墙上晃悠着,看得我胆战心惊。

我并非谈判专家,以我和冉书瑶的关系要劝说她下来也不是简单的事,我正绞尽脑汁想着该怎么把她弄下来时,我听见了向阳的声音。

"是,如果你想死,就从这里跳下去吧!然后,我也跟着你一起下去得了!我答应你爸妈照顾好你,你死了,我没脸回去!"

向阳穿着T恤和牛仔裤,孤零零地站在风里,头发有些长。

"你根本不关心我!你心里只有游泳只有谈夏昕,你根本不关心我!我死了,你也没什么关系吧!如果不是我爸妈,你才不会管我的死活!你根本不关心我!"

"随便你怎么想,我们认识这么多年了,我从来没有骗过你。你知道我说到做到!我不知道你又怎么了,又和同学吵架了还是被经纪公司拒绝了?我只问你,你真的是想死吗?如果想死,就跳下去吧,我和你一起。"他的脸上没有一点笑容,我不知道他是在用激将法,还是真的是那么想,说着,他慢慢朝她走去。

我看着他们,觉得这个世界真是疯了。

"你不要过来,你不要过来!"她哭着求他,"向阳,你别过来!"

"那你下来,你听话,下来,不然我跳下去。"他用自己的生命,一步步地诱哄着她,"书瑶你听话,你说过要听我的话,你下来,来把手给我。"

她慢慢地伸出手,可在手触碰到向阳的那一刻,又猛地缩回来:"你别碰我,我脏死了,你别碰我!"

"你不脏,谁说你脏!"向阳竖着眉头,"你乖,下来,我们回家。"

她怔怔地看着他,终究将手放在了他手中。

看着冉书瑶安全落地,我松了一口气,不想去打扰他们深情拥抱,转身下楼,却被向阳叫住。

"姐,谢谢你。"

我愣了一下，终究还是把话说出口："不管是什么事，以后别做这种傻事了，死不能解决问题，只会把问题严重化。"说完，我"蹬蹬蹬"下楼。

恍惚间，我似乎听到一声哀愁的叹息。

这次"自杀"似乎就像是一场闹剧，没过几天，冉书瑶又开始早出晚归，她估计是去泡吧喝酒，偶尔在楼梯间或者门口留下呕吐的秽物。有一次在睡梦中我似乎听见她在号啕大哭，但想想应该是我的错觉。

虽然挺好奇的，但我没有去窥探她自杀的原因。

夏天就在这种压抑的气氛里，慢慢地靠近。

这个闷热的夏天里，发生了令我一辈子难忘的事。

首先是周舟的回归，她在与路放同居了半年后，又一次搬回我家。我不知道她与路放发生了什么事情，对于周舟回家这事我只有兴奋和欢迎，她的情绪却不大好，夜晚睡觉总翻来覆去。我没有去问她怎么了，我想她想说的时候，会主动和我说。

其二是路氏的颓败，短短的几天内，路氏的股票像坐了滑翔翼一样一滑千里，整个路氏给人一种动荡不安人心惶惶的感觉。没过多久，便听说路王八蛋因为决策出现严重错误被董事会否决，踢下台。

财经报纸大肆渲染着这个曾经的风云人物的颓败，短短几天，路放的名字至少在十份报纸上出现过，最后一次我看到的是路放下台，即将飞往美国的消息。

那几天，周舟一直没去上班，像蜗牛一样蜷缩在我家，每天除了吃饭睡觉就是玩游戏，不分日夜地打怪，似乎要将自己以前的玩乐时间弥补回来。我不敢打扰她，每天除了上班就是看她玩游戏，偶尔陪傅亚斯逛逛街吃吃饭。日子看似平静，我却始终忐忑不安，似乎有什么大事要发生一般。

路放飞往美国的那一天，周舟没有出门，我的手机里收到了一条陌生电话的短信，只有几个字：告诉小舟，我走了。

我看着坐在客厅里像个流氓一样抽烟的周舟，站起来朝她走去，将手机伸到她面前，她看了一眼，将手中的烟熄灭。

"你想问什么？"

我摇头："你想和我说什么，你想说我就听，你不想说我不问。"

她目不转睛地看着我，眼睛里却一片荒凉。

"路放对我说,如果我搬去和他一起住,和他重新开始他就放过周氏,我答应了,他也做到了。我们两平静相处了半年,这半年,他对我的关心真是无微不至呀,每天接送上下班,亲自做饭,逢年过节送礼请吃饭看电影,称职得让我有些不敢相信那个人是路放。在两个月前,他甚至和我求婚,而我也答应了。"周舟将手放在唇边,嘴角带着笑,"夏昕,我说我心里没有他,你相信吗?其实我也不相信。可说我爱他,我更觉得荒谬。在路放求婚之后,我把公司的重要文件故意放在卧室没有收起来,那是市中心一块地皮的投标,是周氏下半年的大工程。这是公司的机密文件,如果他看了假装不知道对路氏对周氏都没有影响。可是他看后,把文件复制了一份。可惜啊——"

"可惜那份文件是假的,你用来试探他的是不是?"我抢过她的话,"那是你设的局,故意引他上钩的对不对!"

"是啊,这么简单的道理你都懂,为什么他看不透呢!"周舟突然大笑,眼角却有泪顺着脸庞缓缓下滑:"你说他怎么这么傻呀,这点逗中学生都不够的把戏,他居然就上当了,还赔掉了半个公司!哈哈哈哈,路放啊路放,真是聪明一世糊涂一时!"

周舟发了疯似的大笑,我用力地按住她的肩膀,将她抱在怀里,我才发现,这半年她瘦了很多,骨头硌得我生疼。

怀里的人一直在笑,笑到最后却哭了,像只小猫一样呜咽着。

"夏昕,你知道吗?我曾经想过原谅他,在他和我求婚的时候,我真的心动了。可是对他来说,无论我多重要,永远都及不上金钱。"

"夏昕,我怀孕了。"

我猛地抬起头,周舟的眼睛里像是覆盖上一层浓雾,我看不清她的眸子。

"十二周,我上个星期才知道的。"她将手握成一个拳头,"应该有这么大。"

窗外的阳光猛烈得刺眼,我忽然想流泪。

周舟动手术那天,这个城市刮了入夏来的第一场台风。连绵的大雨似乎要将世界淹没。

我请了一天假,陪她去医院,司机依旧是小多。这个和我们差不多年纪的喜欢开玩笑的男人在这一天异常的沉默,脸色就像车窗外灰蒙蒙的天。他似乎知道了什么,时不时从后视镜里看坐在我身边的周舟几眼。

"小多同学，注意看路！"我敲了敲前座椅背，"虽然姐现在要去医院，可我不想血肉模糊地被抬进去，你开车注意点！"

若是往常，他估计会和我抬杠，可是这一天，他却异常沉默，在我说话后便目光灼灼地直视前方，认真开车。

周舟看起来十分平静，眼睛看着黏附在车窗上的树叶，不知道在想些什么。

当我们撑着伞下车走进医院大门时，小多突然冒着雨冲了过来，他堵在我们面前，也不说话，只是看着周舟，似乎要将她看穿一个洞。

我听见周舟轻轻地叹气："小多，对不起。"然后她越过他，大步朝里走去。

这个高大的男人眼眶突然就红了，他背过身，沉默地走进雨里。

我看着他倔强的背影，忽然很想哭。

周舟的手术预约在下午三点，两点半她便换了衣服被推进手术室做准备。她闭着眼睛躺在病床上，一直紧紧地握着我的手，直到手术室门口她才突然睁开眼，眼睛里有水雾："夏昕，医生说我的体质不容易怀孕，做完这次手术，我以后可能没有机会当妈妈了，将来你要多生几个孩子，送一个给我。"

我突然就嚎了出来，拉着她的手："手术我们不做了好不好？我们不做了！不做了！孩子我帮你养，我赚钱帮你养好不好！周舟我求求你！"

医护人员看着我巴着病床耍赖，眼中一片为难。

周舟轻轻地放开我的手，嘴角微微上扬："夏昕乖，放手。这个孩子我不能留，它的到来注定是悲剧，我不能留着它，因为我永远不可能爱它，你放手，乖，放手。"

医护人员扒开我的手，推着她进了手术室，红灯随即亮起。

我跪坐在手术室门口的地板上，心里说不出的难受，我抽抽搭搭地哭着，没有人来阻止我，偶尔有几道同情的目光落在我身上，随即叹着气走开。

直到一个带着试探的声音喊出我的名字——"夏昕，你怎么在这里？"

我抬起头，被眼前的人吓了一跳，手硬生生地停止在半空中，来不及抹掉眼泪。

我们上一次见面，是在什么时候呢？

噢，那一天我与小优反目，失魂落魄在街上游荡的时候遇到李维克，他送我回家。那一天的李医生看起来和往常区别不大，虽然胡楂邋遢，但也不至于现在这样。

我们大概有七八个月没见面,他看起来十分不好,整个人瘦了一大圈,脸上挂着硕大的黑眼圈,就像从停尸间跑出来的病人。衬衫与西裤皱巴巴地搭在他身上,不知道多久没有换洗了,头发亦是乱糟糟黏糊糊的。

我就这样怔怔地看着他,好一会儿才恍过神来:"你,你怎么——"

李维克似乎想要笑,却笑不出,脸上的肌肉形成一个十分怪异的表情:"不好意思,我两三天没洗澡了,看起来是有些糟糕。"

"你怎么在医院,病了吗?"

李维克突然抬起手捂住眼,全身剧烈地颤抖着。好一会儿,我才听到他沙哑的声音:"不是我,是宫雪。"

"她,怎么了?"

"胃癌。"他顿了一会,道:"是末期。"

"轰隆——"

天空又开始淅沥淅沥地下起雨,连绵不断的雨水,就像人的眼泪。

世间万物便在这雨水里浸泡,慢慢地腐蚀,最后消失。

我清楚地记得,那是我和宫雪第五次见面。

第一次在医院门口。

第二次在面馆。

第三次在李维克的小诊所。

第四次是在麦当劳门口。

第五次又回到了医院。

世界其实是一个巨大的圆圈,无论我们走多远,遇到多少人,最后还是回到了原地。

当我推开病房看到她的那一霎,我几乎不敢相信自己的眼睛:她戴着一顶碎花帽子,睡在床上看电视,瘦骨嶙峋,面部的皮肤有些发黄。

她睡着了,点滴瓶里的液体缓慢地走动。

李维克轻手轻脚朝她走近,把她裸露在被子外的手收回去,那只手就像医学院里那骷髅,只不过是多了一层皮而已。他小心地将她的手收进被子里,又摸摸她的头,在她额头上轻轻吻了一下。

那一刻,我说不清什么感觉,只知道有滚烫的泪从我眼中滚落。

我买了两杯热咖啡,递给了李维克一杯,他抿了一口,说了句"谢谢"。

"她,现在怎么样了。"

"现在基本吃不了东西,她也咽不下去,基本靠打点滴。医生说,她的肚子里有气。过两天,我决定带她回家,让她开开心心走完最后几天。"他很平静地说着,但我敏感地感觉到,他在哽咽。

"是什么时候查出来的?"

"在美国的时候,她就知道自己病了。所以她不顾我反对跟着我回来。大概是两个月前吧,她开始发病,我才感觉不对劲,把她带到医院。"他顿了顿,"夏昕,其实你说得对,我很自私。她去美国后,我一直在恨她,恨她不遵守我们的约定,恨她太多情。现在我才知道,她抛弃我不是因为不爱我,而是因为太爱我,她怕我妈和叔叔对我失望。她说她从小就不是乖小孩,她不能连累我,所以她去美国,糜烂地生活为的就是让我忘记她。可是我什么都不知道,她这次回来是知道自己所剩时间不多,想和我在一起多点时间,可我什么都不知道,还总叫她回去,再也不要回来了。你说,她那时该有多伤心呀……"

咖啡杯被他捏得干瘪,冒着热气的液体烫红了他的手他却没有知觉。他就像个小孩子,痛苦而自责地哭泣着。

没有人朝我们看一眼,在医院里,最不乏便是生死离别,他们冷漠地从我们身边走过,慢慢地远去。

外面依旧淅沥沥地下着雨。

这场雨一直下了十多天。

周舟动完手术便不愿在医院住,搬回了家,我又请了一个星期的假,在家里照顾她。

这些天,我一直睡不好。

几乎每一天,周舟都在做噩梦,她在睡梦中磨着牙,喊着路放的名字,喊着宝宝,喊着对不起。我紧紧地握着她的手,却发现她在颤抖,只能用力地将她从噩梦中摇醒。很多次她都是迷茫地看着我,说了句对不起后在我身边躺下。她没有再做梦,因为她没再睡着。

而我就睡在她身边,默默地流着眼泪。

有时候我会从床上爬起来,蹑手蹑脚走到阳台给傅亚斯打一个电话,听到他带着睡意沙哑的声音，我觉得安心。他每每被我从睡梦中吵醒都惊慌失措："夏昕，怎么了？"

"没事，我只是想听听你的声音。"

他松了一大口气，却也没生气，迷迷糊糊地和我说着一天发生的事儿，或者网上看来的小段子，直到我有了睡意。

或许是发生了太多的事，我总是不安："我总觉得有什么事要发生一样！很不安！"

"庸人自扰之。你别想太多，别杞人忧天，过去的都过去了！现在不是战争时期，不会睡着睡着突然落下一颗炸弹，别怕，安心吧！"

我看着天边艳丽的霞光和蓄势待发的朝阳，用力地点头。

我们总说，无论黑夜多可怕，太阳出现的那一霎，总能打破黑暗。

可在光明来临前，要经历多漫长的等待，我们谁也不知道。

冉书瑶被戒毒所带走的那天，我恰好参加了办公室聚餐，回来时已是深夜。所以我并不知道在几个小时前发生的事：冉书瑶总是早出晚归引起了向阳的愤怒，他将她在家里锁了一天，却没想到回来时她像犯了羊痫风一样在地上打滚，他叫了救护车，却没想到被告知冉书瑶是犯了毒瘾，直接报警将她送到了戒毒所。

这些事我是后来才知道，所以当我上楼看到向阳脸色苍白地杵在楼道里时，我直接越过了他，掏出钥匙开门。

我没有看他，我却知道他一直在看我。

可我没回头，所以没有看到他眼中深不见底的绝望。

"姐，你还是不能原谅我吗？"

旋转钥匙，我拉开了门。

"姐，对不起。"

我走进屋子，用力地将门关上，视线落在向阳的脚下，那天他穿了一双白色的帆布鞋，但是它太脏了，入眼都是琳琅的黑与黄。鞋头的橡胶上，有一滴清澈的水珠，我没有看他的脸，所以不知道那是他的眼泪。

门慢慢地将我们隔绝开来。

我从来都没想过，那是我们见的最后一面。

后来，我不停地梦见这个画面，向阳站在门外，而我在门内，那道我开关了两年的门像被镶嵌在地面上一般,无论我怎么拉,它都纹丝不动。而向阳就站在我面前,默默地流着眼泪,我努力地伸长了手,依旧无法触摸他的脸。

他沉默地看着我,眼中是一览无遗的悲伤。

在向阳走后的很长一段时间,我都活在自责与后悔里,如果当时我停下来回答他的问题,听他把话说完,现在是否结局会不一样。可是我没有,我越过了他,关上了门,也熄灭了他世界里的最后一盏灯。

我在傅亚斯的陪同下赶往医院的时候,那块白布已经将他的脸盖住了。我哭着跪在地上,想要掀开,却被傅亚斯死死地按住:"夏昕,他已经走了,你不要这样,你这样他怎么走得安乐!"

我用力地推开他,用指甲挠他的手:"你骗人,向阳怎么会死!昨晚他站在我家门口,像个小可怜一样问我有没有原谅他,我还没有原谅他,他怎么可以死!你骗人!"

几个像是警察模样的人朝我走来,我抢在他们面前掀开了那块白布,指着那个满脸血污的人对他们咆哮:"你们骗人!他不是向阳,向阳那么阳光帅气,这个人这么丑!才不是向阳!你们骗人!你们叫向阳出来呀!"

那个躺在那里的人,身上都是伤痕,凝着黑血的刀口、拳脚踢打的淤青、硬物袭击的巨大窟窿,完全没了从前帅气的模样。

他送往医院的时候已经断了气,警察在整理他的手机里发现了一条未发送成功的短信,收件人是我,所以给我打了电话。

那条信息只有三个字——原谅我

我像个疯子一样在地板上嘶吼,傅亚斯紧紧地抱着我,什么话也没说,只是用力地桎梏着我的身体。

那一天,我不知道自己哭了多久,我只知道自己不停地哭着,不停地对着躺在那里的人咒骂,我说我还没有原谅你,你怎么可以去死,我恨死了你,我一辈子都不会原谅你!

我觉得他在和我开玩笑,他想看我原谅他,所以请人给他化妆还制造了这出闹剧。可最后我终于妥协,说原谅他,睡在那儿的人依旧没有醒来。

那颗温暖的小太阳,最终化成了冰凉的尸体。

向阳在第二天被他叔叔接回了家,我在医院看到那个中年男人,他一直隐忍的悲伤在看到侄儿的尸体后终于忍不住崩溃大哭。我远远地看着他们,将头埋在傅亚斯的怀里。

在他们走后几天,我去戒毒所看了冉书瑶,但最终还是没有见到她。他们说她的情况不大好,自残了几次,又开始绝食,现在不允许探视。

得知向阳的死讯后,冉书瑶便崩溃了。

若不是她一直做着明星梦,怎么会掉进那些人的陷阱:他们告诉她,他们要拍电影,只要她听话,什么戏的女主角都有,想出几张唱片就几张唱片。这么可笑的话也只有她会信,于是她就踩进了沼泽,越陷越深。起初,他们只是让她一起喝酒唱K,再后来,他们当她玩物一样玩弄才发觉不对劲,想要抽身,可为时已晚。他们给她喝的酒里,抽的烟里,都掺了东西,她只能眼睁睁地看着自己沉沦进去。她想过自杀,可最终还是被向阳劝了下来。直到向阳受不了她的堕落糜烂将她关起来,事情才爆发。向阳拿着刀去找他们,为她讨回公道。可那些人是什么人,哪个不是娇生惯养身边养着一群保镖,他就这样被十几个人活生生地打死,可他们呢,只得了一个防卫过当的罪名。

我坐在戒毒所的门口,小声地呜咽。

傅亚斯蹲在我面前,轻轻地握住我的手,始终没有放开。

一个月之后,对门搬进了新住户,是一对中年夫妇,没有儿女,每天争吵。

公寓的隔音一直很差,他们从每天清晨吵到深夜,我去上班还好,倒霉了周舟,每天听着那两口子互相骂着对方生不出儿子却不肯挪步去医院。

周舟的身体已经逐渐恢复,却没回公司,即使她爸三天两头装病,她都不愿再回去。她很少出门,每天在家里看书,她要继续漫漫的考研之路。

小多来过几次,没有送文件或者让周舟回去上班,他每次都在清晨或傍晚过来,送来几样周舟喜欢吃的点心:某某茶楼的虾饺、烧卖或是某某酒店的烧鹅饭。看周舟吃得开心,其实我挺内疚的,我们认识了这么多年,我还不知道她爱吃什么东西。同时我也有些生气,小多对她那么好,她却极少给他一个笑容,面对他总是带着冷冰冰的面具。

"你何必那样对他,小多对你是真心的,现在你没给他发工资人还能那么对你,你该捂嘴偷笑了!"

"就是因为这样,我才这样对他。"周舟慢慢地合上手中的书,"夏昕,我没法再去爱谁,且你我都知道,我的婚姻根本由不得我做主。小多他,值得更好的人。"

她忽然又道:"夏昕,过两天搬家吧!"

"搬去哪里?"我一惊,"你要走了?"

"我在城南租了一套公寓,两室一厅,比这里要宽敞一些,我们搬家吧!这个季度反正也要完了。对面的人太吵了,吵得我心烦。"

"好,那我们搬家吧。"

我知道周舟搬家的原因绝不是因为对面吵闹,从前向阳和冉书瑶住在对门吵起来远比现在要夸张,她想搬家,不过是怕我难过。

我回过头看坐在身后的人。

她低着头抱着书本,刘海微微遮住眼睛,让人看不清她的表情。

我恍然像回到了六年前,我们第一次见面她亦是这副模样,恬静美好得不像话。

似乎只是一眨眼,就过了六年。

搬家的那天是周三,我要上班,原本想请假,但周舟说:你新工作才做了多久,老是请假多不好,你让傅亚斯来帮忙吧,要不然我一个人也行。

我犹豫了一下,没给傅亚斯打电话,而是找了搬家公司。

打电话的时候周舟一直在身边,看我的眼神耐人寻味,我避开她的目光,慢慢地垂下头。

其实我说不清我与傅亚斯的关系,现在表面看来我们又在一起了,我们是男女朋友。他比先前待我更好,只要有空便会接送我上下班,有时候还会带上一点小点心或甜食,像小心翼翼讨好女朋友的高中生。但,我心里仍旧是不安,我总感觉现在的美好是虚幻的,傅亚斯也是一场梦,梦醒了,他便会离我而去。

所以,我也是小心翼翼的,希望这场梦能延长一些,再长一些。

搬家的事是周舟一手操刀,早晨六点她已经起床开始将东西打包,我在这套小公寓住了整整两年,周舟来来去去也住了有一年,东西说多不多,说少不少,十九寸电视机大的箱子也装了十来个。

当我准备将床单叠好塞进箱子里时,她扔给我一个白眼:"这套床单都睡了两年了,你上次月经来还留下一大块洗不掉的污渍你还准备带走吗?是不是连窗帘也想拆下带走。走走走,去上班,我自己来!"

我还想挣扎,她已经将包包和鞋子塞给我,将我推出门。

我索性两眼一闭，上班去了。

再后来我回想起这一天，总觉得有些事的发生是必然的。

那几天我总感觉到不安，走在路上总感觉有双眼睛黏在后面，像湖里的水蟒，湿漉漉，黏糊糊，让人起了一身鸡皮疙瘩，可回过头，却又什么都没有。

下班后我坐上了回家的班车，走了两个站才发现自己坐错了车，新家在城南，我应该坐另一个方向。于是我按了铃，下车，那时我没注意身后两个男人一直在跟着我，还以为他们只是下车的乘客。

夏天的天黑得特别晚，路灯还没有亮，周遭笼罩在夕阳橘黄色的光圈里。

我正准备走到对面的公车站坐车，却被人扼住了手腕，与此同时，有柄刀子抵在了我腰间，他们对我说："走吧！"

一股巨大的恐惧瞬间将我笼罩。

那一晚发生的事，并不像电视演的那般可怕，但于我来说，是惊心动魄的。

他们制住我的行动后，打电话叫来了一辆车，然后将我推进去。车窗玻璃是黑色的，我看不到外面的景象，只知道车不停地往前开，像驶进无尽的黑暗里。

那柄刀一直抵在我的腰间，两个男人与司机始终是沉默的。我试图和他们搭话，问他们是否抓错人能不能放我回去，可没人回答我，我被无边的恐惧所包裹，眼泪不自觉就流了下来。

我没有被带到什么废弃厂房、工地或地下室，而是被带到郊区的一座公寓。

我不知道他们为什么要带走我，直到推开公寓门看到里面的人时，我恍然明白过来。坐在沙发上翘着腿的人我见过——高高瘦瘦，带着金丝边眼镜规规矩矩看起来一点都不像流氓却比流氓要可怕一百倍的老K。

我被压制在另一张单人沙发，周遭围着十来个身材魁梧的男人，而老K就坐在对面，用一种打量菜市场猪肉的眼神打量着我，自上而下。

我没法不害怕，可我不敢哭，只能在把自己缩在沙发里。

周围静得可怕，只有时钟"滴答滴答"的规律声响。

"你知道我为什么找你？"老K忽然开口，声音低沉，带着磁性的沙哑，见我不出声只顾着摇头他也不恼，"等一下你就知道了！"

紧接着，又是静谧。

我看着墙上的钟，它绕着中心点走了一圈又一圈，不停地重复着脚步。我被这种无形的压力压得喘不过气,压得我几乎要崩溃,最后我终于忍不住了,颤颤巍巍地问那个闭眼休憩的人:"你为什么要把我带到这里来,我要回家,你放我走!"

可他就像没听见一般,闭着眼,手指按着自己的节奏在椅子上敲打。

"你让我回去呀,你放我走啊!为什么要把我带到这里来!为什么啊!我又没有得罪你们!放我走啊!"我听到自己带着巨大的哭腔,我想从椅子上站起来直接打开门回家,可我不敢,因为身后的刀子还尖锐地抵在我的腰上,我一动作,它便跟着移动。

我小声地呜咽、啜泣,最后捂着脸号啕大哭,可对面的人一动不动,完全沉浸在自己的世界里。

我就像回到了两年前那个密闭的小黑屋:你什么都不能做,什么都做不了,只能在时间流逝里静静地祈祷,祈祷有人将你从这可怕的环境里拯救出去。你什么都不能做,什么都做不了,只能安静地等待着,等着死亡,或者救赎。

这比直接给你一刀,更让人崩溃。

我用力地闭上眼睛,听见自己的眼泪砸落在手上。

是一声巨大的撞门声将我从这痛苦中解救出来,然后我看到了傅亚斯,他面色通红,气喘如牛地闯了进来。他在屋子里搜寻了一圈后,目光落在我身上,眼中的担忧一览无遗。

我的眼泪又一次流了出来。

"你没事吧!"

我刚想开口便被一直沉默的老K打断:"她没事,但你有事了!"

"K哥,你想找我,直接找我就可以,为什么还要牵连别人!"傅亚斯看着他,语气很平静,但从我这个角度,恰好看见他发抖的指尖。

"找你?"老K带着嘲讽的笑,可神情却尖锐,就像匕首,看似无害,其实锋利无比,"不找这位小姑娘,我怎么请得动你。傅亚斯呀傅亚斯,你可真行呀,我还以为你是最听话的,没想到不说话的狗最能咬人。你说说,我们的账怎么算?他们都说你故意输那场比赛,因为你拿了山狗的钱,我不信,所以现在来问问你!?"

我一头雾水地看着眼前的人,而傅亚斯接下来的话,像一颗炸弹朝我扔了过来。

从他们的谈话里,我才明白发生什么事。

傅亚斯那所谓的最后一场赛车,其实远没想象的简单。有人找到了傅亚斯,给了他一大笔钱,让他在签了生死状的情况下故意落后。这是十分没有道义的事,傅亚斯并不想答应,但他想到自己在监狱中垂死挣扎的父亲,终究还是弯下腰。那场车赛,因为傅亚斯的落败,老K输了上百万。事情不知道怎么的突然败露,于是老K找他算账。

"对不起,K哥。"傅亚斯的声音毫无波澜,"事情是我做的,我不想争辩什么,你想怎么惩罚我都可以,但我请你放过她。"

"要是我不呢?"

"那么,我求你放过她。"傅亚斯慢慢地躬下身,一字一句道,"K哥,求你。"

老K从椅子上站了起来,从手下手里抢过一把刀,将它扔在傅亚斯面前。

"你挑断双手的手筋,我就原谅你。"

我看着那把刀,漫无边际的恐惧排山倒海朝我袭来。

我害怕他没有捡起那把刀。

可我更害怕他把刀拾起。

我想说话,可喉咙却像灌满了沙砾,疼痛得我无法发声。

他慢慢地蹲下身子,捡起地上的刀。

我像被人推了一把,后知后觉开始哭喊他的名字,歇斯底里地嚎着,可身边的人死死地掐住我的手腕,无论我怎么挣扎,都不肯放开。

我跪坐在地上,却看到傅亚斯在朝我笑,那是一个如释重负的笑。

"夏昕,现在你相信我爱你了吗?"

我仿佛回到四年前,他在光影中朝我伸出手:"夏昕,别哭。"

那些桎梏我的力量仿佛都消失了,我不知道自己是怎么挣脱他们的,当我扑到傅亚斯身上抢过他的刀时,我的第一反应并不是去看他,而是抬头看着高高在上的老K,看着他讶异的表情,我将那把刀扎入了自己的肚皮。

我没有勇气杀人,我也自知无法与他们抗衡,可我不想看到傅亚斯受到伤害,若他失去了双手,也就活不下去了吧,所以,我只能这样做。

我感觉到疼,似乎有液体从我的腹腔不停往外涌,我听见傅亚斯的哭声,这个英俊的男人,像个小孩一样哭得眼泪鼻涕都糊在一起,他的眼里都是无措与惊恐。

周围的人都在惊呼,他们似乎要朝我们靠近,但傅亚斯紧紧地抱着我,他不停地在我耳边说着"别怕",我想回应他,可意识却越来越模糊。

他的怀抱可真温暖呀。

chapter.16
你是我的眼泪与阳光

我是在雪白的病房里醒来的。

大脑觉醒了好一会儿,身体才慢慢有知觉,我睁着眼睛看着天花板许久,头顶悬挂着吊瓶,好一会儿,我才想起发生什么事。

后知后觉,才感到疼痛,最疼,还是肚子的位置,一动,便是火辣辣地疼。

我感觉腿僵硬得不行,像有人压在上面一般,果然,我刚一动作,那人便猛地惊醒,揉揉眼睛,迷茫地看着我,猛地像回过神来,转身打算去哪。

"周舟,你去哪。"我听见自己沙哑凄厉的声音,像从棺材里爬出来的老人。

"我去叫医生。"她又突然想起了什么,往回走了几步,一巴掌往我脸上招呼:"谈夏昕,你怎么不直接死了算了,还醒来干吗!"

我傻愣愣地看着她,看着她脸上两道蜿蜒的泪,她咬着下唇,双拳紧紧地握着,抑制不住地颤抖。我还来不及反应,她又扑过来将我抱住,无声的眼泪滴在我的颈部的皮肤上,是热的。

"你怎么敢,怎么敢那么狠!你知道刀子要再偏一点,会发生什么事吗?你要是真的有个三长两短,谈老师和师母怎么办!我怎么办!还有……傅亚斯怎么办!"

面对周舟的眼泪,我有些不知所措,当她提到"傅亚斯"三个字,我才像被点醒一般,艰难地将她推出去一些:"傅亚斯怎么了,他怎么样了?"

周舟放开我,一瞬间又恢复了冷冰冰的模样,只是眼泪还在流,便多了撒娇的成分:"他能怎么样!你把本该扎到他手上的刀子扎到自己肚皮上,他还能怎么样?"

我在房间里张望着,却听她轻轻地叹息:"你手术后睡了两天,他两天两夜没闭眼，刚让我遣回去拿换洗衣物。"

我觉得自己只是睡了一觉，却不料发生了那么多事。

在我没头没脑将刀子扎进肚皮后，傅亚斯始终抱着我，直到周舟带着人赶到，他依旧不肯放开。最后还是她甩了他一个巴掌，他才恍然大悟抱着我跑下楼。在医院里，他甚至要跟着进手术室，最后是被周舟扇了一巴掌才清醒一些，蹲在手术室门口等了一个小时，又不吃不喝守了我两天。

"当他抱着你鲜血淋漓地走向救护车时，我有个错觉，如果你走了，他可能会随着你一起。"周舟轻轻地握住我的手，眼角的泪已干涸，"夏昕，无论我对他有多大偏见，我都得承认，他是爱你的。得知你被带走，他明知危险，还是不许我跟着，单枪匹马去赴约。"

"老K呢？他们还会找他吗？"

"他们还敢吗？"

"你做了什么？"

"不是我，是傅亚斯，他说那笔钱会还，若是他们敢再骚扰你，他会与他同归于尽。傅亚斯抱着血淋淋的你说那些话，老K可能觉得寒碜，可能也害怕搞出人命，当即表示不再出现。你别以为他是什么好东西，不过是知道事情搞大了不好收拾，给自己找个台阶下而已。他这几年不干净，手上有太多东西握在傅亚斯手里，他只是念着他曾经帮过他，没有捅出来，再来一次，可没那么好收场。"周舟扯扯嘴角，"不说了，你还有哪里不舒服不？我去打点热水给你洗脸，等会叫医生来给你检查。"

她转身进了洗手间，随即水声"哗哗"地想起。

我倚着枕头，刚正想闭眼休息，便听见门"咔嚓——"响了一声，有人推门走了进来。

那人穿着简单的牛仔裤和T恤，衣服像胡乱套上去一般，衣领和袖口还是反的，下巴还有青色的胡楂，像兔子一样红的眼睛正看着我，情绪有些激动。

他的手还扶着门把，呆呆地站在那儿，即使狼狈，看起来也英俊极了。

风从窗口吹进来，窗外是大片的阳光。

周舟站在卫生间门口，傅亚斯临门而立。

他们的表情，与六年前第一次见面惊人的相似。

我闭上眼，有眼泪从眼眶滚落。

★ 听说我们不曾落泪 II ★

阳光多么的美好,多么的温暖。

你曾落过的泪,最终都会变成阳光,照亮脚下的路。

(全文完)

{阳光眼泪}皆珍贵
——《听说我们不曾落泪Ⅱ》后记

写完这个故事,是在深夜。

夜里起了大风,门窗摇曳,发出"吱吱"的声响,妈妈在门外小声地问:"风这么大,记得关窗,去睡觉吧,书桌别收拾了,明天我来就好。"

恍惚间,我像回到2011年的10月,广东的闷热让烦躁无所遁形,我将自己关在房间里,在一叠雪白的A4纸上开始画《听说我们不曾落泪》的人设,与责编王先生探讨了几次,最初的人设都扔进废纸篓,慢慢才有了你们所见的谈夏昕、周舟、傅亚斯与路放。

那段时间,妈妈也像现在这样,帮我准备三餐,将我的书桌一次次收拾好,再把被我扔了一地的书一本本码好,放进书架,我歇斯底里和哭泣时,她总不说话,默默地将水杯放在书桌上,又关上门出去了。

妈妈学历不高,她也不爱看书,极少翻阅我写的东西,但她知道我心里在想些什么,她知道我的梦想。

我不知道是只有我这样,还是每个作者都与我一样:长篇于我来讲,是一个痛苦又享受的过程,我与故事里的人物相依为命,与他们一起哭一起笑,恨不得与他们糅合在一块,同时,我亦会与他们一样,陷入困境与瓶颈,不知下一步该怎么走,不知该怎么从泥泞里爬出来。

然后我会哭,与故事里的主角一起哭,与他们一起歇斯底里寻求出路,于是,故事便成了你们所看到的样子。

以前我总说《听说Ⅰ》写的是身边的故事,是我们周围大部分90后的糅合。那么,《听说Ⅱ》写的则是自己,怀揣梦想的我们。《听说Ⅱ》里的每一个人物,都与我们一样,在为梦想而奋斗,在努力长成内心最想要成为的最强大的模样,无论是谈夏昕、周舟、傅亚斯,还是向阳

★ 听说我们不曾落泪 II ★

与李维克，在他们心中，都有一个模型，那是自己未来的样子。

他们照着这个模样雕琢自己，像我们参加中考高考、选择工作、与恋人相爱，我们自私地希望所有一切都能按照这条路有条不紊地走下去，但这明显不可能。在这漫长而孤独的路上，我们会遇到许许多多的人和事，他们会改变我们的想法，会阻挠我们的脚步，前进还是放弃，便看你自己了。

刀握在自己手上，你要靠自己去闯荡。

说实话，故事的初衷并不是这样，一开始，我仅是要将谈夏昕的故事延续下去，想看到周舟好好地活下去，想要他们都得到幸福，是私心造就续集，但在下笔的时候，我想了许久，该如何把他们的故事延续下去，每个人都希望他们得到幸福，那么我就写一个甜蜜美满的故事吧，这样谁都能幸福，从头甜到尾，但终究我还是落不下笔，那样它便不是《听说我们不曾落泪》了。

写《听说II》的这半年，我临近毕业，与谈夏昕一样在"生活"与"生存"的边缘徘徊，挣扎。我一直在思考，自己到底适合什么样的工作，该怎么做才能在这个竞争激烈的社会里立足，我想，那时候的夏昕肯定与我一样迷茫。

然后妈妈对我说，你要做什么就去做，不要顾虑，妈妈是你的后盾。当时我就哭了，不敢哭出声，背过脸对着电脑，借着打字默默地擦掉键盘上的水珠，也就是那一天，我写下了《听说II》的第一章。

从2012年10月到2013年3月这将近半年的时间里，我除了写《听说II》外，一直在做着另一件事——找工作。我是经济管理专业，但我想做的工作与这无关，就像夏昕，她来自外语系，却想成为一个新闻人，我来自经管系，我的梦想却是老师。可想而知，这条路并不顺利，这半年里，我与她一样，怀着执著和憧憬，一次次接下生活的巴掌。

夏昕像是我的对手，又像我的战友，我们牵着手在泥泞中挣扎，心里不停地想着不能比对方先掉下去，可又希望能与她一起站到最后。我记不清自己哭了多少次，多少次怒骂说"不干了"，可咬咬牙，再坚持一会，终究还是留下来了。

所以，你们看到这篇文字。

我知道，你们会看完这个故事，我想，你们总会明白我要表达的是什么。

你曾落过的泪，都会变成阳光，照亮脚下的路。

别怕，我们一起走。

7号同学

作品榜 ZUOPINBANG

7号同学全国后援群：450915923
新浪微博：7号同学陈晓艺

（随书附赠）

《我们终将各自远扬》
青春即是一场告别，我们在这里相遇然后各自远扬。但我坚信，凡有告别便有重逢。

《我们终将独自长大》
泪会风干，伤会结痂。
路很长，不要怕，
我们终将独自长大。

《全世界陪我终结》
即使全世界终结，
还是要和你一起爱下去。

《听说我们不曾落泪》
傅亚斯，你是世间最美的琉璃镶嵌在我的眸子里。我从不曾落泪，以为你能在我的眼里永远闪耀。

《听说我们不曾落泪Ⅱ》
青春渐行渐远，那些落过的泪，终会变成阳光，照亮脚下的路。

《我爱你是寂静的》
青春岁月里的每一句我讨厌你其实都是，我爱你。

听说我们不曾落泪. 2

著者
7号同学

总策划
周政

总监制
王雄成　杨翔森

视觉创意
木子棋

封面设计
小乔

封面绘制
幻

版式设计
小鱼

营销推广
冯展

特约编辑
王雄成　阿迁

流程编辑
李晶

运营发行
湖南人民出版社运营中心

出版者
湖南人民出版社

出品

官方微博
http://e.weibo.com/wuliangweiye

平台支持

本作品中文简体版权由湖南人民出版社所有。
未经许可，不得翻印。

图书在版编目（CIP）数据

听说我们不曾落泪. 2 / 7号同学著. —长沙：湖南人民出版社，2013.4（2015.12）
（紫微青春馆. 紫色优品系列）
ISBN 978-7-5438-9272-9

Ⅰ. ①听… Ⅱ. ①7… Ⅲ. ①长篇小说—中国—当代 Ⅳ. ①I247.5

中国版本图书馆CIP数据核字（2013）第068396号

听说我们不曾落泪. 2

著　者　7号同学

总策划　周　政
总监制　王雄成　杨翔森
责任编辑　夏新军
特约编辑　王雄成　阿　迁
封面设计　小　乔
版式设计　小　鱼

出版发行　湖南人民出版社[http://www.hnppp.com]
地　址　长沙市营盘东路3号
邮　编　410005
经　销　湖南省新华书店

印　刷　湖南众鑫印务有限公司
版　次　2013年4月第1版
　　　　2015年12月第11次印刷
开　本　710mm×1000mm 1/16
印　张　16
字　数　280千字
书　号　ISBN 978-7-5438-9272-9
定　价　22.80元

版权所有·侵权必究

凡购本社图书，如有缺页、倒页、脱页，由发行公司负责退换。